新媒介文学生成与传播研究

刘金英 著

中国原子能出版社

图书在版编目（CIP）数据

新媒介文学生成与传播研究 / 刘金英著. --北京：
中国原子能出版社，2023.11
　ISBN 978-7-5221-3136-8

　Ⅰ. ①新… 　Ⅱ. ①刘… 　Ⅲ. ①传播媒介–文化研究②
中国文学–当代文学–文学研究 　Ⅳ. ①G206.2
②I206.7

　中国国家版本馆 CIP 数据核字（2023）第 233587 号

新媒介文学生成与传播研究

出版发行	中国原子能出版社（北京市海淀区阜成路 43 号　100048）
责任编辑	杨　青
责任印制	赵　明
印　　刷	北京天恒嘉业印刷有限公司
经　　销	全国新华书店
开　　本	787 mm×1092 mm　1/16
印　　张	16.25
字　　数	240 千字
版　　次	2023 年 11 月第 1 版　2023 年 11 月第 1 次印刷
书　　号	ISBN 978-7-5221-3136-8　　　定　价　**76.00 元**

前　言

　　新媒介文学依托日新月异的数字化互联网技术,通过多媒体终端实现海量信息的即时、互动、共享传播。新媒介文学作为推动中国当代文学转型的技术引擎和人类与文学互动的新渠道,构建出以网络文学为主体的文学样态,不仅在中国当代文学市场中占据举足轻重的位置,而且凭借其宏大的生产与传播规模正在向中国当代文学场的中心移动,推动着中国当代文学发展格局发生新的变化。

　　在新媒介文学的盛宴狂欢下,以麦克卢汉为代表的媒介学派的媒介观,以及国内学者单小曦、欧阳友权等人的媒介文艺学理论为新媒介文学生成传播的研究提供了颇有价值的理论依据。在这里,媒介的技术性、信息性、人的延伸等特征促进了新媒介文学的生成与发展。也正是在这样一种媒介存在论的视域下,新媒介文学在生产机制、传播秩序等方面衍生出种种新变,呈现出与传统文学或传统精英文学的种种不同乃至博弈,其中也蕴藉着诸多或技术性或文学性、或创新或困顿等的特点和规律。

　　我们当下已经处于一个科学主义盛行的时代,科技似乎从未停止大规模前进的步伐,而文艺的地位逐渐被蚕食,科学实用的意向将人文精神挤到了墙角,"爱因斯坦遭遇马格利特"的强弱悬殊已经越来越不成比例。如今我们将文学的中心或边缘、实用或无用等问题拿来讨论,这本身业已昭示出现代文化的基本困境:它时时处在理性和实用主义的压迫之中,所为甚微,这一情形也正是目前文学工作者不得不面对的逼仄现实。

本书认为从媒介历史发展来看,文学视觉审美形态的确立有着其内在的逻辑必然性。文学视觉审美形态一方面表现为图文移位、文学图像化趋向明显,另一方面则表现为网络审美形态的兴盛。这种文学视觉审美形态的确立,对文学产生了影响,使得文字沦为图像的配角、文学成为影视的脚本,出现了多媒体文学文本呈现方式变化及文学性的扩张等问题。

目　录

第一章

新媒介文学的崛起概述

新媒介文学在 21 世纪伴随着新媒介技术手段的革新应用而迅速崛起，呈现出蓬勃繁荣的态势，在发展的二十余年里逐渐勾勒出一条不同于传统文学的生成发展之路，也改变着中国当代文学的格局。新媒介文学的出现，比以往任何的文学形态都更凸显媒介的力量和媒介存在的意义，新媒介文学的生成，经历了从混沌到清晰的过程，从最初因媒介平台转换作为传统文学衍生、补充的状态出现到独立于传统文学之外与之形成清晰的并立存在，新媒介及其技术革新产生了至关重要的作用，媒介在文学构成中的地位愈发凸显，"媒介存在"是新媒介文学得以生成的深层根源。

第一节　新媒介文学的特点

媒介的存在，借助了以往媒介理论研究特别是媒介哲学与媒介环境学的研究思路，在媒介认识论和媒介本体论的基础上，以"存在"来阐释对媒介的认知，显示媒介的内涵、价值与意义。新媒介文学的出现，使媒介的存在理论更具建构意义，目前国内的相关研究也仅是在以单小曦、欧阳友权等为代表的一些学者提出建立新型文学理论研究范式，即媒介文学。部分学者提出媒介存在论应该成为媒介文学更根本的哲学奠基石，只有如此，媒介文学才能发展成为一种不再依附于传统文学研究的一种独立性的理论。尽管媒介存在理论在我国尚未建构完成，但已有对媒介存在论的研究对探讨新媒介文学生成具有重要的启示价值，新媒介与新媒介文学的理论界定、属性分析也充分凸显了媒介存在的意义。

一、媒介的强势话语：媒介即讯息与新媒介的本质诠释

媒介在新媒介文学的生成与传播过程中，以其本源性的存在价值体现出一种对文学的强势话语，数字技术、互联网技术及移动通信终端等新媒介技术在文学领域引发的巨大变革充分证明了这一点。媒介的强势话语实质上是在媒介存在的意义层面强调媒介的地位和作用。早在20世纪60年代，加拿大著名传播学者麦克卢汉就给出了关于媒介的经典论述的相应阐释，并进而影响到后来媒介环境学派的整体研究走向。尽管也有很多学者质疑麦克卢汉的媒介理论中有过于强调技术决定论之嫌，但随着新媒介技术的不断普及和广泛应用，麦克卢汉的思想获得了更丰富的解读、阐释与继承。新媒介文学生成的根源即媒介存在的理论依据也借鉴了以麦克卢汉为代表的媒介理论学者提出的"媒介即讯息"及媒介技术观思想。

媒介是一个传播学的概念，其通常意义是指信息传递的工具、手段或载体。在传播学研究中，有人认为媒介就是通讯社、报纸、杂志、书籍、广播、电视、电影等的总称，一般又称大众媒介，这显然是对媒介的狭义理解；也有人对媒介做了三个系统的划分，即示现媒介系统（包括口语、表情、姿势、眼神等）、再现媒介系统（包括文字、印刷、绘画等）和机器媒介系统（包括电报、电话、唱片、电视、广播、网络等），这基本是从媒介的本质和功能角度划分了媒介，但依然局限在认为媒介是用于信息传播和为了信息传播而创造的载体或介质上。麦克卢汉提出

的"媒介即信息"开创延展了新的媒介观，赋予传播媒介更丰富的媒介存在意义，也成为新媒介文学生成的核心理论依托。

麦克卢汉首次在 1958 年的一次演讲中提出"媒介即信息"的观点，并在 1964 年出版的《理解媒介》一书中对这一论断进行了具体分析。麦克卢汉扭转了传统的内容决定形式的看法，提出媒介不光是信息的物质载体或形式，而是媒介本身就是信息，就是内容，就是本体。媒介最重要的不是承载于其中的各种内容而在于媒介的传播形式，特别是互联网数字技术的出现更凸显媒介技术本体存在的价值；媒介和信息形成了一个不可分割的整体，麦克卢汉的"媒介即信息"是对媒介技术的整体性思维，媒介的技术性与媒介性是理解媒介的关键。人们引进了一种新媒介就必然引进了一种新信息，人们在接受信息影响的同时也在接受一种媒介的影响。按照麦克卢汉的逻辑，给人类生活、社会带来重要影响或造成媒介后果的不是信源发出者加给媒介的信息，而是媒介自带的信息，所以一种新媒介的出现必然会随之诞生一种新的信息；媒介的后果之所以强烈，恰是因为一种媒介变成了它的内容。所以麦克卢汉关于媒介本身呈现信息、新媒介产生新信息、媒介信息的内容仍是媒介等对"媒介即信息"的内涵阐释，"新媒介"是支撑新媒介文学生成发展的核心动因的理论依据。

新媒介伴随着数字、互联网技术而来，体现出当下之"新"，这个词汇最早被提及源于 1967 年美国哥伦比亚广播电视网（CBS）技术研究所所长 P.戈尔德马克的一项商品开发计划，1969 年，美国传播政策总统特别委员会主席罗斯托在向尼克松总统提交的报告书中也多处使用了"New Media"一词，这与互联网的雏形阿帕网（ARPAnet）的诞生时间相近，也建立了新媒介与互联网技术从此不可分割、千丝万缕的联系。

时至今日，新媒介一词已从美国拓展到全世界领域，很多学者专家或相关组织都对何为"新媒介"有自己的理解和研究。联合国教科文组织较早对新媒介定义为"以数字技术为基础，以网络为载体进行信息传播的媒介"。美国《在线》(Online)杂志曾给新媒介下过定义为"由所有人面向所有人进行的传播",这从本质上改变了传统媒介时代传播者与受众截然分开的模式,而建立了极具互动性的传授合一的"用户"理念。《新媒体百科全书》的主编斯蒂夫·琼斯更为深入全面地诠释了新媒介的本质,认为新媒体是一个相对的概念,相对于图书、报纸是新媒体;相对于广播、电视是新媒休;"新"是相对于"旧"而言的。新媒体又是一个发展的概念,在一定的时间段内,新媒体应该有一个稳定的内涵。新媒体同时又是一个发展的概念,科学技术的发展不会终结,人们的需求也不会终结,新媒体也不会停留在任何一个现存的平台。我国学者也相继对新媒介进行研究和探讨,清华大学熊澄宇教授对新媒介进行了界定,他认为,"新传媒,或称数字媒体、网络媒体,是建立在计算机信息处理技术和互联网基础之上,发挥传播功能的媒介总和。它是包括数字化、互联网、发布平台、编辑制作系统、信息集成界面、传播通道和接收终端等要素的网络媒体,已经不仅属于大众媒体范畴,而是全方位、立体化地融合了大众传播、组织传播和人际传播方式,以有别于传统媒体的功能影响我们的社会生活。"这一观点较全面地阐释新传媒的内涵。中国传媒大学宫承波教授则认为,门户网站、搜索引擎、虚拟社区、电子邮件、网络文学、网络游戏等都属于新媒体,这是从出现的新的网络应用形式入手直观理解新媒介。禹建湘在他的《网络文学关键词 100》中认为"新媒体是互联网信息时代的宠儿,它指的是以数字信息技术为基础,以互动传播为特点的具有创新形态的媒体"。这里点明了新媒介的三个主要特点,即技术性、互动传播和创新形态。人民大学匡文波教授着重辨析了新媒体的类型,认为目前新媒体包括互联网、手机媒体和智能电视,因为只有这三者才具有真正的互动性。并将其定义为"借助计算机(或有计算机本质特征的数字设备)传播信息的载体"。肖凭教授认为现阶段的"新媒体"更多指的是基于计算机信息处理技术,通过宽带无线、有线、卫星网络等各种现代传播手段,传播数字化文字、声音及图像信息的媒体。尽管在诸多学者的研究中，"新媒介"究竟是什么尚无定论，但学者们大都结合了历史、技术和社会发展的背景综合探讨对新媒介的理解，承认新媒介形态是在不断发展变化的。在这里应当意识到，新媒介不仅是工具、手段和载体，也是信息和内容本身，凸显媒介存在的本质与本体性。所以结合学者们的观点，"新媒介"可以理解为是依托日新月异的数字化互联网技术通过多媒体终端实现海量信息即时、互动、共享传播的载体，同时其本身亦能开创新的信息，是一切旧有媒介的媒介。"新媒介"是相对于"旧"的传统媒介的"今日之新"或者"当下之新"，而非"昨日之新"或"未来之新"，随着当下数字互联网技术的发展，以个人（用户）为中心的新媒介已经逐渐从边缘走向主流，媒介的强势话语使新媒介及其技术成为新媒介文学生成的决定性力量，"媒介即讯息"放在新媒介文学视域下也成为探索其媒介存在根源的重要内容。

二、媒介是人的延伸：被媒介技术改变的人的生活和感知

新媒介文学的生成与传播离不开"人"的存在与主导，"媒介是人的延伸"建构起人与媒介的关联，也进一步明确媒介与文学的关系，是对媒介存在理论的又一深层理解，充分借鉴了麦克卢汉关于媒介、技术与人之间关系的经典论断。麦克卢汉认为所有媒介都是人类肉体、心理或能力的延伸，例如，衣服是皮肤的延伸、口头言语是听觉的延伸、印刷物是视觉的延伸等，特别是电视机强化了视听觉，是眼睛与耳朵的延伸。媒介不仅延伸了人的感官，也建构人的认知方式来认识世界，对个人和社会形成的任何媒介后果即人的任何一种延伸都是由某种新尺度产生的。任何一种感觉的延伸都改变着我们思想和行为的方式，即我们感知世界的方式。当这种比例改变的时候，人就随着改变了。麦克卢汉认为是媒介塑造和控制了人类交往和行为的尺度，社会的形成也更多取决于人类相互交流所使用的媒介性质而非传播内容。当一种新的媒介产生时，

就会使社会结构、人类生产生活方式发生变化。数字互联网新媒介的出现赋予"人的延伸"以新的拓展和全面的体现，互联网的融媒体特性，融合包括文字、图像、视频及音频等多种表现形式的传播应用，放大了人的各种感官和知觉。换言之，新技术的发展带来新的媒介形式，新媒介作为人的延伸重新建构人的感知方式和尺度，进而带给人类全新生存体验和生命感受。因此，从这一层面理解以数字互联网技术为主的新媒介技术属性是把握新媒介文学生成本质的前提。

首先，新媒介的技术属性是当下社会发展的强大动力。技术变革是媒介发展的根本动因，以互联网技术为主的新媒介技术被认为是人类传播史和媒介史上的又一次里程碑式的飞跃。目前新媒介的技术依托是数字技术、计算机网络技术和移动通信技术三大技术系统融合构筑的技术平台，为新媒介兼容各种新信息技术提供了基础。数字技术是新媒介技术的核心，是通过典型的编码—译码的过程将信息进行数字化的处理，实现在任何时空经过任何媒体到达任何人的信息传播。数字技术的诞生为新媒介的出现提供了可能，为新媒介的发展提供了原动力；计算机网络技术内在的核心逻辑是"连接"，它使数字化的信息实现了终端之间的相互连接，提供了信息相互连接的传播通道，也实现了信息的数字化交互传播，目前计算机互联网技术从硬件、软件、所用标准等各项技术都发展得相当成熟，也吸引着越来越多的用户加入其中；移动通信技术实现传统手机和电脑的融合，使数字信息通过无线网络实现了随时随处的传播，打破了时空限制，改变了以往光缆、电线等的传播实体的束缚，以智能手机形态存在的移动多媒体终端将成为未来新媒介的主导形态。总之，与以往媒介技术相比，新媒介技术覆盖面更加广泛，其作用也远远超出传播的范畴而渗透到社会生产生活的各个层面，也更加促进政治、经济、文化等各方力量对新媒介的关注和投入，使新媒介的发展动力更加多元和强劲。

从技术层面上，新媒介已然呈现出超媒体性、交互性、即时性、共享性和个性化的特点。超媒体性即非线性传播与多媒体交融，美国学者尼葛洛庞帝在其《数字化生存》中曾提出，超媒体是超文本的延伸。超文本技术是早期网络只能传输文本信息时提出的概念，一般是指按照信息之间的关系非线性地存储、组织、管理和浏览信息的计算机技术。基于信息文本中含有指向其他文本的链接，用户在阅读超文本时，可以根据自己的兴趣和需求通过点击链接选择性地阅读文本信息内容，用户经由超文本技术获取到完全掌握信息的选择权和控制权。现下的新媒介技术实现了多媒体信息整合，除了文本之外，用户还可以通过点击链接获取图片、声音、影像等，呈现出非线性和多媒体交融的超媒体性特点。

交互性是新媒介区别其他传统媒介的重要指标之一，既表示信息发送者和接收者之间的信息交流是双向互动的，也凸显出个体在信息交流过程中的主导权和控制权。交互性使新媒介打破了以往"以传者为中心"的传播模式而逐渐走向"以用户为中心"的新型传播模式，信息传播控制者的力量在减弱，信息传播参与者的力量在增强，交互性说明了数字信息发布的门槛较低、传播方式灵活多样，也为新媒介的"去中心化"奠定了技术基础。即时性与共享性也是新媒介的突出特征，这表明新媒介真正突破了时空限定，可以使以新媒介为载体的信息瞬间到达地球上的任何地方，用户可以在第一时间获取第一手信息，也可以作为传播者将所见所闻在第一时间发布分享出去，实现信息的即时互动与共享。目前的新媒介技术已经在全球形成一个巨大的数据库，超链接、搜索引擎等技术又将这些信息融会贯通，在无限扩大传播空间的同时为用户提供海量信息奠定了信息共享的坚实基础。从个性化的角度来说，目前的新媒介正在最大程度地延伸不同的个体。正如美国西北大学研究学者詹姆斯·韦伯斯特所言，"媒介融合，不是强调技术，不是强调产品，而是强调对用户特定需求的满足——让他得到任何他想得到的"。新媒介对用户的个性化服务越发显著，人们不仅拥有信息选择权，还拥有控制权，可以在任意时间和空间接收信息，也可以对自己感兴趣的信息进行收藏、下载，实现反复浏览；人们可以借助搜索引擎技术在庞大的数据库中各取所需，也可以按照自己的喜好选择获取信息的渠道，根据自己的兴趣和网络上的人群形成话题和社群。新媒介改变着人们生存的世界，也改变着人们的生活方式和思维习惯。在文学领域，新媒介的技术属性成为文学艺术生产的强大推动力，当下的媒介技术越来越显现为文学生产力中的主导力量和核心要素，不仅使越来越多的文学生产者借助由媒介提供的"信息世界"和"信息生活"取材而非依赖原生的现实生活，而且使文学接受者愈发培养出无边界、无等级、非线性的思维和阅读方式。

新媒介的技术属性带来的虚拟社会空间为人们沟通互动营造了全新的场域和形式，场域可定义为"在各种位置之间存在的客观关系的一个网络或一个构型"。新媒介不仅是传媒形态，与其他传统媒体不同的是，新媒介从诞生之初就呈现出社会形态。互联网发展早期，人们更多认为新媒介第一次让人类真正拥有了两个世界，一个是现实世界，另一个是虚拟世界，新媒介的虚拟社会形态进入公众视野，也成为区别传统媒体的一个本质属性。新媒介及其技术带来的虚拟社会空间为人们的沟通和互动营造了一个全新的场域和形式，人们可以在虚拟空间中对自己的角色进行多重设定，自由分解，获得自我需求的满足。新媒介的虚拟性使人性和人类的多样化得到张扬，也在无形中激发了人类更多的创造力。人们也越来越发现，虚拟角色的存在或消亡，已经有了某种实际意义，似乎能够解释人们在虚拟社会中的各种行为隐藏的心理动因，进而映射到现实社会。Web2.0技术影响下的社交媒体时代到来，使人们越来越以真实身份出现在互联网各种社交空间，虚拟社会形态在某些层面正在逐步"现实化"，与现实社会日益交融，个人的社交网络、朋友圈层交流交往、网上交易和网上办公等应用的发展深入都需要将现实社会里的身份、社会地位和关系真实反映到互联网络。新媒介的社会形态是当下与现实社会同等重要的一种新的社会形态，既映射了传统的现实社会，又形成自己独特的社会系统和数字文明。未来的社会将是融合现实与虚拟的全新社会形态，个体将更具自主性和自我定位能力，新的社会分层、社会关系也会出现，而这种分层或社会关系可能更多源自新媒介技术发展程度的不均造成的权力差别，包括基于互动基础不同而形成的网络话语权力的分化。此外，新媒介的社会形态还表现在兼具公共话语空间和私人话语空间而形成的新型理想的社会领域，这里既可以通过电子邮件、即时通信工具、博客、微博、微信等表达个体的私人话语，满足个体需求，也是允许个体进行意见表达的公开场所，赋予个体更多说话的"权利"，能够将弱小的个体声音汇聚成强大的集体声音并使之广为传播，从而使新媒介在社会形态层面拥有更强大的发展空间。

新媒介技术属性还可以改变以往经济形态，建构新媒介经济。新媒介介入社会生活引发生活新尺度和新模式的变化使其不可回避地对经济产生影响，其本身也逐渐成为一种经济形态和商业活动。从经济领域认识新媒介，突破了以往仅把媒介研究放置在传播领域的视野，对于研究新媒介文学的生成与发展具有重要意义。新媒介构建出的经营平台性质及从中产生的庞大经济利润和潜在经济前景是新媒介不断成熟完善的强大动因。这可以从四个层面理解。

层面一，新媒介经济是传统经济的一种延伸。新媒介时代，传统产业都努力在互联网平台寻求最佳的契合点，利用互联网实现传统经济的改造与升级。腾讯CEO马化腾提出的"互联网＋"就是互联网与传统经济融合的生动诠释，在这个融合过程中，传统行业与互联网逐步结合起来，共同在新的领域打造新的生态。

层面二，新媒介经济主要以信息产品的生产与经营为主。信息产品有很多特点是传统产业产品所不具备的，信息产品生产成本高而复制成本低，需要人们的体验尝试才能进行评价进而形成品牌和声誉，注意力是信息产品的稀缺资源，非主流的、个性化的需求在网络市场中发挥重要作用，特别是"用户生产内容"的发展使信息生产的成本转移到用户，使信息产品更具个性化、更丰富多样，也使新媒介经济在信息产品赢利方面更具优势。维基百科、谷歌、微软、豆瓣和 eBay（忆贝）都属于信息经济范畴。

层面三，体验经济愈发成为新媒介经济的增殖方向。体验经济把消费者心理体验放在首位，这与新媒介经济"以用户为中心"的理念不谋而合。体验经济中游戏化、娱乐性、人性化和互动参与性等特点也在新媒介平台上得到充分的开发。新媒介的出现使得为个体提供各种独特体验经历成为可能，也更有效地把用户体验和企业服务及经济效益融合到一起。因为消费者更愿意为体验付费，更愿意将体验的美好记忆长久保存在脑海中，因此体验经济会越来越成为新媒介经济增值的方向。

层面四，共享经济与数据经济成为新媒介经济的未来趋势。共享经济主要在移动互联网时代出现旨在利用"移动互联网将闲置或未充分使用的资源（包括时间、空间、物体）等就近向需求者提供及时服务，互联网平台对供需进行资源组织和调度管理，形成事实上的产品品牌。平台上的服务供应方以独立承包商身份向需求方提供服务，平台收取服务佣金"。如共享单车、共享充电宝、优步租车服务和爱彼迎都符合共享经济的这一界定，这是一种面向新媒介时代的全新产权模式，打破传统私有权的障碍，人们的观念经历了一个从所有权到使用权再到创造权转变。此外，共享经济的资源提供者与需求满足者随时可以发生角色互换，为参与者的利益获得提供了双向可能。尽管共享经济在新媒介时代出现了很多问题，也存在多种风险，但共享经济必然是新媒介发展趋势中的重要一环。大数据也成为时下最热门的话题之一，对用户数据的采集和深层应用，将是新媒介发展的未来趋势。数据是一切的基础，也是未来新经济的基础，互联网改造传统行业、线上到线下（Online to Offline, O2O）应用、场景应用、体验经济及共享经济平台都离不开对数据的分析；万物皆媒的物联网时代也是建立在数据分析基础之上的，所以，未来的新媒介经济将更多地向数据经济领域发展，也展现出更多新媒介技术属性的优势。

新媒介的技术属性改变了文学与文学传播。新媒介的出现使得创新性突破了以往文学传播的规制。和传统的传播媒介相比，新媒介的技术属性决定了新媒介的传播在传播形态与形式的复合性、传播手段的融合性、传播格局与过程的开放性、传播路径的多极化与网状化等方面有较为突出的体现。新媒介传播实现了各种传播形态与形式的相互交织，人际传播、群体传播、组织传播和大众传播在内的各种传播形态都呈现在新媒介的传播特性当中，既可以像传统大众传播时代那样进行"点对面"的传播，也可以如人际传播一样实现"点对点"的传播；既可以同步传播，也可以异步传播。新媒介的传播形式也很多样，门户网站、客户端、电子邮件、即时通信、论坛、博客、微博和微信等各种形式相互连接、渗透，形成立体多样的全方位传播网络。传播手段的多媒体融合性，使新媒介既可以承载任何一种形式的信息，也可以综合运用多媒体手段传播某一信息，达成整合传播的效果，使信息传播实现了空间维度上的连通，也实现了时间维度上的连通。新媒介打破了传媒机构在传统媒体时代的垄断格局，传播的参与者变成了可以是任何有条件利用网络的人或组织，使传播格局更加多元和复杂，也更具开放性。这些新媒介技术变革引发的传播性质和形态的变化，体现在始终与媒介有着千丝万缕联系的文学领域，就是文学整个格局及文学从生产到传播的全方位变化，新媒介文学的形态也由此而生，新媒介使文学信息传播在各个要素和环节中都处于一种开放自由的状态，没有严格规制的筛选审稿过程，不需要漫长的等待，也不受出版周期、版面多少的限制，可以全天候随时随地地发布文学作品，与传统文学发布形成鲜明对比。此外，由于网络建立之初设定的分布式网络结构也奠定了新媒介传播路径网状化的基础，网络中的各个节点代表着各种传播主体（如媒体、政府、企业、个人等）都不止一条线性的信息传播渠道，而呈网状扩散，各种节点之间存在各种各样的联系而构成巨大的关系网络，也形成信息流的多级传播，新媒介文学的传播路径也因此呈现多元化、多节点、网状扩散的传播优势，每个使用互联网新媒介的个体用户，既可以成为文学的接受者，又能够成为文学的创作发布者。进入社会化媒体时代，个人作为网络节点的角色越发凸显，"用户生成内容"技术与实践也使得新媒介文学愈加繁荣，焕发勃勃生机。

通过对当下新媒介及其属性的考察，可以明确以数字技术、互联网技术和移动通信技术为核心的新媒介，作为"人的延伸"，改变着人类的生活和感知，新媒介技术影响下的社会、经济、文化等的在彼此相互交融和渗透过程中已经形成多元化、多层次、复杂又多样的生态系统和社会人文景观，而中国当代的文学也在这场遭遇中经历着自己的变革，形成了以"新媒介文学"为主的新的生产与传播方式，构建着新的文学格局。

三、新媒介文学文本的媒介性建构

基于新媒介技术属性不同于传统文学以印刷媒介为主的技术特性，新媒介文学的文本也建构起独有的媒介性特点。"媒介的存在"在新媒介技术应用普及的当下，被赋予除了作为中介、工具、平台等功能性存在以外的更多媒介性内涵。媒介性的内涵拓展，也使新媒介在与文学相融共生的过程中，建构起新媒介文学文本的媒介性，并以此与传统文学文本构成区别。

关于新媒介文学的理论界定早在 2005 年当代文学研究领域就"新世纪文学"展开讨论的时候就出现了，并在接下来的研究过程中逐步形成较为明晰的认识。曾军在讨论"新世纪文学"视野中的"新媒体文学"问题时提出："所谓'新媒体文学'就是指基于电子媒体和网络媒体而诞生的新的文学品种和文学活动（写作方式、传播方式、阅读方式）。"并认为新媒体文学形成了有别于口传时代、印刷时代的新的文学类型、文学观念，以及文学生产机制、文学活动方式等。同时，曾军在分析网络文学等新媒体文学形态后明确指出："新世纪文学的文学观念和文学标准是站在传统文学的基础上向'新媒体文学'的有限度的开放和接纳。"这种认为新媒介文学是传统文学延伸的逻辑并未意识到新媒介技术的强大力量和媒介性的深刻内涵，但在当时却是比较具有代表性的对新媒介文学的思考与研究。陈思和教授主要从网络文学层面探讨新媒介文学，认为"一种新生的文学艺术样式，需要积极地参与、宽容的理解和审慎的批评"。王万森等学者则认为，"网络文学不能被精英文学趣味简单否定，要清晰地呈现'新媒体文学'的特点，一个比'纯文学'拥有更广大读者和影响的阅读形态需要认真的总结和考量。这些观点都是站在传统文学立场或纯文学视角来审视新媒介文学，是一种有限度的包容和接纳。对此，郑崇选则认为，"应该摒弃基于纯文学理论框架的封闭式认知方式，建立一种开放的批评视野，充分认识新媒介文学所取得的成绩及其面临的困境，进而把新媒介文学放置于更大的文化语境之中，从文化建构的角度正确理解新媒介文学对于当代中国文化形态结构变迁的积极意义"。肯定了新媒介文学的独立性和在当代文学及文化领域中的地位。可见，新媒介文学借着新媒介技术成为拥有全新生成发展机制的文学形态已经不可回避地介入到现当代文学研究领域。基于开放的文学观念，很多学者也都基本接纳了"新媒介（体）文学"这一概念并给予更多的关注和思考，但由于学者们研究视角、评价标准、学理思路、学科类别及人体学养等的不同，使得关于对"新媒介文学"的界定也存在诸多分歧，例如，内涵把握不一致、命名随意性比较大、学理性不强等，对新媒介文学的形态类型、研究原则、思路、方法和范式等也存在差异，特别是运用传统的纯文学、精英文学、作家文学等的文学观念或传统媒体时代形成的文学生产与传播的理论范式远不能满足新媒介文学研究的理论需要，新媒介技术的不断革新应用也增大了对这一研究的难度。所以，唯有基于当下对新媒介技术属性和媒介性的理解，并与时俱进地完善新的文学观念和相应的文学理论范式才能更好地理解和把握当下新媒介文学的内涵，更好地从文学文本的媒介性建构角度把握新媒介文学特点，透过新媒介文学活动及现象寻求规律，掌握发展态势。

近十年，学界关于新媒介文学的理论界定日益凸显媒介技术和媒介的地位，例如，欧阳友权教授认为："新媒体文学就是指借助数字化技术传媒如网络、手机等创作和传播的文学。"这一概念是他基于十多年对网络文学、数字媒介文学研究基础上不断调整、辨析后形成的，并且认为新媒体文学与以文学期刊为主阵地的传统文学、以出版营销为依托的图书市场文学三分天下，彻底改变了当代文学格局，改写了传统文学惯例、文学生产方式及文学思维观念等。学者郑崇选认为，"新媒介文学正是以互联网和手机等数字媒介为中介进行生产、传播和阅读的文学类型""新媒介文学的生产与阅读已经成为当代中国一种非常重要的文化生活"。并且更加注重探讨的是新媒介文学生产机制面临的困境和机遇，很有建设性。学者单小曦认为："新媒介文学是指依托于数字化新媒介存在并展现自身特色的文学形态，具体包括如下两大类别：一是传统意义上的数字化，即一般所说的西方数字文学（电子文学）、中国网络文学及其各种新形态——博客文学、微博文学、短信文学、微信文学等；二是作为数字化综合艺术构成要素的语言部分，具体包括数字化的电影文学、电视文学、摄影文学、动漫文学、游戏文学、交互戏剧文学等。"在单小曦看来，数字化新媒介文学生产领域，不仅包括通过网络媒介和实时性交互而生产的网络原创文学，也包括同为使用网络传播，但终端为手机的手机短信文学及网络整合的各类传统文学、影视文学和其他新媒介文学形态，虽然这种观点更能凸显新媒介强大的媒介融合效能，几乎整合了包括机械印刷、播放型电子媒介在内的所有文学媒介，印证了麦克卢汉关于"媒介即信息""媒介信息'内容'仍是媒介"等思想，但也有泛化新媒介文学之嫌，值得商榷。

综合考量学界对"新媒介（体）文学"的研究和理解，当下"新媒介文学"可以理解为是在基于数字技术、互联网技术及移动通信技术构建的多媒体终端（包括固定终端和移动终端）平台上，以语言文字的话语形式为基础并整合音像性、图像性、影像性等话语形式实现文学从生产到传播全过程的新型跨媒介文学形态。这里并不仅强调"新媒介"在"新媒介文学"的生成发展中作为传播介质、媒介平台和信息载体的最直观效用，也试图从新媒介的媒介性本体及存在意义来解读赋予"新媒介文学"文本媒介性建构的具体体现。

其一，新媒介文学文本媒介性建构中的虚拟性。新媒介的媒介性与以往媒介相比更具有建构性和生产性，且随着媒介不断技术化、独立化、规模化和产业化在不断增强。这种媒介性已经可以强大到将人与一切存在者卷入一个媒介生产场再造出一个具有存在论地位的"虚拟现实"。新媒介的媒介性改变了文学与现实的关系，赋予新媒介文学文本以虚拟性的特征。欧阳友权在《数字媒介与中国文学的转型》中提出"从自身的表意体制来看，数字媒介对文学构成要素的技术重组，造成了艺术表征关系的深刻变化，改写了文学与现实之间原初的审美关系。文学对现实的艺术表征，就变成了文学与数字虚拟世界之间的互动生成"。以往传统媒介文学更多借助语言文字符号表征较为清晰的文学内容与物质现实的依存关系，展现人与现实世界之间清晰有效的人文关联。数字互联网技术使新媒介建构出不断延展开放的虚拟空间，文学的创作者、作品、接受者等都被容纳到这样一个虚拟的大"容器"中，使文学创作主体与客体、艺术与生活的界限变得模糊，创作者在虚拟空间的创作更多是展现个体自我化或虚拟化的感性世界，这也可以理解为是创作者在对新媒介技术的依赖与对客观现实的理解之间寻求一种平衡，更能展现新媒介的建构性，是新媒介文学文本虚拟性的表征。新媒介的数字互联网络颠覆了主体实在的确定性身份，所建构的虚拟空间打破了时间与空间的限制，为人们提供了一个新的生活界域，新媒介用户可以随时随地进入数字互联网空间，从中收获无限的信息资源甚至创作灵感，人们从当今新媒介的虚拟空间中获得了更有突破性的文学想象、创造与消费的方式，更加凸显个体在文学创作中的体验、行动和生存的状貌。新媒介文学的虚拟性体现了数字互联网空间与文学空间的融合，突出展示了人的主体性、超现实性、想象力和构造力，是文学创作在虚拟化世界里的自由体验和再创造。

在数字技术与互联网络构建的虚拟空间里，一切都被符号化了，体现在新媒介文学文本虚拟性层面是媒介性话语形式转换。所谓"媒介性话语形式"是指为特定的媒介所规约的话语形式，一方面，任何媒介都是人的对象化活动的产物，是一种特定的物质性实体存在，一经生成即会通过自身所特有的符号形态又反过来对人的对象化活动产生十分重要的作用；另一方面，话语形式作为人类特有的表意方式、表述结构及其符号形态来源一并受到相关媒介形态的制约，一经生成便具有自身的相对独立性，并进而作为一种特定的结构整体而促进人类文化生产与审美文化生产的现实运作与发展。新媒介文学的媒介性话语形式最显著的变化是由传统单一的媒介性话语形式向语、音、像合流的整合性媒介性话语形式的转换，进而生成了以语言文字性话语形式为基础的整合性跨媒介文学形态，是对以往媒介文学呈现的诸如"肢体性话语形式""图像性话语形式""音像性话语形式""语言文字性话语形式""影像性话语形式"的整合、拓展与增容，进而成为更具优势的文学样态，是可以调动各种感官进行多元感知感受的开放性文本，也因此更加凸显了新媒介文学文本的虚拟性表达。

其二，新媒介文学文本媒介性建构中的平民性。从媒介的存在角度来看，新媒介突出的技术性强势话语，决定了媒介在新媒介文学中的主体性地位。作为富有权力的决定性力量，新媒介改变了文坛上、文学史上原有传统精英文学与大众文学之间的关系状态，改变了传统精英文学曾经占据文坛主导的地位，使新媒介文学文本呈现出平民性的媒介性建构，在文学创作、传播、受众接受和审美等诸多方面也都表现出明显的大众性、平民性的文学特征。

新媒介的技术性和媒介性使新媒介文学的大众化生产与传播成为现

实，由此也形成区别于传统精英文学、纯文学的平民性审美属性。新媒介对文学发展的影响力比以往任何媒介都要广泛而深刻，借助新媒介，文学从专业创作向平民创作转型，实现了文学话语权向民间的回归，新媒介文学创作的平民主体以平民姿态、平常心态来写平凡的故事，以大众化、生活化的叙事方式展示普通人的感受与想象，新媒介文学重新确立了民间本位的写作立场，实现平民化叙事和表达民间的审美意识。新媒介文学大众化、平民性的审美属性既是继承发展以往通俗文学、大众文学的审美依归，又是开创性地呈现新媒介文学在文学生产传播中的独特审美，新媒介文学给大众在文学领域提供了一个平等的参与机会，文学不再是作家的专利，新媒介文学赋予任何想从事创作的普通民众自由地发表自己作品的权利。新媒介文学创作主体的平民性正在真正实现文学的自由平等性，新媒介优化了文学创作个体生存与发展的自由空间，也实现了创作主体与接受主体之间的真正互动与交流。

从文学性的审美品格来看，新媒介文学以整合性媒介话语形式作为自身存在方式的审美文化形态是一种大众化的审美文化，它以原创语言文字、影视剧改编、动漫游戏、网络艺术等审美文化形态，经由数字影视、计算机网络和智能多媒体终端手机等现代传媒平台进行着大众性审美文化的生产与消费。随着新媒介与新的媒介性话语形式迅猛发展，各种既不同于传统文学形态又与之密切相关的文学审美文化形态正在发挥更大的社会文化功能。以语言文字性话语形式作为自身的构成质素并整合其他相应话语形式作为自身存在方式的新媒介文学审美文化形态，不仅丰富了文学审美文化的内在构成，而且极大地拓展了受众的想象空间，赋予其独特的审美方式和审美体验。新媒介文学是更适合大众用以书写自己的思想情感与生命体验，真诚表达个体精神、自由书写自我感悟、发挥个体文学素养和进行情感宣泄的方式，通过文本自由展现的话语狂欢、开放互动的即时生产与传播等过程使新媒介文学具备了情绪情感宣泄、个体性生存体验表达和日常生活艺术化等审美文化功能，体现其平民性、大众化的审美属性。

其三，新媒介文学文本媒介性建构中的平面性。区别于传统的纯语言文字性文学文本，新媒介文学是以其媒介技术性而使文本呈现出平面性、直观性特点。数字互联网技术的特质中的复制、仿真和拟象等使新媒介文本创作正在逐渐以"图像"的表意方式来挤压"文字"的表意，当图像被当作文学对于现实和主观关联物的符号中介时，它就会被当作现实本身——用图像的直观性替代自然物的在场性。无新媒介文学文本正在向"图像景观"靠拢，以新鲜精彩、平面直观的感官娱乐与触动遮蔽以往识文读书的深思苦虑，文本语言高度感性化、图像化趋势是新媒介文学创作追求平面性、直观性的自适性改变。相比以往传统封闭性的静态文学文本而言，新媒介文学是一种用户自主生产的动态文学文本形态，呈现出空前自由开放的非线性文本结构。为了更好地实现文学接受，有效贴近大众，文本创作的平面直观、通俗易懂成为普遍趋势和创作取向。新媒介技术使文学文本创作发生革命性转换，传统静态文学文本作家在创作时都是个人行为，是一个人"戴着镣铐舞蹈"。作者创作结束后，生成的作品文本通常就成为独立于作者之外的艺术自足体，读者和批评家们也是在充分尊重作品文本自身独立性和完满性的前提下对已经完成的文本进行阅读欣赏和审美批评的。但新媒介文学文本的创作则不然，媒介性的赋形性与生产性使新媒介文学的文本创作能够整合容纳多媒体形式，创作出以语言文字为基础，融合音像、图像和影像等媒介符号形式于一体的开放性文本形态满足更多受众对文学审美、娱乐和消费的需求，也使之更迎合受众对平面直观文本的体验与追求；此外，由于读者受众可以更自主的深度介入和感官参与，使新媒介文学文本在动态生成过程中有倾向地发展成为深度削平、浅阅读呈象、平面直观的创作表达。

新媒介文学得以生成和传播，新媒介技术性及其媒介性存在是其根源，并由此带来文学创作者、媒体运营者及文学接受者包括批评家等区别于传统文学的变革，新媒介文学可以说是文学在数字化新媒介时代的特定形态，既有对传统文学特定历史的延续性，又呈现出虚拟性、平民性和平面性等新的文本特点。只有更为准确地把握新媒介文学的概念及属性特征，才能更有效地研究和探讨这种文学形态是如何生成与发展的。此外，传统文学研究领域形成的文学批评和理论范式已经无法适用于新媒介文学呈现的各种新变，关于新的文学批评和理论范式亟待形成，以媒介存在视角探讨新媒介文学的生成与发展也就成为形成新的文学批评和理论范式的重要前提。

需要强调的是，尽管我国新媒介文学目前仍是主要以语言文字性文本创作为基础，但不能因此就将以往传统文学作家作品和文学经典的网络数字化文本归于新媒介文学的研究范畴，这里还是更严格限定了新媒介文学是在新媒介技术平台创作并加以传播的原创文学形态及经由媒介话语形式、复合符号组合构建而产生文学意义的文本形态。在文本创造、阅读和接受等环节中生发出很多传统文学所不具备的媒介特性，诸如书写表达的自由性、强大即时的交互性、媒介话语的整合性、虚拟仿真的体验性及非线性动态的建构性等新的特质，也更加凸显新媒介文学的与传统文学的媒介性差异。

第二节　新媒介文学的产生
与当代文学格局新变

新媒介文学借着新媒介技术在文学领域的广泛应用在21世纪初迅速崛起，不仅逐渐改变了当代文学格局，而且也成为文学在历史更替和转型中最能凸显媒介狂欢态势的文学样态。纵观文学发展的历史，文学从诞生之日起就与媒介有着千丝万缕的联系并深受媒介技术的影响，媒介技术的发展变化也直接促使文学内在本质的建构和变迁。语言的产生带来口头文学的兴起，与约定俗成的语言符号和"人"的肢体动作一同实现最初的文学启蒙与传播；文字的产生、造纸术与印刷术的发明，使纸质手抄文学在向印刷文学（包括印刷精英文学和印刷大众文学）的转型中逐步实现文学的大众传播，并在新媒介文学产生以前一直都是文学传播的主要文学样态，且彰显现代性精神的精英文学直至 20 世纪中后期在中国现当代文学中占据主流地位。影视等播放型电子媒介在 20 世纪 90 年代的广泛普及，带动图像文化潮流，也为印刷大众文学（通俗文学）搭建起一个更易于与读者接近的平台，文学作品的影视化改编和类剧本化创作使文学样态有了新的变化。但即使在此时，媒介之于文学的意义也并未深入，无论是口头文学中的语言、文字、肢体，抑或印刷文学中大众期刊、书籍和报纸，或者影视文学传播中的电影、电视等播放型电子媒介都更多是作为文学信息传播的载体、介质或工具存在，而远未介入文学生成发展的研究视野。新媒介文学的异军突起彰显了新媒介的技术性和媒介性对文学的影响甚至决定性力量，传统文学期刊、文学出版及影视文学也在变革转型中日益凸显新媒介存在的必然性，引发中国当代文学格局新变。

一、新媒介文学的异军突起与新媒介时代的历史性演进

新媒介文学异军突起，在文学创作主体与文学接受主体关系变革、文学文本类型化的大量生成、文学产业化规模加剧，以及"微"文学效能增强等方面有突出表现，新媒介文学的发展历程也呈现出新媒介时代的历史性演进轨迹。新媒介文学最初走进公众视野并引起广泛关注，是从数字互联网技术初期的网络 BBS 应用开始的。

1998 年 3 月，痞子蔡（蔡智恒）在一个春雨夜于键盘上敲出了《第一次的亲密接触》的第一句话，然后用了 2 个月零 8 天在网上完成了长达 34 集的连载，被誉为网络文学的开山之作，该作品在网上迅速被各大

论坛火热转载、推荐，引起无数跟帖，不仅印刷出版物成为畅销之作，而且还被改编为电影、电视剧、戏剧，并曾一度作为网络言情创作模式的参照使"亲密接触"一类的跟风作品满天飞。很多人都是因为这部作品才知晓网络文学，BBS 也因此作为第一个成熟的互联网应用成为早期网络文学的传播平台和互动交流阵地。《第一次的亲密接触》的成功，并非仅是因为它讲述了一个缠绵悱恻的网络爱情故事，而是它折射出作者对于理想与现实、虚拟与真实的矛盾与无奈，深入洞察出现代人内心渴望纯真、美好情感的需求和要真实表白的欲望，迎合了广大受众的审美标准和心理情感，并且以网络媒介传播的方式实现了最有效的表达。从此，华文网络文学开始广泛介入到现代人创作、阅读、审美和娱乐当中。1998 年被认定为是中国网络文学的诞生元年。中国当代文学也由此与以互联网数字技术为核心的新媒介结下深厚的不解之缘。

2008 年，著名文学研究学者葛红兵在文学报上发表了一篇名为《新媒体时代文学的四种倾向》的文章，提出十年之后的网络文学在创作群体和阅读群体等方面均已超过纸质文学，当代文学呈现出"从精英文学到大众文学、从教育的文学到娱乐的文学、文学正逐步丧失主流人文艺术样式的地位、纸面文学越来越高端化地成为少数文化贵族的精神圣地"四大趋势。欧阳友权在《网络文学概论》一书中就网络写手发展十年的状况按时间顺序及活跃程度划分为三批。痞子蔡、安妮宝贝、李寻欢和邢育森加上早期创作多媒体和超文本实验之作的中国台湾苏绍连等人成为网络原创文学初创期的第一批开创者。新世纪之交介入网络文学创作的今何在（代表作《悟空传》）、宁肯（代表作《蒙面之城》）、慕容雪村（代表作《成都，今夜请将我遗忘》）、何员外（代表作《毕业那天我们一起失恋》）、陆幼青（代表作《死亡日记》）、雷立刚（代表作《秦盈》），以及制作 Flash 动画作品闻名的多媒体网络写手蒋建秋、齐朝晖、朱志强等成为第二批网络写手。第三批网络写手则是引领了类型化长篇网络小说风潮，队伍庞大、人数众多，难以尽述，很多人创作成就也十分惊人，不容小觑，如萧鼎的玄幻小说《诛仙》一路走红，2007 年完结出版后以惊人的发行量问鼎文坛；天下霸唱的《鬼吹灯》系列开创网络盗墓小说的先河，文本开发从图书出版到影视改编各路开花，持续走红；还有作品点击率超过 2 亿的赵赶驴、写武侠的女建筑师沧月、起点中文网的创始人林庭锋、开创奇幻特色的烟雨江南等，显示出这一代写手的整体实力。

2018 年，随着多媒体移动互联网终端（主要指智能手机移动终端）技术的广泛应用和迅速普及，期间出现的手机短信文学、博客文学、微博文学、微信文学等新形式使网络文学的概念已不能涵盖所有基于新媒介技术平台进行生产与传播的文学形态，"新媒介文学"更恰当地成为诠释不同种类的互联网数字文学的概念。以网络文学为主体的新媒介文学发展的强劲态势，也展现出新媒介文学与图书出版、影视改编、动漫游戏的跨界合作和产业化融合。正如当下流行的一种说法认为，"中国网络文学与好莱坞电影、日本动漫、韩国电视剧被并称为 21 世纪四大文化奇观"，可见中国文学结合互联网新媒介已经更直接便捷地走出国门，面向世界，成为一种全球新文化现象。

从 1998 年到 2008 年，再到 2018 年，三十年中国新媒介文学发展进程也体现了新媒介时代的历史演进过程。新媒介时代已经不是单纯的一个关于历史时间的概念，而是依托新媒介实现信息的传递与交流、实现人与人新的沟通与交往、开辟新的文化生产与创造的传播语境，是最为突出、最能贴切描述媒介创新更迭和时代变迁的表达。新媒介时代给人们的生存与生产生活带来重大影响和变化，也变革着人们的思维方式、行为方式和生活方式，而这种影响也波及当代文学领域，新媒介文学蓬勃兴起，在很多方面呈现出不同于传统文学的独特变化。

首先，新媒介文学的异军突起体现在文学创作主体的扩容和接受主体的主动性增强。中国新媒介文学是文学与互联网新媒介的联姻，这也就意味着在当下的文学发展中，互联网思维逐渐深入到文学创作、传播及审美等各个环节。互联网独一无二的分布式网络结构给网络用户节点化生存奠定基础，也决定了新媒介文学的生成建构满足了众生许久以来积聚的文学创作与传播的梦想，从海外留学生的思乡之梦到港澳台青年文学之梦，再到所有文学爱好者的创作之梦，互联网平台和新媒介文学的生产与传播使得文学创造力如火山一样喷发而出，蔚为壮观。可见基于新媒介技术的计算机网络和手机移动终端而形成的新媒介文学用户数量已经相当庞大，这为文学的创作与接受都奠定了坚实基础。新媒介文学生产的便捷性和"低门槛"使作者群体在身份、数量等方面都获得极大扩容，文学作品数量也相应获得海量增长，很多商业文学网站日更新量和页面浏览量都以亿数计，新媒介文学接受主体（即读者或受众）的主动性在日益增强，特别是新媒介技术进入到 Web2.0 时代，社交媒体与自媒体的广泛应用使作者与读者的互动越来越紧密，很多新媒介文学文本的作品完本都能清晰看到读者间接创作的轨迹。尽管新媒介文学的创作者仍然是作品的直接书写者，其个人意志还占据作品创作的主导地位，但读者群体的意愿、看法和喜好及由此带来的粉丝效应与影响也是作者无法忽略的。"受众本位""以用户为中心"在新媒介文学生产中成为核心宗旨，作者创作往往会根据读者需求适时调整甚至改变最初预设的发展方向，以读者意志为转移，新媒介文学作品更多体现出群体性的写作智慧，展现出读者极大的主动性，这与传统媒介的文学生产形成极其鲜明的对比。

其次，新媒介文学的异军突起体现在高度同类化文本的大量生成。在我国，利用数字链接技术，以多线性文本交叉叙述、跨媒体组接进行文学创作的超文本数字文学，虽然是最能体现新媒介文学"技术性"特征的文学样态，却并未真正发展起来。中国的新媒介文学以网络文学为主体，在发展中都大体上放弃了实验性、前卫性的实践而走上商业化、大众化和产业化的道路。网络文学可谓是中国独有的互联网本土模式成功运营的网络产品，是中国文学与互联网新媒介相结合形成的文学新样态，更多秉承了中国传统通俗文学和大众文学的发展方向，同时又整合西方通俗文学中的各类元素诸如奇幻、科幻、朋克等新兴文学样式，在文学主题、题材、叙事结构、情节范式、话语模式、风格种类及审美期待等方面都逐渐形成相对固有的模式，开创和拓展出大量高度类型化的文学文本作品。2011年，盛大文学推出中国网络文学分类标准，将网络文学分成奇幻、玄幻、武侠、仙侠、言情、都市、历史、军事、游戏、竞技、科幻、悬疑、灵异、同人、图文、剧本、短篇、博客及其他19个类别。这一题材分类框架基本成为新媒介文学类型化创作的普遍标准。高度同类化文本的大量生成，来源于新媒介时代网络用户对海量信息的快速分类和精准匹配的诉求，迎合了大众文学和通俗文学的文化格调，成为中国当下低成本日常精神文化消费娱乐的主要形式。

最后，新媒介文学的异军突起体现在网络文学产业化规模的加剧与"微"文学效能的凸显。中国的网络文学经过二十年文学积淀形成较为系统的产业化运营规模。文学网站大量兴起又在激烈的竞争和残酷的博弈中逐渐整合，形成以阅文集团、百度文学、中文在线、阿里文学和学阅等五大网络公司为主体的网络文学运作平台。由盛大文学和腾讯文学合并成立的阅文集团，占据网络文学平台绝对的龙头地位，旗下的起点中文网、云起书院/创世中文网、起点女生网、晋江文学网和潇湘书院都占据重要地位。用户为网络文学阅读付费成为网络文学产业增长的核心动力，主流网络文学原创网站涉足版权运营，充分整合了中国互动娱乐产业和文化创意产业，网络文学影视、游戏改编都成为网络文学产业跨媒体规模发展的重要策略和扩大再生产环节，中国的网络文学产业规模加剧，泛娱乐化产业链正在形成，这在传统文学生产领域是不可想象的。

"微"文学是基于移动多媒体终端的广泛应用而逐渐兴起的新型文学样态，以短小凝练性、即时交互性、碎片化填补性等无"微"不至的文学特性区别于传统媒介文学形式，也与网络文学特别是网络小说的"超长"特性形成鲜明对比,是新媒介文学样态的有益补充,满足移动多媒体终端用户日益快捷、无序、碎片化生存的需求和"微审美"的快感体验。目前,短信文学、微博文学和微信文学是"微"文学的典型形式,也因其出现的先后顺序,纵向发展状貌和文学创作特点呈现"微"文学的发展轨迹和特性,微博超高月活跃用户和微信的全球活跃用户预示了"微"文学潜在的巨大生机。"微"文学几乎是无门槛的创作,大众的参与度更高,好的文学作品会快速得到大批量的分享转发,也会得到较专业人士的点评,容易得到大众的广泛关注。"微"文学以其篇幅短、内容高度凝炼和传播性强等属性成为新媒介文学中发展愈发显著的独特类型,在满足读者碎片化阅读的快捷体验的同时也与传统文学创作形成明显差别。新媒介文学是"活"的,在互联网技术不断升级换代的过程中,新媒介文学也大致经历了从萌芽期、成长成熟期到创新融合期的生产传播过程,它始终与新潮流、新趋势相连,呈现出不断更迭的态势,如付费阅读的兴起并成为常态、产权运作中的 IP 效应最大化、移动互联网终端的碎片化阅读整合等都是新媒介文学在发展中呈现出的新趋向,值得深入研究和探索。

二、文学期刊的渐趋边缘与文学出版的革新转型

新媒介文学的蓬勃发展对传统文学的冲击是必然的,对此,传统文学领域也在寻求新媒介时代的生存机遇和应对之举。基于传统机械印刷技术和纸质媒介实现文学传播的文学期刊和文学图书出版,是新媒介文学产生以前中国当代文学生成过程中最重要的两个环节。新中国成立至 20 世纪 80 年代中期,中国当代文学生成与传播的基本模式就是以文联、作协为核心,以专业作家为创作主体,以各级文联、作协和出版社主办的文学期刊为媒介和平台,以文学编辑为引导和把关,最终使广大读者群体通过文学期刊阅读和欣赏文学作品,并通过大众和批评者的认可实

现文学图书出版的过程。世纪之交，伴随文学大众化、市场化趋势及新媒介技术革新的冲击，文学期刊和图书出版都曾面临困境和问题，也在寻求新的出路，通过革新转型寻找新的生存方式。

文学期刊作为文学生产与文学传播的中枢环节，连接着作家群体和读者群体，在新媒介时代到来以前，是作家使作品得以面向大众的首要门槛和文坛的"把关人"，几乎所有作家登上文坛都是先通过在文学期刊中发表作品而实现文学的生产与传播。这种机制曾经在相当长的时间里主宰着代表官方意识形态的主流文坛，承担着意识形态传播主渠道的宣传职能、提高全民文学素质的教育职能和培养本地作家、积累地方文化的建设职能。20 世纪 80 年代初，文学开始探索自身的审美和艺术规律，这种"向内转"的文学回归在文学期刊上得到了理论和实践的回应。文学期刊对办刊宗旨、服务对象、创作观念和内容及发展方向等方面都重新进行了价值定位，并在这些积极力量的推动下，办刊数量和种类及发行都呈现扩张壮大之势。如省一级文学期刊 1978 年仅有《十月》一种，1980 年已达到 26 种，1982 年之后，很多未办大型文学期刊的省市也都争相创办，像黑龙江的《北疆》、陕西的《绿原》、河南的《莽原》、浙江的《东方》和《江南》、福建的《海峡》和《中篇小说选刊》及天津的《小说家》等都在这一时期出现。很多著名的文学期刊在这一期间的发行量创历史之最，《人民文学》达到 150 多万份、《收获》达 120 多万份、广东的《作品》100 万份、《当代》55 万份，文学期刊的风格和气质发生转变，更靠近艺术本身，对大众和社会的影响力达到了一个新的高度。这段时期文学期刊与文学思潮的紧密联系是一个显著标志，表明文学期刊对文学发展所起的重大作用，也间接说明文学期刊发展的繁荣兴盛和在文学中的主体地位。20 世纪 80 年代中期开始，文学期刊被推向市场实行自负盈亏，市场经济对文学期刊提出了经营性要求，文学期刊开始"向外转"的尝试。起初，大多数文学期刊面对新的市场语境表现出"水土不服"，发展举步维艰。在出版社进行轰轰烈烈改革的时候，许多文学期刊依然以"公益性文化事业单位"自居，以"保护文学性"为理由观望徘徊，错失良机。最直接的表现就是大量文学期刊被淘汰出局，曾经享有盛名的文学期刊如《昆仑》《漓江》《小说》等都因发行量低下而先后被迫停刊出。《人民文学》1992 在年订数仅有 10 万多份，较之曾经 150 多万份的发行量显得前景惨淡。90 年代影视媒介的文学改编与影像化表达对文学期刊也造成巨大冲击，文学期刊为求生存，从生产到消费，从管理方式到体制机制，从创作主体到阅读客体等都在尝试着进行改变。

首先，在体制与机制上的独立使文学期刊从行政束缚中解放出来，文学期刊逐渐脱离原来的行政主体的束缚，转向与企业联办、与大学联合或者加入出版集团等，企业自主经营的性质逐渐凸显。其次，"纯文学"期刊与"俗文学"期刊的划分趋势也日渐明显，这种笼统的划分虽然简单，但对于在市场化语境中文学期刊的研究却非常直接有效，文学期刊在职能上从对人们进行精神塑造的权威主体性向为人们提供审美愉悦、生活服务的方向转变，使得"纯文学"期刊渐趋边缘化，以往文学期刊曾经催人奋进的主流精神由于期刊被迫市场化使得其逐渐为迎合市场的物质生产力所取代，文学期刊内容的渐趋通俗化、大众化；装帧设计的日益精美化、商业化；文学刊型的逐渐扩大化、豪华化等都显现出文学期刊日益商业化、市场化的趋势。最后，电子媒介的图像化审美优势不断颠覆印刷媒介的主导地位，尽管文学期刊努力适应市场，采取各种举措却依然无法改变受众被掠夺的命运，加之文学生产的同质化趋向和营销渠道的限制，处在世纪之交的文学期刊出现大面积流失、转向，数量大幅减少的现象，即使有幸存活下来的文学期刊，在文学质量、审美性及自身精神品格方面也不复当年的辉煌，呈现出下降的态势。比如，《人民文学》一直被认为是承载主流文学的典范，虽然在市场化商品化的文学生产格局和文学产业化进程中依然保持主流意识和塑造文学精神的内核，但毕竟不似从前那般具有严格的权威性了。以往文学期刊曾经催人奋进的主流精神由于期刊被迫市场化使得其逐渐为迎合市场的物质生产力所取代，文学期刊内容的渐趋通俗化、大众化；装帧设计的日益精美化、商业化；文学刊型的逐渐扩大化、豪华化等都显现出文学期刊日益商业化、市场化的趋势。

我国的文学图书出版经历了和文学期刊相同的权力场、经济场与文化场的干预和影响，却比文学期刊更快找到生存的路径，焕发无限的生机。在新中国成立以后，文学图书出版经历了政策规约的集中、走向市场的分化和行业竞争兼并后的再集中，寻求到属于自己的生存之路，不仅在出版领域借助文学作品评选活动出版获奖书籍赢取口碑和效益，探索出畅销书出版机制与模式；而且在影视媒介的冲击下积极与之"联姻"，借助出版影视同期书、影视改编书等方式拓展繁荣图书市场，实现媒体融合的利益共享链条。文学图书出版在中国当代文学格局中占据重要地位，新中国成立后的十几年，文学图书出版借助行政力量完成集中化，从选题、编辑、发稿到出书等整个过程都处在政府宏观调控之下，文学场让位于权力场，出版社寻求作者组稿都受到严格的把关，有强大的规约性。进入 20 世纪 80 年代，文学图书出版与文学期刊一样开始被迫走向市场，接受市场检验，政府要求出版业自负盈亏，中国出版机制逐渐转轨，由政策集中走向市场分化，尽管这种分化比较盲目被动，却迫使出版业在努力寻求出路的过程中增强了一定的市场应对和风险抵御能力。从 1985 年中国出版社数量猛增至 500 家，图书出版种数、总印张和总印数都激增的数量来看，图书出版一开始脱离政府调控走入市场显得过于乐观而未考虑市场供需平衡，导致在 1986 年之后的七年时间里图书出版量猛跌，再未出现超过 1985 年的高点。直至 1992 年邓小平南方谈话和中共"十四大"召开，更明确建立社会主义市场经济体制改革的中心目标，我国的图书出版才开始逐步建构更为科学的出版发行观念和机制，由生产型向生产经营型转变，获得更多市场自主权，也吸引更多民营资本加入。1999 年 2 月，上海世纪出版集团的正式成立，标志着图书出版业进入市场运作中，基于行业竞争兼并、优势资源整合共享等目标步入再次集中化的阶段，也开启与影视媒体和互联网等新媒体联合的产业之路。

以网络技术为主体的新媒介文学的到来，给 21 世纪之后文学期刊和文学图书出版为主体的传统印刷文学带来较大的冲击，挑战着传统文学长久以来形成的固有主导地位，为其带来生存忧思。在这种形势下，文学期刊与文学图书出版都在试图革新转型，努力适应新媒介文学带来的冲击，在博弈的过程中调适自身。相较于图书文学、影视文学和网络文学而言，新媒介时代的文学期刊劣势愈发凸显：第一，没有出版自由，周期、栏目、体裁、主题板块甚至出版价格都比较稳定，无法根据市场变化及时调整方向；第二，要在培养刊物自己的作家、培植文学新人、维系读者群体的忠诚度与依赖度等方面耗费大量时间和资源，这些都无法与在新媒介时代迅速发展壮大的新媒介文学及影视文学和图书出版相竞争，但文学期刊在文学性的发扬和文学价值的发掘等领域依然有着其坚固的优势力量，并愈发重视同出版、影视、网络、移动终端等其他媒介的互动传播与跨界合作。比如，为了弥补文学期刊销售渠道的不足，有很多至今仍在文学期刊领域较有影响的刊物借助网络拓展销售渠道。如《人民文学》《钟山》《十月》《作家》《北京文学》《青年文学》等期刊都有自己独立的网站，与网络合作发行自己的电子版，读者可以在这些网站上随时进行阅读，显示出文学期刊从"读纸"向"读屏"的媒介接收方式的拓展；《萌芽》开辟多种网络阅读终端如起点中文网阅读、盛大书童手机客户端阅读、手机移动梦网阅读和手机文学类 App 阅读终端都为读者提供更为便利的渠道。《人民文学》不仅在杂志社网站上的开通"网上书店"让读者进行订阅，还和卓越、亚马逊合作同时开通网上订阅功能，也专门在微信上设立"人民文学"公众号和"人民文学出版社"公众号，和广大受众经由各种媒介渠道建立联系，还设有第三方小程序"人文读书声"，以视频和声频更有效地进行文学作品的传播。《钟山》则利用网站对读者进行有效分类机制，把会员设为免费注册会员和年卡收费会员，又设定了五类收费标准等。这些文学期刊开拓网络销售渠道的模式还在探索之中，但以读者为中心的趋势已经无法改变。文学期刊特别是"纯文学"期刊也无法摆脱从文学主体地位上跌落和日益小众化的命运。此外，文学期刊还试图增设网络选文类栏目和与读者增强互动交流类的栏目，试图拉拢被网络吸引走的读者。比如《十月》在 2005 年开设的《网络先锋》专栏专门介绍一些活跃在网络上的写手，专栏主持人邀请的是网络文学界颇负盛名的作家陈村，以及盛可以、舒飞廉、古清生、孙甘露、小饭、陆离、孔明珠、张黎、北陌城等人，文学创作经历大都和网络产生关联，很多还曾是陈村主持 99 网上书城中"小众菜园"版块的会员，但其作品"先锋"个性并不突出，也未能展现网络文学语言自由、风格独特等能够与传统期刊文学区分开来的栏目宗旨。所以《网络先锋》栏目只开设 6 期就结束了。现在的《十月》期刊依然主要从文学体裁角度进行目录设置，中篇小说、短篇小说、散文、诗歌是每期固定栏目，2003 年又就长篇小说推出《十月·长篇版》。"小说新干线"是从 1999 年开始以重点推介具有一定创作实力但尚未得到文坛充分关注的青年小说作者栏目，一直延续至今，很多青年作家都是通过《十月》展现他们的文学才华，也体现出《十月》对新生代作家的培育和坚持；思想者说栏目时常汇集当代作家们的感悟思索，维持期刊的文学品格。在面对新媒介的冲击之时，很多文学期刊都试图通过改版、网络选文、设置电子版扩大发行、增强和读者互动交流栏目等方式以适应新的媒介生存环境和生存需要，但最终还是要以发挥自身优势特色立足文学领域。

相较而言，文学图书出版在新媒介文学的冲击下显得异常活跃，畅销书机制的运作是文学图书出版进入 21 世纪首先推行的适应市场走向的文学生产传播方式，是文学图书出版市场化的产物，在 21 世纪初就充分展现出强大的资本驱动力和经济利益增长。畅销书机制是把图书作为商品投入市场中运作，通过分析某段时间里受众的阅读期待和阅读关注主题进行策划与定位，印制与包装，再经由多种媒介进行互动宣传实现短时期内高销售量的目的。从"新概念作文大赛"走出来的 80 后作家群赶上畅销书机制的热潮，韩寒的首部作品《三重门》由作家出版社在 2000 年出版，通过生动再现时下高中生群体在现实大教育背景下各种复杂关系和矛盾冲突，对当代教育体制进行了深刻批判，引发很多同龄学生的共鸣和追捧，销量超过 200 万册，也曾在法国、日本等国家出版，成为名副其实的畅销书。同名电视剧也旋即开拍，于 2001 年开播。2003 年郭敬明成为 80 后作家中最耀眼的一位，他的《幻城》和《梦里花落知多少》在这一年出版发行都超过百万，高居文学畅销书排行榜前两位，2007 年又因为《梦里花落知多少》被指抄袭事件获得二度畅销，这虽然不是一个值得称颂的事情，却也道出了畅销书机制的一些本质。以青春叙事为主题的畅销书在经历 2004 年国产青春文学巅峰期后开始趋于冷静，80 后作家群也从三四百人跌至三四十人，跌幅超过 90%。这也暴露出畅销书机制在运营过程中为追求利益最大化而盲目跟风的弊端。除此之外，借助名人效应出版与社会名流、影视名人等有关的图书也成为畅销书的主要选题，但这类图书更多基于受众群体对名人崇拜的追随或窥探心理满足市场需求之作，而在文学性上的价值并不是很高。畅销书机制至今仍是出版社、图书公司的主要利润来源，也是中国图书零售市场发展的中坚力量，而文学类图书无论从总定价、种类和出版量都呈逐年上升趋势，成为大众图书畅销书的主要增长动力。文学图书出版业依然繁荣，畅销书机制的运用也愈加科学系统，符合市场需求。在多种媒介交叉融合的新媒介时代，文学图书出版是最善于借助其他媒介的优势、充分和其他媒介进行跨界合作宣传自身的文学传播形式。最常用的手段就是借机出版影视热剧图书和网络点击率高的文学作品营造畅销书的传播之势，这也是文学图书出版至今依然繁荣的原因。比如麦家的《风声》在影视剧的双重传播效应下多次高居畅销书榜前三名；都梁的《亮剑》也因为电视剧的热播而使销量由原来的仅有 2 万册升至超过了 10 万册；花山文艺出版社出版的《士兵突击》在电视剧出来之后就从销量平平达到销量几十万册；人民文学出版社从 2000 年 10 月开始出版的《哈利·波特》系列至今伴随着七部系列电影的陆续播出，畅销多年，为人民文学出版社创造了可观的利润。

图书出版与影视融合互动，直到今天都是非常普遍和行之有效的生产传播形态，畅销图书为影视作品提供故事底本和素材，影视作品的成功又帮助图书再掀畅销热潮。值得注意的是，影视剧形态或许能够推动畅销书的进一步畅销，但真正决定文学图书出版质量和销量的最终还是文学作品本身的思想性和艺术性。20 世纪 90 年代末期，作为新媒介文学主要形态的中国网络原创文学诞生并迅速和图书出版相结合，如《第一次的亲密接触》同名纸质版小说一经问世就迅速登上内地各大畅销书榜首，成为红极一时的畅销图书。很多网络作家如李寻欢、安妮宝贝、慕容雪村等网络作品纸质图书都曾在畅销书榜上名列前茅。据 2007 年 1 月公布的 "2006 年中国畅销书排行榜"（虚构类）显示，网络文学作品落地势力日益大增，已占去了至少三分之一的文学图书市场份额，成为中国畅销书的中坚力量。中国社科院发布的 2012 年 "开卷" 小说类图书畅销排行榜前 20 名中，网络文学、玄幻小说、官场小说瓜分了绝大部分销售码洋。白悼称，不仅图书，中国现在所有传统文学类刊物发行量加一起，才仅抵上郭敬明旗下 5 本杂志的发行量。可见文学图书出版推进畅销书机制过程中，网络文学为主的新媒介文学越来越成为畅销书出版的主流和内容供应主体，而图书出版也成为新媒介文学生产传播机制的重要一环。

新媒介时代全新语境下，无论是文学期刊还是文学图书出版都在寻求适合自身生存和发展的路径，在努力打造自身文学个性和文化品牌的同时，也都走上文化产业发展的道路，融合纸质印刷、影视、网络和移动多媒体终端等的跨行业产业链也正在逐渐形成。传统文学时代未能凸显的媒介存在力量，在新媒介时代传统文学期刊和图书出版的新媒介技术转型革新中打下了深刻的烙印。

三、影视文学的影像化书写与文学格局的跨界表达

影视文学更多显示的是文学传播途径的变化，是文学内容的影像化表达。新媒介文学介入之后，通过影视文学内容的改编和运营实现了与新媒介文学的融合态势，成为文学产业化过程中全版权运营不可或缺的环节，实现文学格局中文学的跨界表达和多媒体融合。

美国学者丹尼尔·贝尔曾指出，当代文化正在变成一种视觉文化，而不是一种印刷文化。与纸质印刷媒介相比，诉诸视听觉统合的影视活动图像显得更为强大，文学作品以往由文字语言建构起来的深度艺术想象空间正逐渐被影像叙事的视听觉体验取代，并悄然改变着原有文学生产传播方式，更复杂地介入到文学的创作过程甚至成为文学的一部分，也成为当代文学格局中又一重要的文学样态。最初的影视文学的影像化书写，更多体现在影视对经典文学作品和畅销作品的改编上，是影视导演对文学作品再生产与传播过程的介入。影视改编也确实在市场化的进程中给文学带来新的生命力和活力，改变了文学传播的方式、效率与效果，改变了文学的叙事方式和语言方式，也改变了文学作品的形式与内容，解析着受众新的审美意识与审美情趣。事实上，从电影诞生以来，就有了对文学作品的影视化改编。1933 年根据茅盾同名小说拍摄的电影《春蚕》问世，开辟了中国文学走向银幕的先河，电影凭借文学的光环走进人们生活，文学作品也成为影视剧主要的素材来源。新中国成立后的十七年，文学作品的影视改编获得飞速发展，这一阶段影视创作者奉行的是忠于原著但适度改编的原则，尽量保持原作的精神和思想的原创内容，奠定了文学经典影像化书写的基础。特殊历史时期，文学作品的影视化改编进入冰封期，电影主要成为当时政治宣传教化的工具，真正有

人文价值、思想内涵的影视改编作品鲜少问世。20 世纪 80 年代以来各代际导演对文学名著影视改编的独特见解与影视实践彰显出导演在进行文学影像化书写过程中的主导地位，也呈现出文学影像化书写风格的变迁。以谢晋、谢铁骊、凌子风等为代表的第三代导演，继续秉持尊重原著的影视文学改编风格，利用视听手段使文学作品得到更进一步的升华，拍摄出不少兼具内容性和艺术性的高水平电影。以谢飞、黄健中、滕文骥、吴天明等为代表的第四代导演被称为"诗意的一代"。相比之前重视原著的改编原则，第四代导演更倾向创造性的改编，已经极具创作风格的文学名著反而会限制导演在影视作品中融入个人思想与风格的自由，因而这一时期的导演群体对文学著作改编的依赖减弱，并不十分热衷于对现当代文学著作的改编创作。以张艺谋、陈凯歌为代表的第五代导演又继承了经典文学作品的影视化改编传统并获得巨大成功。张艺谋导演曾经说过："我们研究中国当代电影，首先要研究中国当代文学。因为中国电影永远没离开文学这根拐杖。看中国电影繁荣与否，首先要看中国文学繁荣与否。"第五代导演融合了前辈们对文学名著影视化改编的优秀经验，忠于原著的同时也发挥了个人的思想与独创，大胆尝试各种影视视听语言，创造性地运用色彩、声音和镜头语言把文学作品的影视化书写发挥到极致，使这些影片不但完整呈现了原著的风貌神韵，还经由导演的二度创作获得新的思想诠释与深度拓展。以管虎、贾樟柯、娄烨、路学长等为代表的第六代导演面对世纪之交各种多元文化交织、媒介技术飞跃、经济和文化空前繁荣的大历史背景，借中国影视发展的繁荣之态，不再热衷于对现当代文学名著的影视改编而更倾向于选择独立原创的素材，彰显个性化的审美风尚。比如同辈中成就最突出的导演贾樟柯，他的电影作品如《小武》《站台》《山河故人》《三峡好人》《江湖儿女》等几乎都由他自编自导而非来自文学名著，贾樟柯以其独特的视角和敏锐的洞悉力在电影中表现出对中国现实强烈的人文关怀和个性鲜明的纪实风格。

中国的电视剧起步于 20 世纪 50 年代末，最初的发展同样依赖于经典文学作品改编。早期主要是对四大名著改编，由此衍生的影视剧不胜枚举，不停地重播，时隔一段时间就会有导演重新拍摄，可见受众对文学经典改编影视剧的认可程度还是很高的，文学经典对中国影视业的支撑力量也不容小觑。随着 20 世纪 90 年代大众文化的迅速繁盛，影视与文学的联姻也愈加频繁，大量文学名作和名著被搬上荧幕，如路遥的《平凡的世界》、余华的《活着》、叶辛的《蹉跎岁月》、陈忠实的《白鹿原》、王安忆的《长恨歌》等都被改编为同名电视剧，凭借原著丰富立体的人物形象、曲折跌宕的故事情节、深厚宏阔的思想内涵等，被改编的影视剧在总体艺术水平和质量上都超过原创型影视剧而体现出较高的文学性、文化品位与文学价值。此外，在大众文学领域，对琼瑶言情、金庸武侠、王朔系列、海岩系列作品的影视化改编也都以其不断走高的收视率验证了影视文学市场的发展前景。

新世纪以来，很多导演鉴于畅销书的市场号召力和高人气更多倾向于改编畅销书榜上的文学作品。比如二月河的《康熙大帝》2001 年登上畅销书榜，印数超过 100 万册，通过此书改编的电视剧《康熙王朝》大受观众欢迎，也曾在中国的台湾电视和香港亚视创收视率历史最高纪录。都梁的《亮剑》出版后畅销 70 余万册，改编的同名电视剧稳登 2005 年央视黄金档收视冠军宝座。徐静蕾导演的电影《杜拉拉升职记》在 2010 年获得 1.24 亿元的电影票房，也是得益于原有畅销书的大批读者群体基础，以及同名电视剧、话剧改编带来的强话题效应。至此，中国逐步形成了以畅销书为源头的跨行业衍生产品生产，图书出版、影视产业、传媒整合等多方相互促进的产业链运营。

事实上，影视文学的出现，不仅是纸质文学的延伸，将文学的平面解读延伸到"看"的立体层面，使抽象的符号化的文学对象利用影像和声音变成具象化的视听实体。也应该看到，很多作家和编剧为了迎合大众审美、影视特性和市场化需求而主动开始了先于图书出版的影视化书写，这些文学文本是真正意义上的影视文学，在发展实践中逐步具备独特的影视化特征，诸如天马行空的主题创意与设置、曲折情节的跌宕起伏、人物命运的戏剧化、文学语言的具象直观和视听化表述、重视画面感的呈现等。正如作者李今在他的《海派小说与现代都市文化》一书中提及的那样，作家在进行小说创作时，自觉地在作品中注入了更多的影视手法，更加注重题材的通俗化、故事情节、人物的动作性、画面感、语言的简洁、加强人物之间对话、内容的生活化等。总之，集阅读、观赏和获得审美快感为一体的影视化叙事逐渐成为一股不可小觑的创作潮流，更多的作家愿意以影视作为文学创作的来源和基础。比如著名编剧朱海秀的《乔家大院》2006 年成为全国同期电视剧中的收视冠军，伴随着电视剧带来的热潮，朱海秀亲自执笔将《乔家大院》的电视剧本改编为小说，出版后仅两个月就卖出 15.2 万册。在这部小说里，能够鲜明感受到电视剧里呈现的矛盾冲突，生动形象、通俗贴切的人物语言，时常会把人带到影视剧曾经营造的空间中去，突出影视文学影像化书写的特点。刘震云的小说《手机》也是先有剧本，拍摄成电影以后上映一个月票房就达到 4 500 万元，后改编成小说的销量达到了 30 万册。刘震云对这种创作方式也表示了赞同，称"先有电影后有小说是特别好的事情，站在一个好的台阶上，反而可以把小说写得更好"。当然，把影视变为文学作品的过程也并不容易，有很多票房和收视率很高的影视剧改编以后的小说并不是很受欢迎，像冯小刚导演的电影《夜宴》上映后票房轻松过亿元，改编的同名珍藏本图书在上海书城一个多月才售出 4 本，出版方连发行费用都很难收回。李幼斌主演的《闯关东》当年曾经达到平均 5.7%的收视率，在多家电视台同时播出，但根据剧本改编的小说一年只卖出 200 多本。其实，很多影视同期书都面临这种窘境，虽然影视剧的关注度高，但是改编后的文学作品剧本元素太多，短平快式的阅读令读者很难获得审美上的深度体验和享受。正如编剧陆天明曾经说的那样，改小说的过程不单是一种叙述方式的变化，转换成小说的时候，要尽量尊重和发挥文字和语言的功能，这也是一种再度创作。

总之，影视文学是影视与文学互动的产物，不论是已有文学经典和畅销书的影视化表达，还是影视剧作出现后改编文学作品的呈现都表明影视与文学联姻的必然趋势，也是文学市场化发展和大众需求满足的必然产物。影视作为突破传统印刷媒介形式的新媒介，赋予文学全新的形态转变，不仅以大众化的姿态使文学欣赏更加形象生动，让文学作品以大众易于接受的样态得到最广泛的传播，也使文学作品诗意的空间实现了视听层面的具象表达，凸显了媒介存在的意义。正如艾尔雅维茨在他的《图像时代》中所说："在后现代主义中，传统文学迅速游移至后台，而中心舞台则被视觉文学的靓丽辉光所普照。"影视文学已成为当代文学格局中重要的组成部分，构筑起当代文学多彩的风景。

可见，借助机械印刷的纸质文学样态（包括文学期刊与文学出版）和借助视听媒介实现影像化书写的影视文学样态，以及当下借助数字互联网技术实现多媒体传播符号融合的新媒介文学样态重构了中国当代文学的格局，这三种文学样态的先后出现，既纵向呈现文学的演进轨迹与媒介技术革新的密切相关，又横向呈现出不同媒介文学形态的各自特性、文学多样化多元性发展规律以及不同媒介文学形态共处、共融的发展态势，亦证明了新媒介文学生成的合理性与必然性。

第三节 新媒介文学的产生
与文学生产传播方式的变革

尽管新媒介技术的应用对新媒介文学的生成起到重要甚至是决定性的作用，是新媒介文学得以生产传播的主导力量，却仍不能忽略媒介存在的环境的影响。新媒介文学得以产生，新媒介时代的宏观环境为其提供生存发展的土壤；新媒介特有的属性则在微观层面赋予文学新的生产传播方式,影响文学的整体格局。新媒介文学逐渐拥有自己特有的文学场域,在这个相对独立的社会空间中完成文学的生产与传播全过程并形成独有特质。新媒介文学的生成为探究媒介与人类社会文化关系,特别是以媒介技术发展本质的角度加以深入研究提供了崭新的视野。

一、新媒介技术的变革求新与文学生产传播方式的质变

艾布拉姆斯在他的《镜与灯》中将宇宙、作者、作品、读者作为构成文学的四个要素。对于宇宙,由自然和人类、情感和意识或者超越感觉的本质构成,我们通常会用一个更为通俗的词,即"世界"来表示。"世界"既是文学所描绘的对象,又是文学所处的外部环境,文学对于"世界"的改变极为敏感,特别是在新媒介时代到来的时候,文学的内外部世界在新媒介技术革新和广泛应用的过程中经历着前所未有的变化,也进一步影响到文学本身的发展。

新媒介文学所处的外部世界是文学发展本身不能左右的宏观环境,却对文学产生深刻影响,具体如下。

第一,新媒介技术的不断变革求新成为中国文学生产传播方式发生质变的技术引擎。尼葛洛庞帝说过,"计算不再只和计算有关,它决定我们的生存",20 世纪 90 年代以来的三十年间,一种可以称之为"新媒介生产"的文学生产方式破茧而出,表现出强劲的发展势头。纵观新媒介技术的变革轨迹会发现,从 1969 年互联网雏形诞生开始,新媒介技术就以惊人的发展速度急剧扩张,世界各国在这一技术上的人力和物力投入也是史无前例的,分布式网络结构为互联网成为一种"去中心化"、分权的新兴媒体奠定了基础;TCP/IP 协议成为互联网世界统一的"语言"使全球互联网真正诞生;万维网 WWW(World Wide Web)技术的应用使互联网的大众传播成为可能;搜索引擎的专业搜索技术使大众在浩如烟海的庞大信息中获得有效便捷的择取渠道……这些技术标志着互联网的

诞生并真正走向"媒介化",大众更多运用 Web 网站生产和传播文学作品,"内容为王"成为主流。新媒介文学在这一阶段萌发,时间大体跨越世纪之交,从 1998 年到 2003 年可以看作是新媒介文学的萌发期。2004年互联网迎来新一轮变革,以用户主导生成内容(UGC)的互联网模式就此诞生,即允许用户广泛参与网站内容建设和交互技术的 Web2.0 成为新媒介的显著标志,社会化媒体兴盛,"自媒体"被逐步接受,这一时期的新媒介文学处于成长期。2007 年苹果公司发布智能手机 iPhone 并推动应用商店及 App(应用客户端)的普及,标志着移动互联网时代的到来,终端的随身性与私人性、信息传播与服务的流动性及个性化与场景化等移动互联网技术特征为新媒介文学又带来新的机遇和挑战,如何利用移动终端、移动网络和应用服务发展文学新的生产传播路径与渠道是值得研究和探讨的问题,中国已经完全进入移动互联网时代,中国的新媒介文学也进入一个相对成熟的发展阶段,拥有比较完整的符合互联网技术的生产与传播机制,形成较为成熟新媒介文学运营系统。目前新媒介技术仍在不断更新中,未来设想的"物联网"时代将冲破手机、电脑等的限制而实现万物皆媒的环境,一种"人－物－环境"相融合的全新信息互动关系也将会给中国的文学发展带来更多变化。总之,受新媒介技术变革影响,新媒介文学经历了从萌芽到发展再到成熟的过程,可以说,媒介技术本身就是影响文学发展的重要环境因素。

第二,新媒介文学深受市场化与经济发展环境的影响同时又凸显出自身的经济属性新魅力。20 世纪 80 年代至今,中国文学深受经济发展影响,80 年代社会主义市场经济体制改革使当时仍处于文学主流的文学期刊和图书出版被迫走向市场,在市场竞争的机制中寻求新的出路和方向。90 年代随着邓小平南方谈话之后中国经济进入新一轮的经济增长高峰期,第三产业的比重超越第一产业,显现出健康快速的发展势头,中国文学在遵循市场经济原则的大环境背景下,更多进入商业化运作层面,文学生产机构呈现产业化、集团化运营态势,"纯文学"渐趋边缘,注重娱乐化、商业化的大众"俗文学"大量增多，文学中传统的审美愉悦逐渐让位于外在感官的冲击与体验。2001 年中国加入世界贸易组织，这为步入新世纪的中国经济发展注入了强心针，21 世纪近二十年的发展，是中国努力成为"世界强国"奋斗进步的记录，也是文学与新媒介融合成就新媒介文学生成与发展的历史。在这一过程中，新媒介文学由最初的"无意识的生产与传播"转变为"有意识的生产与传播"，这归因于新媒介技术革新带来的用户生产生活和交流交往方式的改变，并由此逐步展现其独特的经济属性。从"互联网＋"到"网络文学＋"，文学结合新媒介，在新世纪中国飞速发展的宏观环境影响下，既借鉴文学在传统经济领域的盈利模式和经验，又充分利用新媒介呈现出的信息经济、体验经济、共享经济和数据经济的属性特点发展其独有的文学生产与传播方式，彰显出新媒介文学在新媒介时代的强大生命力和必然趋势。

第三，宏观政策调控与全球化语境影响新媒介文学发展走向。我国新媒介技术发展之迅猛，社会各领域变革之巨大，是国家宏观层面高度重视、积极扶持和规范引导的结果。关系到文学领域，中国当代文学的发展走向也始终受到国家政策法规的管理、规范、约束和宏观引导，新媒介文学的发展同样离不开国家政治环境与政策变动的影响。目前来看，新媒介文学发展传播趋势和走向越发受到关注和重视，无论是在国家政策扶持还是在整个社会环境氛围营造，或是从整个文学产业生态建构到国家文化输出战略布局等方面都显得更加积极，越来越多的相关从业者融入新媒介文学生产与传播的运作系统中来，创作的热情空前高涨。值得关注的是，随着国家层面对新媒介文学的引领作用不断加强，代表官方文学主体的中国作家协会也都进一步加强传统纸质文学和以网络文学为代表的新媒介文学的融合，加大对网络作家们的团结、引导、协调服务，在作家创作、版权保护、理论研究和海外传播等方面都有长足拓展。新媒介文学是 21 世纪最符合时代特征和社会主义文艺属性的文学样态，从本质上契合了社会主义文艺的根本属性，天生就具有"受众为中心"

的基因，凝集着大众的智慧与创造，更多满足了用户对文学的需求与体验，促进了新媒介文学的繁荣。在国家"十四五"（2021—2025）时期印发的《"十四五"文化发展规划》中，明确强调要"鼓励引导网络文化创作生产"，加强各类网络文化创作生产平台建设，鼓励对网络原创作品进行多层次开发；同时提出"加强版权保护和开发利用"，完善版权保护体系。2017 年"文化部关于推动数字文化产业创新发展的指导意见"是首个明确提出数字文化产业概念的政策文件，里面指出要提高网络文学等网络文化产品的原创能力和文化品位，促进网络文化产业链相关环节的融合与沟通。关于文学作品的 IP 版权、App 领域侵权盗版等伴随新媒介技术更新而出现的问题，国家也有针对性地进行了专项治理和整顿。比如，"剑网 2017"专项行动就是一次行之有效的集中治理整顿行为，使全社会对新媒介文学及其产业都产生高度的关注度和良好的正向力量。可见，这些指导性文件和政策为新媒介文学生产与传播营造了积极有效的宏观环境，肯定了新媒介文学的在文学格局发展中日益重要的地位。

　　第四，新媒介技术的发展加速了全球化进程，使中国当代文学处在了一个前所未有的外部世界，中国文学与世界文学的交流对话、相互借鉴学习，彼此在思想、理论和方法融通上变得更加容易和常态化，文学成果的全球共享因新媒介技术而得以实现，世界性的文学资源宝库愈加丰富。在全球化环境中，中国文学中独特的民族性和文化性有机会得到进一步凸显，20 世纪时，人们普遍认为这是一个中西文学思想碰撞的世纪，但实质上更多的是对国外文学思想和文学理论的依赖和移植，而忽略中国文学本土民族性的单向思想接受过程，一些西方学者所创理论常常被认为具有世界意义而获得广泛传播，而中国文学研究在这一时期主要是"从西方找真理"并使之中国化的过程。也正因为如此，在上世纪末时，有些学者提出"失语症"的问题，反映出一种对中国文学研究没有自己话语的焦虑。进入 21 世纪，新媒介文学繁荣发展，其呈现出的生产与传播的整体运营态势与趋势在全世界都属于极具特色和独有的模式，所以从中国文学的创作实际出发研究中国文学理论研究的独特性和民族性更具价值。新媒介时代的全球化对于中国文学来说，意味着在多元化的世界里，坚持寻求中国文学的独有魅力，在中国文学的研究和发展中延续民族精神和彰显民族凝聚力，切实找到符合中国文学和文学研究发展的规律；也意味着中国文学作为世界精神产品的一部分要努力实现有效的世界传播，加强中外文学研究者们的互动交流，在相互尊重的平等立场上，取长补短，求同存异。从文学创作的角度来看，全球化的浪潮也为新媒介文学写作提供了天然的素材，很多作家把视角关注在新的全球化背景下中国人的生存状态，丰富了文学内容和题材。

新媒介特有的技术属性延伸出文学新的生产与传播形式，也由此产生影响新媒介文学的微观环境，从文学构成上来看，主要体现在作家、作品和读者的变化上。

第一，文学创作者的普泛化拓展了新媒介文学的生产来源。新媒介分布式网状结构开创了全新的信息传播模式也因此凸显了"用户为中心"的网络环境，任何有写作欲望的人都能通过新媒介网络把自己对生活的诠释、对情感的体验和对文字的创造力随时随地传播给互联网用户，由此也打破了印刷媒介时代严格的审稿发稿机制，泛化了文学作品的来源，也去除了以往环绕在专业作家头顶的光环，在新媒介时代重新建构新的文学中心、培养新的文学意见领袖、聚合新的文学群体，改变了文学生产的来源和发布渠道，进而影响文学发展格局。作者的普泛化也意味着文学创作方式的多样化表达，因为每个作者都有自己的生存体验和对文学创作的理解，有着不同生活经历和背景的作者们会根据自身情况去创作，发掘深刻主题或者天马行空地想象，开拓了媒介化生存中生活体验的新境界；在表现手法方面，新媒介文学突破以往传统文学创作仅是运用语言文字符号传递作品文本的方式，而在运用语言文字的基础上，结合新媒介所具有的多元符号融合的特性，将图像、声音、图片等多种媒体形式与语言文字有机融合，创造出丰富多彩的新媒介文学文本，满足各种不同阅读审美需求。新媒介文学作者的普泛化意味着创新力的源源不绝，多类型、多表现形式、多叙述风格等文学作品的出现都源自作者的普泛化和主动创作的激情和努力尝试，新媒介技术带来的文学创作者普泛化是微观层面对文学的影响要素之一。

　　第二，文学作品文本模式的多元化丰富了新媒介文学的类型和表现力。从电子、网络媒介时代到社交媒体、自媒体时代再到大数据时代，媒介的革新鼎故在文学文本的发展变化中也得到了呈现。正如麦克卢汉所言，媒介是社会发展的基本动力，每一种新的媒介的产生，都开创了人类感知和认识世界的方式，传播中的变革改变了人类的感觉，也改变了人与人之间的关系，并创造出新的社会行为类型。这种由新媒介开创的人类感知和认识的世界体现在文学文本中就显得多姿多彩，极具说服力。从文本形式的角度来看，BBS 文学、网站文学、基于移动多媒体终端的手机文学、社交媒体应用广泛的微博与微信带动的"微"文学、网络视频为平台的 IP 影视文学、移动广播终端的"听"文学等由新媒介衍生而来的新媒介文学形式在逐渐形成和发展中显现出各自的文学特性，亦显现出新媒介技术应用的个性与特点；从作品文本的语言角度，也呈现新变化，每一类作品文本，结合媒介特性和受众接受习惯与需求的不同而采用不同的语言表达方式。没有任何一个时代的文学语言能如新媒介文学这样如此多元化地贴近受众，简洁化、生活化与时尚化自由地融合与运用：集结民间智慧的凡俗话语模式"脱口秀"的广泛表达，炫技型的幽默和滑稽展现，标新立异个性化语言的接受和采用等都展现出作品文本的语言特点和表达方式。火星文、数字文、谐音文、戏仿文、动漫文、甄嬛体等也都是在新媒介文学的实践中逐渐形成的富有个性的语言类型，得到受众的喜爱和广泛传播。从文本创作风格上看也呈现出很多新变化，超长连载的随性与坚持、高娱乐化的书写、超强代入感的愉悦机制等都在文本的创作风格上展现出来。作为影响新媒介文学发展的微观层面，文学作品文本的多元化类型与模式是值得关注的。

第三，读者身份与地位的多元化转变是新媒介文学的生存动力和生态建构的重要部分。传统印刷媒体时代，读者群体在阅读和鉴赏文学作品的过程中，大都是被动接受的一方，作者创作、文学期刊和图书的出版并不以读者的需求为中心，作者与读者、读者与读者之间的互动交流、效果反馈很难达成或者收效甚微。新媒介时代的到来打破了这种局面，也带来新媒介文学传播多点互动的全新模式。新媒介时代最突出的特征之一是"用户至上"的传播理念，以往文学作品的读者进入到新媒介领域，身份和地位也变得日益复杂和多样化起来，新媒介领域的读者群体不仅能够及时有效地与新媒介文学作品的创作者们产生互动交流，通过各种新媒介手段阐发自己的想法和见解，启迪作者，诱发其创作灵感，随时创作随时修改，以不断提升作品文本的质量；而且很多的读者自己就成为文学作品创作的一员，尝试文学创作，贡献自己的作品。新媒介文学的接受者已经不能单纯以"读者"来概括，过去传统大众传播中作为"不定量"存在的"多数"的"群体"集合的一分子，如今已经演变成极富有个性化需求的"个体"。在以"用户生成内容"为主体的新媒介时代，文学作品的"读者"以"用户"代之似乎更为贴切，不仅能够确立读者在新媒介文学生产与传播过程中的身份地位，也能够随时转变身份，由读者变为作者。此外，作为新媒介文学的"读者"，由于接触的新媒介文学文本呈现的多媒体融合表现形式，使其已非单纯是一个阅读者，而是可以充分调动各种感官的全息接受者。总之，不管是外部宏观环境的"宇宙"（世界）在技术、政治、经济及全球化的兴衰更替，还是内部微观环境领域作者、作品和读者的显著变化，其根源都与新媒介技术革新演变密不可分，进而对新媒介文学的产生和发展造成影响，促使新媒介文学的生成，并逐渐完善新媒介文学生产与传播机制，有效实现文学的传播，凸显媒介存在的意义和媒介性的生产建构性。

二、新媒介场域的资本博弈与文学生产运营规则的革新

"文学场域"主要借鉴了法国社会学家布尔迪厄的研究，而一切文学活动都必然是在一定的"场"中进行的。布尔迪厄强调了从关系主义的视角来观察事物，将事物本身内在逻辑与所处社会外部逻辑结合起来考察某种客观关系即"场域"的生成。"场域"是一种具有相对独立性的社会空间，每个"场域"都有自己特定的运作逻辑和行动规则，这也是每个"场域"得以独立存在的依据。布尔迪厄认为："在高度分化的社会里，社会世界是由具有相对自主性的社会小世界构成的，这些社会小世界就是具有自身逻辑和必然性的客观关系的空间，而这些小世界自身特有的逻辑和必然性也不可化约成支配其他场域运作的那些逻辑和必然性。"从布尔迪厄的场域理论出发考察新媒介文学，会发现如今的新媒介已经为文学构建出一个不同以往文学场域的新的文学生产与传播空间，这也是具有相对自主性的文学小世界，能够从原有文学世界中独立出来呈现截然不同的场域特点，并通过考察与其他文学场域的关系来解读新媒介文学的生存现状及发展前景。

第一，新媒介文学场域生成的规则重构改变了文学场域原有关系网络。新媒介文学在产生和发展的过程中逐渐拥有了自己特定的文学生产逻辑和运营规则，这也是新媒介文学场域生成的重要标志。新媒介为文学构筑了一个全新的生产与传播空间，引发了文学艺术生产范式的变迁，形成一个相对独立的文学样态即新媒介文学，从文学生产主体、文学创作环境、文学发布渠道到文学接受主体的阅读方式、阅读习惯、审美层次、价值取向和对文学生产主体的反馈机制及互动关系都不同于传统精英文学场域的生产逻辑，也不同于传统大众文学场域作者与受众的关系。新媒介分布式网状结构的多点组合实现了新媒介文学在这一独立空间中包括人际传播、群体传播、组织传播和大众传播等各种传播形态的随意

融合以达到整合传播的效果，这在以往任何时代都是无法做到的。新媒介文学场域中，互联网、移动多媒体终端、数字影视、App 应用等成为文学生产场域中新的物质基础，并且成为决定因素，对每一位作家都构成影响和制约，也赋予每一位读者选择的机会，文学创作者与文学接受者之间既彼此依赖又相互博弈，形成千丝万缕的联系。从文学创作者的角度来看，由于新媒介技术的操作便捷，文学写作入行的门槛又低，大量文学爱好者加入创作队伍，从而造成写作群体数量巨大和作品种类繁多的行业特点，且这些文学爱好者大都是能够操作电脑、智能移动多媒体等技术终端的青年群体。他们在新媒介场域随心所欲地创作，不再以传统的"文以载道"和官方的意识形态与评判标准作为创作的规则，而是更多趋于娱乐化的目的，基于自身特有的情感取向、审美趣味从事创作，并通过与读者们的即时互动、反馈交流促成作品的完成和广泛传播。从受众的角度来看，新媒介文学场域为受众提供的是一个可以全面参与式的空间，受众成为新媒介文学生产和传播的重要参与者，拥有强大生命力和创造力。粉丝生产与粉丝经济的形成就是对受众文学参与性的鲜明呈现，粉丝这个原本属于娱乐领域的文化现象，如今已经迅速位移至新媒介领域，促成新媒介时代文学生产本质上的一种非物质生产的经济资本。在新媒介文学场域中，文学接受者通过对文学作品的阅读、表达和分享的一体化机制，借助媒介技术可以使文学生产与评论分享同时进行。文学接受者们因为共同的阅读兴趣、审美倾向或娱乐目的而关注某部持续更新的文学作品时，文学作品会因此聚集一大批粉丝群体，形成粉丝效应。粉丝们持续关注作品和创作者的最新动态，他们的点击率、阅读率、回帖率、订阅率等指标都直接对新媒介文学的创作者产生直接的影响，成为文学作品生产和传播重要动力，也成为激励作者坚持不懈创作的强心剂，可以说，在新媒介文学场域，文学作品的受众（读者）才是文学得以生产和传播的关键。文学场域原有的以作家为主体的关系格局已经发生改变，新媒介文学场域已经重新建构文学生产的逻辑和运营规则，以其自由开放的生产秩序、即时互动的生产关系、潜力巨大的原创能力、灵活多变的文本语言和广泛多元的粉丝受众建构起独有的文学生产与运营系统，全面介入社会公众的文化生活和精神生活，也极大地提升了在当代文学格局中的地位。

第二，新媒介文学场域中的资本博弈改变文学生产与传播的模式。布尔迪厄认为，"场域本身就是一个资本争夺的空间"，任何一种资本不与场域联系在一起就难以存在和发挥功能。身处场域中的行动者会因拥有资本的多少而在某种程度建构他的位置感，也将决定他的观物方式或基本立场。所以，"场域"从来都不是平静的，而是作为"资本争夺的空间"处于变动之中。文学场域就是一个以文化资本为核心并能通过某些策略向经济资本和社会资本转化的空间，文学场域中的各方主体都是通过对资本的不断争夺来获得话语权进而改变文学生产与传播的模式。

以往在印刷媒体时代，文学场域中的文化资本是一种稀缺资源，基本上为少部分群体占有和垄断，文学创作是精英化的，占据文化资本的精英群体也成为文学生产的控制者、文学审美的评定者和文学传播的主导者。但进入新媒介时代，文学受众群体的影响力早已消解掉传统作家的主导权力，文化资本的一部分为更广泛的受众所分享，越来越多的新生代作家在新媒体时代崛起，以网络为平台，恣意书写，发挥自由无羁绊的想象力创作大众最喜闻乐见的文学作品，在争夺越来越多的文化资本的同时也彻底改变和颠覆了原先由少数精英和知识分子所制定的游戏规则和话语体系，文学受众群体在当下的文化资本获得过程中也有了越来越大的影响力。新媒介文学场域中的资本博弈，促使写作者从最初的无功利写作转变为功利性的资本争夺，为获取更多的经济资本而更加积极地写作；创建了颠覆传统文学生产秩序的全新生产关系和传播模式，瓦解了传统文学的权力话语而形成"去中心"权力话语的、遵从市场逻辑的文学生产与流通模式，并愈加追求文学产业利益最大化的模式探索。比如，以点击率为依托的付费阅读已经成为新媒介文学场域里比较成熟完善的盈利模式，目前，基本所有的文学网站、移动终端、文学 App 在运营过程中都采用付费阅读的商业模式，同时也衍生出"打赏""版权开发"和"网络广告"等互动增值服务模式。此外，全版权产业链运营也是新媒介文学场域进行资本博弈后形成的能够实现收益最大化的商业模式，这也将是新媒介文学生产与传播的重要趋势，其核心就是运用了整合营销传播手段实现从文学到资本的最有效转化。目前，文学场域中的企业或网站运营商积极开拓新媒介文学作品的系列衍生物包括图书出版和影视、动漫、游戏的改编以及其他系列产品以实现版权利用的最大化，并积极整合传播渠道，通过网站、出版社、印刷厂、无线公司、网游公司、物流公司、连锁书店等实现受众群体的有效到达，获得文学资本转化的利润最大化。总之，从资本博弈的角度考察新媒介文学场域有助于找准其在整个文学场域中的位置，也为探讨新媒介文学的生产与传播提供了依据。

三、媒介环境的权力话语与新媒介文学生产与传播机制的技术性运作

新媒介文学的生成与发展离不开对其生产与传播机制的深入探究。新媒介文学的生产与传播机制是以文学生产和文学传播相关理论为依据，结合媒介技术发展观审视当代文学与新媒介联姻之后形成的不同于以往文学存在的生存机制。与传统文学的生产与传播机制相比，新媒介文学生产与传播机制更凸显媒介环境的力量。新媒介技术创生开放多元的媒介环境，在这样的媒介环境里，开放性、自由性的文学活动得以展开，实时交互、动态循环的文学交流得以实施，新媒介文学的生产与传播机制得以逐步建构。

第一，新媒介文学的生产机制主要指新媒介文学生产各个要素之间的互动关系，以及由此建构起来的生产链条循环运作机制。与传统文学

生产机制高度组织化、计划性相比，新媒介文学生产机制则处于高度自由和自主的状态。新媒介文学生产主体拥有了极大的创作自由，且创作主体发生了扩容，文学创作平台发生了转型，文学创作方式发生了改变。换言之，新媒介文学的生产机制对传统文学生产机制形成了很大程度的颠覆，特别是在创作主体进入文学生产链条和文学作品的筛选机制上。传统文学生产机制中，创作主体要进入文学生产链条需要重重把关，即要通过各级文联和作协、出版社和报社在内的出版单位，以及与之相关作家、读者对其进行的筛选。只有顺利进入这个生产链条，创作主体才有可能使其作品进入流通渠道，传播给读者。主导文学生产链条的有两种机制，即由各级作协、文学期刊和出版社对创作主体的显性筛选机制，以及发端于 20 世纪 80 年代新时期文学思想解放潮流经由各方参与而建构的主流文学或指"纯文学"的艺术标准来评判创作主体的隐性筛选机制。而这种生产机制也使文学在上世纪末时渐趋边缘化、圈子化和小众化，逐渐远离了最广大读者群体的需求、趣味，以及日渐丰富多元的社会现实。

新媒介文学在世纪之交萌发并迅速崛起，依托新媒介的技术特性、媒介特性逐渐形成开放自由、即时便捷、创作即可发布的新型文学生产机制。传统文学生产机制的链条，以及由此衍生的显性与隐性筛选标准都因新媒介文学生产机制的建构而被打破，各种因权威话语、知识垄断及媒介占有带来的文学生产壁垒、文学生产链条中的主导力量都因新媒介文学的出现而发生了转变。新媒介文学的创作主体获得极大扩容，新的文学生产机制给很多平凡普通的写作者提供充分施展才华的空间和领域，也因此激发了民间创作极大的热情和丰富的想象力表达，大众化书写的自由与平等真正得到实现。海量庞大的文学文本资源的累积、高度类型化和超长篇小说的发达、作家与读者的即时互动与相互转化等都根源于新媒介文学生产机制的开放自由，促使文学生产焕发勃勃生机和活力。

第二，新媒介文学的传播机制主要是指新媒介文学生产以后在传播过程中各要素间的相互关系及系统运作的动态循环机制，主要包括新媒介文学的流通（渠道、媒介）、接受（用户）、效果（评价、审美和产业转化）等主要环节，以及与外在社会文化语境的相互关联、相互作用。传统的文学传播机制是一种线性单向传播模式，文学的流通渠道与受众读者的接受度都十分有限，反馈也无法做到即时有效。文学作品经过重重把关之后进入传播链条，文学期刊与图书出版成为作家作品的主要传播渠道，媒介接触的读者也是对文学具有强烈爱好并具有一定媒介偏好，且需要有一定支付购买行为和能力的群体，这在一定程度上也制约了读者群体的扩大，导致读者群体的小众化、圈子化。尽管在 20 世纪 90 年代文学商业化、市场化趋势加速了通俗文学、大众文学的发展，但媒介的局限仍然存在，影视化改编创作改变了文学表现形式和受众接触方式，但单向性点对面的传播依然无法兼顾受众群体的需求。文学审美批评的理论范式依然是以强调文学的自律、自足和独立，强调精英意识的"纯文学"艺术标准为依据。

新媒介文学传播机制的建构彻底打破了传统文学在传播机制上的局限，更加凸显媒介技术革新在文学传播模式和文学要素相互关联融合中的重要作用。新媒介的技术性革新使信息传播与反馈的双向动态循环更加顺畅便捷，即时互动双向交互特点使各传播环节之间的关系更为密切，应用在新媒介文学的传播机制上，改变了文学传播的范围和流向，扩大了文学传播的影响，运用互联网思维将文学的功能效应发挥到极致。在新媒介文学的传播链条中，基于新媒介技术特性建构起新的文学传播秩序，文学的传播与文学的生产一样都在以数字互联网技术为核心的新媒介网络虚拟空间中进行，新媒介文学的传播渠道是创作主体和接受主体互动交流的平台，分布式网状结构使新媒介文学的传播打破了以往线性单向传播模式而呈现网状交互、即时快速传播的形态。传统文学期刊、图书出版及影视改编创作已经不再是当下文学传播的主要渠道和媒介，数字互联网新媒介成为主流，也由此带来文学网站的商业化运作、多方资本介入推进文学产业化进程。此外，最突出的优势是新媒介聚合了传统文学媒介的优势，在文学传播机制中实现了新媒介文学的全版权开发运营，整合多种媒介资源实现了产业效能的最大化，这在以往任何文学传播机制中都是无法做到的。

新媒介文学传播机制中文学受众日渐成为主体，以"读者"为中心建构文学的生产与传播机制是当下文学商业化、产业化、资本控制与逐利的结果。大众对文学的需求与消费结合新媒介技术特别是在 Web2.0 时代以"用户生成内容"为核心的新媒介语境下，作者与读者之间重建新型互动关系，作者的创作要依据读者的审美需求和反馈（如回帖、点击量、关注、打赏、评论等）而主动进行改变和迎合；文学创作的市场很大程度不是由文学本身质量决定的，而是创作者本身的"偶像"力量激发起来的粉丝文化和粉丝经济带动的。新媒介文学依靠互联网传播形成自身独有的流通渠道，完成独立于传统文学机制之外的循环链条，建构出完全不同于传统文学机制的生产与消费互动模式，形成开放自由、充分满足个性化需求的大众化文学。

新媒介文学生产与传播机制的建构及与传统媒介文学生产传播机制的比较，为探讨新媒介文学生成与传播提供了线索和依据，无论是新媒介文学的生产还是传播流通，新媒介的技术性和媒介性存在都是其核心根源，媒介在影响新媒介文学产生及其生产传播方式变革的媒介环境力量中彰显意义。

第四节 新媒介文学的存在样态及其类别划分

与传统文学相比，新媒介文学的一个突出特点是以"媒介"来界定文学，且媒介的技术特征往往也成为这种媒介文学的特征，如数字互联网应用初期就出现的 BBS 文学、数字文学、网络文学、超文本文学，以及随着新媒介技术革新应用而出现的博客文学、微博文学、微信文学等，大多数都是从新媒介技术特征的变化和差异角度对在其中生成的文学加以界定和区分，凸显媒介要素在文学构成中的本体性地位和媒介存在的本质。传统文学研究中大都忽视媒介构成要素的重要性，且不认为文学本质及其存在方式会体现在媒介层面，事实上，这种研究导向也与媒介技术和媒介特性有关。传统印刷媒介和纸质媒介的静态、线性及时空局限等使媒介的力量被遮蔽、弱化，隐藏在文学内容之下。这也恰恰衬托出在新媒介文学生成过程中媒介的强大力量和对媒介技术的深切依赖，新媒介技术领域生成的文学作品才是真正意义上的"媒介的文本"。

新媒介文学的存在样态并非一成不变，伴随新媒介技术的不断更迭总有新的类别出现。为了便于研究，从目前新媒介文学发展现状来看，可以通过不同的分类标准来划分文学的样态类型以更好地理解新媒介文学。

第一，按照传播形态来分，新媒介文学可以分为网络文学和非网络数字文学。这里的网络文学多指既应用于固定终端的计算机，也应用于移动终端的智能手机、智能平板的互联网连接技术平台上进行的文学生产，主体是网络原创文学作品。而非网络数字文学是指先于网络存在的印刷文学数字版或新媒介化延伸，就是已有文学的数字化与网络化。非网络数字文学只是在传播机制上改变了传统纸质文学的传播平台和渠道，拓展了文学接收的群体，而不属于新媒介文学的生产，不是真正意义上的新媒介文学。

第二，按文本形态来分，新媒介文学可以分为以线性文本为主的平面文本文学和以多重线性文本为主的立体"超文本"或"赛博文本文学"。纸媒印刷时代的文学多是线性平面文本形态，读者思维也是按照作者所构思的线性文本的顺序、风格和结构在走。新媒介时代基于数字技术和互联网技术开发出非线性文本形态，这种形态充分利用了数字链接技术，以多线性文本交叉叙述、跨媒体组接进行文学创作，是最符合新媒介传播优势的文学样态，但受传统线性思维惯性固化的影响，中国当代数以千亿字计的新媒介文学特别是网络小说文本，基本采用了纸媒时代建构起来的线性叙事方式。当然，这也导致中国二十多年来的网络文学研究都无可避免地仍以传统文学研究的范式和审美批评为依据，创新性明显不足，这也是新媒介文学研究面临的困境。

第三，按照语言符号形态来分，新媒介文学可以分为单一语言符号文学和复合语言符号文学。在文学领域，单一语言符号以书面文字居多，而复合符号文学文本形态主要指两种以上的语言符号构成的文本，诸如"口语-身体-音乐复合符号文本""文字-图画复合符号文本""文字-图像-声音复合符号文本"等。新媒介文学中的单一语言符号文学，是将书面文字符号用"以机代笔"的数字技术通过文字处理器和比特生成抽象文字字符，大量的汉语网络文学也基本是这样由纸媒创作转化到网络创作的替代过程；还有一种是利用数字超链接技术完成的单语言符号的超文本文学。而复合语言符号文学则是一种突破语言文字界限整合声音、光电、图像等多重符号媒介的文学形态，比如，中国台湾就曾出现一种"视觉诗"，即把诗朗诵、音乐、舞蹈、绘画等多种艺术形式的符号整合到诗歌创作中，就是对这种文学形态的创新尝试。这是一种能够显示新媒介多媒体复合符号整合优势的文学样态，是以往"电视散文""电视诗歌"在新媒介网络中的延伸，只是在当下的新媒介文学发展现状中也尚未形成规模。

可见，划分标准不同，新媒介文学呈现的样态类别和特性也不同。基于新媒介技术革新对文学生成的深刻影响，笔者更倾向于从媒介技术特征的视角将中国当下的新媒介文学的样态划分为基于互联网技术进行文学生产与传播的网络文学、基于移动互联网终端设备文学诉求生成的"微"文学，以及基于数字链接技术进行跨媒体组接性文学实验文本的超文本文学。

一、网络文学：基于互联网技术的文学生产与传播

中国的网络文学自 20 世纪 90 年代伴随着互联网技术的应用和普及逐渐蓬勃兴盛，为中国当代文学开启新一轮重大文学转型和变革。首发于网络的原创性文学，以机代笔在计算机上创作又直接在互联网上发表与传播，网络受众同时可以阅读、评论、参与创作，实现网络文学的生产与传播。与理想的新媒介文学相比，即从新媒介技术与文学性和谐共生的文学本质出发，充分使用实时动态、超链接、多媒介和复合符号等数字技术生产出的真正意义的网络文学而言，当下中国网络文学还仅是运用计算机网络传播性生成功能而形成的过渡状态或不充分的网络文学，是更多将网络作为工具或平台而进行创作与传播的文学，而不像西方数字文学那样充分利用超链接、多媒介技术手段进行文学创作。但正是这种低技术化的数字版平面线性文学凭借二十多年来的超大生产和消费规模逐渐移向中国当代文学场的中心，关乎着中国当代文学整体的发展命运，也是新媒介技术革命的选择。

如果以真正对中国网络文学产生巨大影响的第一部中文网络小说《第一次的亲密接触》（1998）在网络发表的时间为开端，中国网络文学已有二十年的文学积淀，并形成独有的生产与传播机制及产业运营模式。经历互联网技术的不断更新与应用，网络文学由最初自发性无功利的创作，到走向商业化、产业化的路径，形成当下泛娱乐化产业链和全版权运营多渠道开发，中国网络文学走出了一条极具自身特色的生成发展之路。

第一，从 1994 年至 2000 年是网络文学产生的萌芽期。源于互联网的诞生、分布式网络结构和 TCP/IP 协议网络"语言"的确立，万维网的大众化应用及门户网站、电子邮件、BBS、搜索引擎、网络游戏的技术和应用的集结，互联网中的文学创作也开始兴起和发展。1994 年中国加

入国际互联网是国人触网的开端，传统媒体开始网络化尝试；1995 年，水木清华 BBS 成立，"读书、文学、武侠"板块开始发表原创作品；1997年，大型文学网站"榕树下"成立，成为中国最早也最具品牌的原创文学作品网站，聚集了一大批文学界颇具影响的网络原创作家，拥有庞大的读者群和写手群，网络文学作品数量开始增多；1998 年成为网络文学开端年，痞子蔡的《第一次的亲密接触》开启华语网络文学时代；2000年，"中文在线"在清华大学成立，网络文学评奖活动开始出现。这一阶段是网络文学在诞生和起步的过程中逐渐探索寻求发展的萌芽阶段，也为其商业化与产业化发展准备了条件。

第二，从 2001 年至 2003 年是网络文学商业化的试水期。2002 年，起点中文网成立，更多优秀的网站开始为作者提供写作平台；2003 年，网络文学的盗版成为长期困扰其发展的问题，文学网站、论坛、贴吧等都纷纷寻找各自的商业模式。"龙的天空"网、"幻剑书盟"网等都曾努力尝试文学营利模式，直到"起点中文网"最终推出在线付费阅读模式，标志网络文学步入商业化运作的发展道路，文学创作逐渐向功利化方向转变，满足读者阅读消费需求的类型化创作和不停更的超长篇小说显现竞争优势，读者的点击、打赏、追读成为网络原创作家们的写作动力。用户为阅读网络文学付费成为网络文学商业化营利的主要模式。

第三，从 2004 年到 2008 年是中国网络文学产业化运作期。网络文学商业化营利激发商业资本逐利加剧，网络文学公司经过激烈竞争博弈后开始走向资源整合、规模化生产的联合之路。其中最具代表性的就是盛大文学有限公司，2004 年起，盛大网络开始先后收购起点中文网、"晋江原创"和"红袖添香"，2008 年整合成为盛大文学有限公司时，旗下已拥有 7 家主流网络文学原创网站，且开始涉足版权运营，充分整合了中国互动娱乐产业和文化创意产业，一年后，就已拥有超过 430 亿字的原创文学版权，6 000 万字的日更增量，日均访问量高达 4 亿次。公司商业利润惊人，签约作者个人收入也相当可观。由此，中国网络文学已经形成非常系统的产业化运行模式，中国网络文学产业进入规模化生产阶段。

第四，从 2009 年至 2012 年是中国网络文学进入跨媒体产业运营高速成长期。传统文学界与网络文学界建立沟通融合，比如，阿耐的网络小说《大江东去》（2009）获全国"五个一工程"奖，成为首次获得国家级文艺奖项的网络小说；2009 年，中国作协公布的新会员名单中，当年明月、千里烟等网络写手都在名单之中；鲁迅文学院也首次与盛大文学携手举行"网络文学作者培训班"；盛大文学采用各种独具创意的手段如"一字千元"打造中国首批"手机小说家""十大金牌作家经纪人""全球华语原创文学大赛"等，来试图建立中国版权工业完整的产业链，创造了版权运营的新模式和新典范。网络文学影视、游戏改编成为网络文学产业跨媒体规模发展的重要策略和扩大再生产的环节。仅 2011 年一年，盛大就售出 49 部网络小说的影视剧、游戏改编权，收益逾千万。强劲的发展势头和巨大的资本诱惑，使网络文学改编产业成为文学产业化规模发展中的重要一环。

第五，从 2013 年至今是网络文学融入泛娱乐产业链成为核心主体的阶段。2013 年，腾讯文学成立并组建"内容""产品""版权"三大专业团队，开始泛娱乐产业布局；2014 年，百度文学成立并完成了旗下各文学子品牌架构，打造文学泛娱乐产业链；腾讯收购盛大文学实现优势整合、强强合作；2015 年，文学 IP 大爆发，巨额营收推动网络文学市场横向、纵向深入发展。中文在线作为数字出版第一股登陆深交所的创业板；腾讯文学和盛大文学联合成立阅文集团，用创新和开放思维打造泛娱乐产业链，占据中国网络文学的大半壁江山，阅文的成立，加强了原创内容生产的输出，推动移动阅读的产业化发展；2016 年，泛娱乐产业大爆发，各巨头陆续以集团化运作方式对优质文学 IP 进行最大化利用。目前，中国网络文学的产业链基本形成，而且正日趋成熟。

从网络文学产业链条来看，网络文学网站或 App 是整个产业链条的核心和中间桥梁。其通过科学有效地网站运营获取版权内容并将平台内容供给用户来获取订阅收入，并作为文学版权所有者负责版权开发、授权，充分发挥媒介的作用和力量；上游是网络文学内容的版权提供方，作家入驻平台创作，平台签约作家，文学平台与作家形成互动合作关系；服务支撑的技术厂商为产业链的中游核心环节的网络文学网站等提供技术渠道支撑，版权提供方授权作品改编权是目前网络文学作者和平台变现的重要方式。这一产业链条基本可以描述目前中国网络文学产业发展状态，各方提供的服务和职责一目了然，网络文学内容版权提供方通常和网络文学网站是一体的，文学网站既负责内容开发，是文学生产的主导方，又负责内容发布，是文学传播的重要环节。在巨大的资本追捧和利益诱惑推动下，新媒介文学中的网络文学逐渐走向商业化、产业化再到泛娱乐版权开发运营之路，虽然网络文学并不像影视剧、电子游戏等娱乐方式那么有吸引力和商业价值，但网络文学作为 IP 泛娱乐的根源不可或缺，因此对于网络文学的创作与传播价值更需要重视。

二、"微"文学：基于移动互联网终端设备的文学诉求

随着移动通信技术的迭代升级，结合互联网技术的移动互联网逐渐形成。以智能手机为代表的移动互联网终端设备迅速普及，台式电脑、笔记本电脑、平板电脑的使用率正在逐年下降，以手机为中心的智能设备，成为"万物互联"的基础，改变了以往互联网固定终端的状态，解放了人类在固定场所使用网络的局限，借助无线网络随时随地自由上网，突破时空在任何场所和时间进行沟通交流，人类新的信息传播、生活交往方式开始形成，碎片化时间的充分利用不仅体现了用户上网的自主性增强，而且也表明那些精炼简短、快捷即时的信息更符合碎片化时间阅读和接受习惯。移动互联网以智能多媒体终端方式配合针对移动互联网开发的各种应用，极大拓展了移动平台上的服务范围和便捷性，移动互

联服务场景不断丰富，移动终端规模加速提升，移动数据量持续扩大，移动互联网产业正在挖掘更多有价值的空间。目前的移动互联网基本特征包括有终端随身性与私人性、信息传播与服务的流动性、极富个性化和场景化等，是与Web2.0时代社会化媒体和自媒体兴盛相匹配的技术和传播交流平台。随着智能手机的移动互联网与文学结合又给新媒介文学带来不一样的文学生态，"微"文学以其篇幅短、内容高度凝练和传播性强等属性成为新媒介文学中满足读者碎片化阅读和快捷体验的独特文学样态。

"微"文学，又叫短文学、精短文学，是以较短篇幅展示文学作品的文学样态，以"微"为特色。移动互联网终端设备的普及使人类可以随时随地获取或者上传各种信息数据的技术特性，以无"微"不至的信息传播方式改变了人们的生产和生活方式，也使微文学的样态得以生成。微传播的短小凝练性、即时交互性、碎片化填补性等特征使微文学也呈现此类特点并区别于以往印刷文学、影视文学和网络文学形态。微文学最早的雏形还是在传统印刷媒介时期出现的一种叫小小说（也称微型小说）的文体，一般少于200字，是介于短篇小说和散文之间的现代新兴文学体裁，而后在信息技术高速发展的背景下，借助短信、微博、微信等应用服务在原本文体形式基础上得以扩充，逐渐衍生出如今的"微"文学样态。至今为止，微文学发展中出现的三种典型形式即短信文学、微博文学和微信文学也大体能够梳理出微文学的历时性发展特点：短信文学的生产与传播成为微文学发展的源头。1999年至2011年微信出现以前，短信文学经历了从萌发到流行并逐渐成规模的过程。最初的手机短信主要满足的是日常交流的功能，每条最多70字的文本形式成为微传播的基本条件，也是微信等社交软件应用以前最为流行的信息交流方式。后来开始出现文学化的短信段子要比实际用于交流的短信篇幅长些，以凝练精辟的语言表达思想主题，或诙谐调侃、富有深意，或机智幽默、极富趣味，形式活泼多样，语言技巧灵活多变，集智慧、抒情、娱乐、教益于一体，基本具备了文学的审美要素。这类短信以其写作的便利性、传播的迅捷性、接受的私密性等迅速成为人们之间互相传递感情的有效方式，随着融入文学修辞与审美的文学性短信和段子手的大量出现，短信自觉的文学化倾向标志着新媒介时代微文学的真正形成。作家莫言曾说："短信文学的本质依然可以说是文学，它只是借助手机这个平台，以短信的方式传播。这种特殊形式要求它短小、精悍，写得好同样可以出现流传千古之作，甚至是经典。"2003 年被称为中国短信文学元年，正统文学界开始逐渐认可手机短信文学这种形式，我国老牌文学刊物《诗刊》杂志在全国三十多个城市发起"春天送你一首诗"活动，号召民众撰写具有优秀品位的短信作品；江苏电视台发起"中国原创短信文学大赛"活动；被誉为"中国短信写手第一人"的戴鹏飞凭借短信创作"一夜成名"，新浪网为其开辟中国第一个原创短信专栏，创作了大量比较经典的短信文学作品。2004 年短信文学开始产业化尝试，首部短信小说《城外》被电信增值服务商"华友世纪"以 18 万元买断"无限版权"，4 200字的小说被分成 60 条短信，国内移动和联通手机用户都可以用每条 3 角的价格通过手机短信阅读这部小说。同年，我国第一部对话体短信文学《大宝小贝》问世，全长 13 000 多字，语言洗练、幽默而富有哲理，被北京万联国通科技发展有限公司以 36 万元购得版权。短信文学的产业化运作带来的商机使各方都看到短信文学的潜力，2004 年，《天涯》杂志社联合中国移动等单位共同举办首届全球通短信文学大赛，苏童、韩少功、铁凝和格非等知名作家被邀请担当评委，从全国收到的 15 000 多篇作品中评选出 37 篇获奖作品，全国著名文学期刊《小说月刊》《当代》《十月》等都参加现场颁奖活动，全国二十多家媒体组织了追踪报道和专题讨论，历时半年之久的短信文学评选活动在社会各界特别是文学界引起极大关注。

2006 年，盛大文学等单位联合主办首届"3G 手机原创小说大展"，一系列活动使得微文学这一新文体更加吸引眼球。短信文学的创作和阅读方式已经开始发生变化，原来纯粹 70 字的短信发送方式已不能满足短信文学发展的需求，使用彩信和手机上网创作并阅读的人逐渐增多。文学期刊的手机传播市场及短信文学的影视拓展在这一时期开始尝试，如华谊兄弟影业公司和中国移动签订合作框架协议，将精品原创作品由华谊兄弟制成手机短剧推向市场，就是这种运作思路。2007 年"飞信"出现，这是中国移动开通的免费业务，也是期望通过字符增多等应用服务为短信文学的进一步发展提供新的技术支持，但在微博和微信的冲击下，飞信业务并没有很好地得到推广。2008 年，短信文学尝试挂在网上通过点击率和读者数量来评定手机大赛作品，打通短信文学与网络文学的内在联络，但随着手机应用的进一步智能化，人际交流的进一步快捷便利，特别是社交媒体软件——微信在 2011 年出现并发挥强大的功能之后，短信的人际传播交流功能日益萎缩，短信文学也日益被微博文学和微信文学等形式所取代，逐渐退出微文学舞台。短信文学的繁荣虽然短暂，却充分证明了媒介技术的决定力量和人类对"微"文学的必然需求。文学在微传播领域的尝试与发展也并未随着短信的淡出而结束，而是在微博、微信等新的媒介技术应用中继续生成着新的样态，形成新的个性特点。

微博文学的生产与传播是接续短信文学而出现的又一微文学形态。所谓微博文学是借助微型博客为传播媒介，以传递信息、表达情感，交流思想为目的，以 140 字左右的字数创作文本样式，具有俳句体的凝练传神、即时化的个性表达、集聚式的实时互动特质的一种新文体。2007 年微博概念被引入中国，2009 年 8 月，新浪网推出新浪微博，首次为"微博"这一新型信息传播渠道寻找到在中国安全落地的解决方案，并成功利用明星效应吸引人气，短短几个月，新浪微博已成为中国使用人数最多、知名度最高的微博网站，微文学又有了新的生产与传播渠道。很多知名文学作家如王蒙、阿来、麦家和于坚都开设了微博，发表个人写作状态、生活感悟，与读者互动；也有很多新生代作家如郭敬明、当年明月也开通了微博，聚集粉丝和人气，微博为作家和读者创建了一条最为直接便利的即时交流互动途径，也为作者凸显创作个性、展现创作风格、彰显创作思维开辟出一种新型文学表现形式；激励微博文学创作的微文学大赛开始竞相举办，如 2009 年 MySpace 聚友网 9911 微博客小说大赛举办；蓝弩网站推出写微博赢好书微博有奖征文活动；2010 年新浪首推中国"微小说"大赛；红薯网主办"和 Ta 在夏天的日子里"微文大赛；以及齐鲁手机报、众众微博举办首届"众众杯"微博小说大赛等。微博文学创作大赛的频繁举办，一方面是微博网站想要借此提高微博的影响力，另一方面也是为了满足读者对于微文学日益增长的阅读需求以顺应微博文学化的趋势。时至今日，微博文学依然是微文学的主要形态之一，在微博平台，好的文学作品会得到大量的分享转发，也会得到较专业人士的点评，这种无门槛的创作，使得大众的参与度更高；很多专业作家也都运用微博特性和形式展开创作，进而得到大众的广泛关注，增强文学作品的影响力和知名度。2014 年，新浪微博正式宣布改名为"微博"，成为中国当下最大的微博平台，目前微博月活跃用户已超过 3 亿个，创建的"微文学网"依然以"经典短篇原创文学"为口号发挥着微文学创作和传播的平台作用。此外，优秀的微博文学作品也会经由纸质印刷获得更多开发，比如，中国第一部微博小说《围脖时期的爱情》（闻华舰著），通过微博的实时在线写作并随时接受网友的互动参与最终完成，这部微博小说主题较为深刻，很多网友的故事都被创作者写入小说，道出了现代人心中对现实生活、各类情感的困惑与迷惘，引发网友很多共鸣，因而备受网友热捧，最后印刷成书，全国发售；文学期刊《中华文学选刊》2010 年开辟《微博精选》栏目，每期都会精选一些优秀的微博文学作品刊载出来，可以看出传统文学期刊对新媒介文学形态的关注以及微博文学当时的热度，这也是新媒介"微"文学与传统媒介相融合的尝试。

微信文学的生产与传播为"微"文学的发展开拓了更广阔更具前景的空间。2011 年微信开始进入公众视野，微信是腾讯公司推出的一款为智能终端提供即时通讯服务的免费应用程序，因其强大的功能实用性和便捷性而迅速普及，是极具发展前景和服务效能的应用形式。与微博相比，微信更注重私人关系的诉求，这种私人关系能对用户产生长久的吸引力，使用户群相对比较稳固，这也有利于结合大数据，有针对性地对不同用户和圈层进行"微"文学的传播。欧阳友权认为，微信文学是指在微信平台上承载的文学作品，它可以是微信用户通过 WeChat 创作并发布的原创文学作品，也可以是在添加为微信联系人、朋友圈、公众微信号、私人订阅号中读到的文学作品，但其前提是必须蕴含文学的内容，具备"文学"的特质，有着文学的基本品格。欧阳友权提出微信文学包括两种形态，即在微信上创作并发布的原创作品和借助微信各种功能加以传播的既有文学作品。这实质上有些泛化了微信文学的范畴且模糊了微信文学与网络文学的界限。从媒介存在逻辑及媒介技术性视角来看，微信文学是在微信及微信公众号平台创作并发布的原创性文学，既符合基本的文学特质和品格，又具有微信技术特征赋予的媒介性文本属性。基于此，微信文学呈现出借助多媒体融合表现形式实现"微小叙事"的个性化特征，自由便捷、短小精悍、直观形象、注重情节又不失轻松活泼。微信文学创作准入门槛很低，几乎所有微信用户都可以从事微信文学的创作，这无疑也奠定了微信文学可持续发展的基础。由于微信相比微博更为封闭，朋友圈层的强关系更突出，所以微信文学作品通常都是先从小圈子的朋友间进行传播，进而分享转发到更大的圈层；也有很多微信文学的创作者会利用微信公众号进行原创并传播，因为微信公众号可以容纳更多文字，也可以兼容多种媒体符号更好地展现文学文本，并能通过设置留言区与读者互动，实现更好的文学传播效果。微信公众号中的文学创作虽然丰富但也庞杂，有知名作家个人创建的原创微信文学公众号进行微信文学的创作，如南派三叔、六六、唐家三少；有作家群或其他团队创建的文学公众号，如"凤凰读书""有故事的人""小众"等；还有大量草根微信公众号在每天的写作更新中丰富着微信文学的文本资源，其中也不乏脱颖而出者，如"咪蒙""李月亮""李子渠"等。

在公众号维系过程中，大量"微"文学作品会被创作并被推送给订阅公众号的用户们实现文学作品的传播与到达，公众号文章的篇幅也不宜过长，可以满足微信用户在任何碎片化的时空进行阅读。文学类公众号中还有传统媒介如出版社、文学期刊的微信公众号如"人民文学出版社""文学报""儿童文学""北京文学"等，以及文学网站的公众号如"晋江文学城""柚子文学网""天涯文学"等，这只能看做是传统文学与网络文学运用微信公众号的传播特性进行多媒体全方位的传播，而非微信文学的范畴。总之，微信文学作品是在微信朋友圈或公众号平台进行原创与传播的、篇幅偏于短小精悍且富有文学性的文本，微信用户看到以后可以进行阅读、评论、收藏甚至转发，完成微信文学的从生产到接收的有效传播。"微"文学是与网络文学有显著差异和媒介性区分的新媒介文学样态，伴随移动多媒体终端的逐渐普及成为一种当下重要的文学表达方式和特殊的文学状态，"微"文学的生产符合数字互联网技术背景下文学特殊的生产方式，满足了移动多媒体终端用户日益快捷、无序、碎片化生存的需求，为公众展现更倾向快感体验的"微审美"特征。

三、基于数字链接技术的跨媒体组接性形式实验

新媒介文学类型中还有一种不容忽视的真正意义上的由媒介技术生成的文学样态，即超文本文学。这是数字互联网技术与文学相遇之初就受到欧美学界重视并积极探索开发的一种可以发掘媒介技术潜能的文学创作样态，是充分利用数字链接技术，以多线性文本交叉叙述、跨媒体组接进行文学创作的最终呈现。

"超文本"是这类文学的核心特征，尼尔森关于超文本的界定为学界广泛引用："关于'超文本'，我指的是非序列性的写作——文本相互交叉并允许读者自由选择，最好是在交互性的屏幕上进行阅读。根据一般的构想，这是一系列通过链接而联系在一起的文本块，这些链接为读者

提供了不同的路径。"这一观点具有开创性，它使人们发现语言表达和文本具有可以相互交叉并允许读者自由选择的特征，计算机互联网技术使读者从一个文本导向另一个自己所需的信息文本，使文本得以进行交互式搜索实现超文本应用。这里所说的文本也不再只限于文字形式，而是指向图像、声音、动画等任何形式的文件。计算机互联网技术使超文本写作成为可能，电脑化、数字化的系统能最大化地使各种文本链接在一起。在我国文学领域，伴随新媒介技术出现的超文本文学虽然未成为主流，却是新媒介文学生成过程中不可忽视的一部分，是新媒介高智能技术的体现。超文本文学是真正的数字化交互文本，是把文字、图片、动画、声音乃至影视剪辑等多媒体技术和传播符号整合起来加以表现的独立的数字综合艺术作品，它通常不能转换为纸质作品，因为需要随时借助数字互联网技术实现超文本链接及动态交互过程，如果脱离了数字互联网络就无法实现。例如，非线性链接的"超文本小说"，以及由读者和作者共同完成的"互动小说"，以及由多人参与创作的"接龙小说""合作小说"等都属于动态交互型超文本文学作品，离不开网络和超链接技术的应用。

超文本文学最早诞生在美国，以 1987 年乔伊斯的电子超文本小说《下午，一个故事》为标志，一场伴随新媒介的超文本文学生产与传播开始了，实验性超文本作品源源不断出现，很多国家如加拿大、澳大利亚、英国、德国和西班牙都多有尝试，且创作文体大多为小说和诗歌，尤以小说为主。有关中国超文本文学的出现和研究最早发端于台湾，自 20 世纪 90 年代开始，中国台湾就有不少作家、学者纷纷介入超文本文学（有时称之为数位文学）的创作和研究之中，比较有代表性的如曹志涟、李顺兴、苏绍连、姚大钧、林群盛、苏默默、林琪涵（向阳）、须文蔚、朱贤哲、黄新健等都纷纷投身到数字超文本文学实验当中，也创造出一大批不逊色于欧美数字文学的超文本诗歌和小说。早在 1986 年，中国台湾文化学者黄智溶就将汉语文字语言和电脑数字程式语言混合在一起创作了以"档案"为题的三组"电脑诗",可见其先见之处;受对美国超文本文学研究的影响,李顺兴在 1998 年设立了一个名为"歧路花园"的超文本文学实验网站,发表了超文本诗如《破墨山水》《蚩尤的子孙》《文字狱》《猥亵》《城》等,其中大部分作品是靠文字的跳动与转变来表明一些生存和人生的道理。曹志涟与姚大钧创办"涩柿子的世界"和"妙缪庙"文学网站在当时也非常有名,发布了几十篇超文本文学作品,进行多种尝试,在当时引起很大反响。当时,有很多学者认为,只有超文本文学才是真正的网络文学,也只有超文本文学才是真正依托数字互联网技术、呈现数字特征的新型文学样态,并对超文本文学的特征、发展状况及影响等都做了重要阐释和研究。须文蔚撰写的《网络诗创作的破与立》(1998)在数字互联网发展初期,就及时而敏锐地抓住了网络中出现超文本诗现象加以研究,提出这是文学一种新文类的出现,也加深了文学在网络路径中创作新内涵,被誉为"开启中文网络诗理论与美学的研究"。李顺兴在《超文本文学形式美学初探》(1999)中指出超文本文学的一大形式特征就是数字"读写者"的出现,认为动态文字或影像、超级链接设计、互动书写等功能和新元素的加入,不仅扩张了文学创作的表现形式,而且也催生了美学新向度。中国台湾地区在超文本文学创作和研究曾经在相当长的一段时间承续西方风潮,做出了很多较有成果的超文本文学实验活动。但从目前来看,超文本文学的创作与模式实验越来越成为小众化的文学探索,新作品鲜少问世,与日益蓬勃的网络大众化文学相比更显落寞。不过,相关创作的思考和理论探讨并未停止。如苏绍连的文章《重返超文本诗的歧路花园》(2010)中就运用各种超文本诗的具体案例表明超文本文学"能变化、能探索、能互动、能操作、能游戏"的技术本性。作者也依然对超文本诗的发展怀抱极大热情和向往。媒体人也是网络作家的丁威仁也曾提出"超文本"网络文学是为文字搭配上图片、动画及音乐,使文学变成一种视听的立体享受。但这种文学方式,更适合写诗和散文,面对一个通俗连载小说已经成为网络文学主体的时代，它的意义在哪里还有待探寻。

超文本文学的出现，其观念的创新有时可能大于其意义本身，在众多的超文本文学作品中，最显著的一个特点是对超文本形式的极端重视，而形式的变化源于技术的不断革新，网络链接技术、多媒体融合技术等使得超文本文学呈现非线性、交互性、游戏性、多变性等特征，强调多媒体动态立体性，是无法进行平面印刷而以数字方式发表的新型文学。当然，作为文学的一种新样式，超文本文学也强调文学的语言性，多媒体的插入是丰富语言文字的表达而非排挤或者替代文字。

相比较欧美和中国台湾地区，中国大陆迄今为止还没有一个严格意义上的超文本文学网站，也鲜有真正的超文本文学作品出现，多为零散的含有超文本理念的尝试。李强在他的《从"超文本"到"数据库"：重新想象网络文学的先锋性》中提到，"在中国网络文学发展之初，众多作家和评论者都期待着网络媒介能够给文学实践带来某种'先锋性'，这种期待最终大多落到了'超文本'特征上"。超文本被看做是纸质文学时代"先锋性"的新媒体尝试和实验，是文学从纸媒到网络的延伸。1994年，钟志清较早向国内介绍了"电脑文学"的"超文本"特征，2002年学者黄鸣奋以其专著《超文本诗学》从八个角度解读超文本，综合研究了超文本从历史、科技、代表性人物、与西方马克思主义和后现代主义关联、建构超文本美学可能性等方面的内容，可以算是大陆学界较早全面系统阐述超文本文学的理论著作，具有一定的代表性。此外，欧阳友权、聂庆璞、陈定家、包兆会等学者也从文本范式、超文本叙事特征及与传统文学差异化比较中认识超文本文学，他们突出"超文本"的复杂性、非线性特征，强调其"是一个文本从单一文本走向复杂文本、从静态文本走向动态文本的新形态"。尽管"超文本"是研究新媒介文学中非常重要的概念和技术特性，但"超文本文学"却并没有成为中国新媒介文学的发展主流。

1999年1月，新浪网和《中华工商时报》联合举办为期一年的题目为《网上跑过斑点狗》的接力小说活动。此后，许多文学网站也举办了"小说接龙""回环链"之类的活动，但参与者寥寥，并没有留下有影响力的作品。在一些相对草根化的网站和论坛里，则自发形成了一些参与者稍多的形式实验，比如，清韵书院的"诗词擂台"，西祠胡同论坛的"网络文学梦杀游戏"等。但是，这些"接龙""擂台""梦杀"之类的形式实验，很多都兴盛于期刊连载机制，其"先锋性"是纸质文学时代的先锋性，且带有鲜明的精英色彩，所以最终难免变成了小圈子里的自娱自乐。随着榕树下、清韵书院和各种文学论坛的衰落，网络超文本的先锋性预设也失去了根基。对中国网络文学做过深入研究的崔宰溶博士在研究中国网络文学研究的局限性时提及："西方的初期网络文学是实验性非常强的前卫文学、精英文学，所以与目前中国的情况有很大区别。21世纪的中国网络文学已大体上放弃了其实验性、前卫性，而走上商业化、大众化、产业化的道路。"中国的网络文学具有与西方前卫的、实验性很强的网络文学不同的独特性，所以我们不能直接拿这些西方理论来分析国内的网络文学。可见，超文本文学在当下中国新媒介文学发展中并非主流，也比较多地呈现出学者思考研究先于文学发展实践的尴尬。但随着媒介技术革命的进一步创新，特别是Web2.0时代"以用户为中心"观念的兴起和移动多媒体终端与人类生产生活关系的日益密切，重构了新媒体时代人与人、人与社会的关系，新媒介文学独特的文学生产传播方式可能会给超文本文学带来新的形式的变化，也有可能进一步延续文学先锋性的特点。

第二章

新媒介文学理论发展研究

第一节　新媒介文学发展及其
对文学理论的挑战

媒介不仅是文学跨时空传播的载体，而且是文学生产、演变、繁荣与发展的重要条件，甚至在当下已然成为文学本身的内涵和重要质素。21 世纪以来，新媒介的出现及迅猛发展在挑战传统与更新观念中悄然改写了文学惯例。从存在方式到表现形式、从价值观念到主体状态，文学生产的整个链条已形成新的结构走向，"新媒介"在对传统的文学范式进行改写或置换的同时，也相应地带来了许许多多与之直接或间接相关的问题，致使传统的文学不得不面对"数字化生存"的新现实。与此形成鲜明对照的是，关于这方面的研究无论是在现象考查还是本质思考层面，都还有一定程度的缺失与不足之处，新媒介文学研究还没有建立起必要的话语体系与理论框架，也远未能形成理论与实践和谐与共的局面。

基于此，在中国当代的社会历史和新媒介文化语境中，在新媒介文学蓬勃发展及相应研究的现实要求下，为何建构新媒介文学理论的存在问题或者说创新新媒介文学理论的必要性问题，无论是对于文学自身建设发展，还是对于社会生活，都具有非常重要的价值。

一、媒介的变迁与新媒介文学兴起

从文学的发展历程来看，文学每一次大的变革及进步皆与科学技术的发展有着一定的联系。文学传播媒介的每一次革新和演变，都会使平静的文学场域激荡起阵阵涟漪，为文学的发展创新注入新鲜的活力与可能。纵观人类发展史，文学媒介经历了漫长的演化过程。从启蒙走向操纵、从依附走向掌控，今时今日，它已慢慢走近我们身边，包裹着、环绕着、萦绕在生活的每个瞬间，而依附于媒介基质之上的文学，也不可阻挡的发生了新的转型。20 世纪 90 年代末以来，以网络为发展方向的现代传媒不仅更新着文学活动传播的载体、提供了新的话语方式，而且也直接催生了新媒介文学的产生和蓬勃发展。

（一）媒介变迁与文学形态变化

马克思曾说过这样一句话，"精神从一开始就很倒霉，注定要受到物质的纠缠。"这句话隐隐透露出一个事实，也就是人类一切精神形态的文明成果必须物化为媒介才能够得以赋形传播，文化既如此，文学也不例外。自文学与媒介相遇之始，媒介便作为文学的载体，也作为文学传播境况的重要形构力量，参与着文学形态的塑造，影响着审美机制的生成，作用着一系列与此相关的文学观念和文学生产活动。从口说耳听到手写目读，从书报杂志到屏幕键盘，从传统文学到网络文学，伴随文学媒介的演变发展，文学自身也在经历着沧海桑田的变化。

因此，按照人类历史文化发展的几个大的阶段，一般将文学与媒介的相遇历程（这里特指的媒介伴随着文学从诞生之初、发展走到今天的始和终，而非代表着绝对意义上的终结），分为三个重要时期：一是口传文化时期；二是书写-印刷文化时期；三是数字文化时期。这三个时期分别对应三种不同的文学媒介和文学存在形态。

1. 口语媒介与说唱文学

从远古时期的口头说唱文学诞生之始，文学的发展就始终与媒介如影随形、密切相伴。口传文化时期，口语媒介与说唱文学是当时的主要文学形式。早期人类社会，基于沟通与生存的需要，语言产生了，它不仅是人类自身进化的基石，更是"作为语言艺术的文学"发生的基础。中国古人的"在心为志，发言为诗"即如此。不过由于当时的语言发生在人类社会诞生之初，而且在相当长的一段时间里，语言在各方面都没有被正式地规定成为人类主要的交流工具，无法实现充分地传情达意，所以简单的肢体动作和喊叫在一定程度上可以协助完成信息的临时互通，发挥迫切的表意功能。此时，文学的创作和传播所依赖的基本媒介是声音，叙事的主要载体是"躯体表达"，在这种以口说耳听、身体辅之的主要传播方式和交流媒介下，说唱文学有着强烈的口语色彩，易于吟诵，朗朗上口。今天所听到的一部分早期说唱文学作品如《诗经》《礼记》《吴越春秋》及很多伟大的史诗篇章等都是在这种口传互动中逐渐成型、润色和完善而成，并成为早期说唱文学的杰出代表。

在远古说唱文学中，语言有时是与其他另外两个要素紧密结合在一起的，也就是现在归为艺术样式的"乐"与"舞"，诗乐舞三者并肩构成了那个时代独具特色的文化景观。其时的基本景致是所谓"劳者歌其事，饥者歌其食"，是"言之""嗟叹之""咏歌之""手之舞之""足之蹈之"。创作者用率真质朴的自由表达，吐露理想希冀，抒发际遇感怀，歌颂神圣，交流经验。这种源于人性本真的生命吟唱既是文学存在之根本，也为后世文学的生命关怀与人文书写提供了无穷无尽的力量与光亮。可以说，语言是文学存在的家园，它创造出了早期的说唱文学形态，而口传说唱文学也因此成为文学的胚芽和原点，成为人类最初对生命本真状态的深刻表现。

2. 造型符号媒介与书写文学

告别早期文化的历史蒙昧期，以文字发明为标志，人类进入到一个更高的文明发展阶段。文字的发明及造纸术、印刷术的发展带来了一次感知结构与感知比率的重大革命：眼睛代替耳朵担负起语言加工的重任。文学也因此进入书写-印刷文化阶段。

书写-印刷文化时期，文字符号构成了文学传播所依托的基本媒介，而像刻刀、龟甲、兽骨、金石、竹简、木牍、笔墨纸砚、印刷机器等诸如此类的外在工具就成为了文学叙事所需要的主要载体。经由文字和这些书写工具、物质载体的依托，口传文化时期的所有飘浮在空气、语音中的作品终于可以静止安定下来，呈现在人们眼前。不仅为此后人类的文化传承提供了确切可靠的资料和文献依据，也为人类的辽阔想象与审美渴望提供了合适的意蕴空间。

但是由于文字本身只是一种符号，它不能单独承担文化的传播活动，还需要一定的物质媒介，即它被书写在什么物质材料上。所以仅就文字自身的书写来看，它依次经由镌刻技术、书写技术和印刷技术三种制造工艺的发明与发展才逐渐走到我们身边并不断趋于完善。此后，文字依存的媒介先后经过竹木、简牍、帛书等，终于固定在纸上。纸张作为一种相对轻便廉价的书写媒介克服了笨重载体媒介传播作品的困难，无形中拉伸了文学的接触范围。伴随这一变化接踵而至的是文学创作数量的剧增与文学审美意识的强化。尤其是当印刷术使用普及以后，文学更是进一步迎来了极为繁盛的生长期。纸张与印刷技术的结合，使得文字的复制能力和传播水平陡然剧增，不仅在一定程度上打破了少数特权阶层对文化的垄断地位，将文化的权力逐步从精英转移到人民大众手中。而且也促使在被大量刊印和传播影响之下的文学更加具有专业性和自觉性，逐步走向成熟。

3. 数字媒介与新媒介文学

20 世纪末，深受市场化经济发展、科技的变革求新和全球化语境变化的影响，传统的纸媒书写文学日渐式微，一些新生媒介的出现，使得文学走进了大众化的旅途，特别是互联网的普及，助推文学发生了根本性的转变。一种以网络文学为主的新媒介文学生产格局正在被建构起来。

新媒介时代，互联网自然而然地成为了文学传播所依赖的主要媒介，而此时比特（bit，数字化处理信息的基本单位）成为其叙事所需要的载体。比特为我们编织了一个巨大的影像网络，使得信息传播渠道的速度和范围都远远超出传统媒介的水平。在"第四媒体"的基础上进行阐发创作，使得新媒介文学有效利用其庞大的承载空间及资源全面共享的优势特征，在许多方面都达到了口语媒介、书写印刷媒介乃至电视广播等其他物质载体难以赶超的优势。

第一，互联网作为新媒介文学所依托的技术媒介和载体，它构成文学本体的"技术存在"，也是其"第一存在"，这样的存在与口头文学的记忆技术，书写文学的镌刻技术、书写技术、印刷技术不同，它从技术本体上用"无纸传播"实现了"文本散播"，同时，它具有的这种媒介特色也促进了文字向图像的发展转换，可复制的随意性和可虚构的仿真性对人与世界的审美认知产生了深远影响。

第二，数字化网络载体的自由、共享及交互参与的特性，扩大了文学的话语空间，馈赠了众生表达的权利。文学在以前有很多条条框框的限制，比如，文以载道说、兴观群怨说，这些都控制、约束着作者的创作意识和话语趋向，而今天日新月异的技术手段促使我们可以利用媒介这一条件去牢固文学和外界之间的联系。一方面，目前的网络文学在内涵形态上打破了单一语言符号对文学表意活动的垄断，开拓出语言、声音、图像等多种复合符号表意文本的运作空间。另一方面，网络文学在当前的呈现内容之中远离了传统文本的宏大指向，在打破传统文学创作和发布规制的新媒介平台彰显着平民的话语狂欢。

第三，新媒介促成了一种全新的、多元化的文学生产格局。自从电子、数字媒介参与大众的日常生活，文学与媒介的旧格局被打破，文学艺术的生产、传播与消费均发生了实质性的转变。就发展趋势而言，时下占据主导地位且日益深入人心的主要是以网络、电视传播方式为载体的文学形式。此外，手机文学、博客文学、微小说及动态诗歌，包括一些大众流行的文学、通俗戏曲等各种休闲文艺形式在内的边缘文体，都进入到文学研究的范畴之中。不容置疑，今天文学形式的媒介化与多样化在一定程度上渐趋解构了原有的文学场域，并在此基础上重新构筑起一种新型的文学生态体系。

由此可见，媒介与文学的耦合在不同时期带给了人们不同的文化体验，而当今新媒介文学的发生，既可以看作是信息技术革命为文学赋能增力的一次生存选择，也可以是于传统文学而言一次难以回避的格式化蜕变。这种蜕变一方面使传统文学借助新的媒介技术获得了碰撞和新生，另一方面也使文学的"语言审美"或生命表征迷失在图像泛滥的浪潮中。不管怎么说，这是一场机遇，也是一次挑战。

（二）新媒介文学的发展状况

"一代有一代之文学"，各个时代的文学都是映照社会风貌的一面镜子，并鲜明地反映出时代的精神特征。20世纪末，面对着传统的印刷媒介向网络媒介的革命性嬗变，文学的生成环境和生存背景都不可避免地发生了媒介化转型，当下的文学生产活动之中，媒介被凸显为一种不可或缺的基本构成要素。今天，文学不再以单一的文字形态存在，文学的语言、意境、形象等以各种灵活生动的方式进入到多种媒介表达中，文学创作模式发生了变化，逐渐催生出一种新的文学形态——新媒介文学。

作为一种全新的文学形态，新媒介文学与传统文学相比，较为突出的特色就是利用"媒介"去定义文学，且媒介的技术特征往往会成为新媒介文学的特征。媒介不仅是工具、手段和载体，而且具备了意义或本体性的质素内化于文学活动过程本身。目前，按照我国学者周才庶的表述，"新媒介文学分为印刷文学、影视文学和网络文学三种，三者分别利用文字、影像和网络言语作为介质，拓展了以文字书写为基本的传统文学模式，形成文字、图像和影像密切关联的文学呈现形态"，由此，仅以网络文学为主要代表的新媒介文学样态来分析新媒介时代的文学发展。

网络文学是依附于网络媒介所产生的一种文学新形态，自 20 世纪 90 年代，起于青萍之末的网络风潮悄然演化成气贯长虹之势，径直把我们引领进"数字化生存"的审美空间。按照欧阳友权在《网络文学概论》一书中对它的解释，"网络文学"相对来说就是指网民们在网络上写作，并在电脑上发出，为上网人员所观赏和阅读的全新的文学模式，它是跟随着数字化网络技术的发展而如期到来的文学新形态。这一定义包含以下三层意思：第一，网络文学必须是经由网络首次发表的原创性文学，传统的"印刷文学电子化"不能算是网络文学；第二，在互联网技术发展之下，生成的一种全新的、以机换笔的文学形态，就是网络文学。其内容可以是人在网络虚拟空间的审美体验，也可以是现实日常生活的感触；第三，网络文学是为了满足广大受众而创作的，受众需要在网上阅读、评论甚至参与创作，实现网络文学的互动与传播。其实不管是上述哪种看法，都在隐隐传达着一个文化事实，即当下的文学存在方式在媒介文化、市场文化、消费文化共同作用下发生着偏向互联网维度的转型和重构。

1998 年至 2002 年可以看作是网络文学的萌发期。1997 年 12 月 25 日，我国最大的中文原创文学网站"榕树下"在上海成立，中国网络文学迎来了第一个历史发展新契机。1998 年 3 月，以中国台湾网络写手痞子蔡的第一部中文网络小说《第一次的亲密接触》在 BBS 上正式发表为准，可看作中国网络文学的开端。之后，出现了很多在网络文学领域颇有名气的作家，比如，著名的安妮宝贝、痞子蔡、邢育森及李寻欢，他们积极创作，成为网络原创文学初创期的第一批开创者。而此时，独具规模的原创文学团体、文学网站也犹如雨后春笋逐渐抽枝发芽林立，"龙的天空""红袖添香""飞库网""幻剑书盟""潇湘书院"等大大小小的文学原创网站跌进人们视野。这一时期极受读者喜爱的网络文学作品有《假装纯情》《告别薇安》《七月和安生》《彼岸花》《蚊子的遗书》《性感时代的小饭馆》《悟空传》《沙僧日记》《紫川》《成都，今夜请将我遗忘》等。

从 2002 年到 2010 年以来，我国进入到 PC 互联网时代，网络文学迎来了快速发展期。2002 年以后，随着国内互联网新一轮的发展变革，越来越大的用户参与到文学网站的内容建设和创作中来，创作主体愈发普泛化与年轻化，作品类型丰富化、多样化。而且自 2003 年起，紧跟起点中文网实行 VIP 会员制和付费阅读的脚步，商业资本也介入到文学网站中，文学作品创作的篇幅也越来越长，网络文学日益走上类型化、产业化的道路。在此期间，网络写手与传统作家针对网络文学的现实发展问题及未来前景进行了激烈争论，文艺理论界也对网络文学现象给予了适时而充分的理论探索与研究。

到了 2010 年以后，网络文学进入了一个相对成熟的发展阶段。据中国互联网络信息中心（CNNIC）2021 年 8 月 27 日发布的第 48 次《中国互联网络发展状况统计报告》显示，"截至 2021 年 6 月，我国网民规模达 10.11 亿人，较 2020 年 12 月增长 2 175 万人，互联网普及率达 71.6%，超过全球平均水平 6 个百分点。十亿用户接入互联网，形成了全球最为庞大、生机勃勃的数字社会。"这表明我国已经完全进入移动互联网时代，随着移动互联网的覆盖式普及，网络文学渐进从一个受众圈层较小的非主流文化走向了接受程度较高的大众娱乐文学，作家群体、作品数量及市场前景都有了一个巨大的飞跃。今天，日臻成熟的新媒介技术赋予了文学更多的表达方式，如影视文学、手机短信文学、微博文学和微小说等。每一时刻都会有新文学形式加入到浩瀚的网络阵营中，使得网络文学的内涵已不能满足于解释所有基于新媒介技术平台进行生产与传播的文学形态，"新媒介文学"更恰当地成为诠释不同种类的互联网数字文学的概念。并且这些层叠涌现的新文体也不断刷新着我们对"文学"的固有观念，不仅为文学自身注入了新的活力，也表现出区别于传统文学的时代新变特征。

第一，以接受者为核心的网络创作思维。简单理解，以接受者为核心，意在说明新媒介时代卜的网络文学创作在不同方面都可以满足接受者的阅读需要。究其原因，一方面在于网络作家职业身份地位的转变。兴起于互联网时代的作者大多数都是80、90后的年轻一代，他们并没有经过专门的系统化的写作素养训练，又没有受过传统精英文学中"文以载道""文以兴邦"严肃创作理念或价值倾向的熏陶浸润，开阔敏捷的新时代思维使他们在作品创作中随性而发、即兴而作，大多表现出自由活泼的气质而鲜少受到束缚，对生活凡俗的记录、对情感经验的言说在很大程度上贴合读者内心，引起共鸣。另一方面基于互联网开放自由的媒介气质，每个网络用户都可以随时参与其中，创作、传播、接受的流程畅通无阻，用户彼此间交流想法、传递经验，网络文学创作始终遵循人们的"情感逻辑"，在客观上表征了个人享有更多的自由。

第二，公共空间的自由流动。网络文学打破了人们原有的有限而单向的思维程式和时空界限，实现了文学在公共空间之中自由无碍的交流传播。在互联网中，信息的封闭与占有被网络传播的交互性所打破，人人成了信息传播的主体，人人都能欣赏体验各类文学作品。学生、工人、科学家抑或每一位普罗大众，都是新媒介文学的生产者与接受者，在网络媒介搭建的公共领域中，文学的共创有了更为宽广的发展空间。

第三，网络文学的市场化、产业化。新媒介在跨越传播的时空鸿沟，扩展文学作品生成途径交互化的同时，也促使网络文学创作者转变写作心态和写作意图，使之更具商业意味。在消费语境的影响之下，文学想要赢得市场，就要首先考虑读者的阅读期待、阅读需求和阅读兴趣，因此这种以读者市场为主导，以制造消费卖点为追求的创作方式不可避免地将以网络文学为代表的新媒介文学生产带入了流通市场。付费阅读、IP 经营及文学作品的影视改编业已成为网络文学产业跨媒体规模发展的重要策略和扩大再生产的环节，网络文学已经成为一种规模，一种产业，一种社会现象。

总之，从 1998 年至今的二十多年里，经历互联网技术的不断更新与应用，文学创作平台的转型升级，以网络文学为代表的新媒介文学紧跟新媒介技术变革的脚步，自身也经历了从萌芽到快速成长再到相对成熟的过程。虽然现下以网络文学为代表的新媒介文学发展时间很短，但也积累了不少的优质文本，涌现出大批的创作队伍，逐渐在文学领域占据重要地位。不仅悄然改变着当代中国文学的新格局，同时也给予媒介化生存、生活中的人们文学体验的新境界。

二、新媒介文学发展带来的新挑战

诚如麦克卢汉所说："任何媒介（即人的任何延伸）对个人和社会的任何影响，都是由于新的尺度产生的；我们的任何一种延伸（或称任何一种新的技术），都要在我们的事物中引进一种新的尺度。"世纪之交，新技术、新媒介的问世不仅全面改变了人们的认知方式和社会化行为模式，也给当代文学发展与文学理论研究带来了新的契机和严峻的挑战。一方面，对于文学来说，互联网的迅速发展，极大地改变了文学的创作生态、文本的存在样态，以及由此伴随而来的文学价值观念、审美取向的偏移。另一方面，对于文学理论来说，在纷繁复杂的文化现实给传统的文艺观念造成了极大冲击的同时，新媒介文学的变革也亟须独立创新的新媒介文学理论体系与之相适应。

（一）新媒介文学生存与发展方式的变革

21 世纪，当万维网的"电子幽灵"覆盖"地球村"之后，当传媒之光照耀时代文本之间，互联网技术首先在实践样态上对文学发起了挑战。

赵宪章曾指出，作为语言艺术的文学创作在网络写作中变成了"电子的艺术""技术的艺术"。欧阳宏生更是旗帜鲜明地认为，大传媒时代的文学具有泛影视化特征，其技术表征反映在对文学性的认知变异和文学性的多元化建构上。的确，新的时代条件下，数字媒介技术以在线资源的无界照拂，已经开始重组人与现实世界的审美依存关系，以机换笔、临屏阅读、漫游空间等技术方式大大突破了传统的文学存在方式和表意体制，完成了从纸介书写向数字文本的形式转换，新媒介文学面临着"数字化生存"的严峻现实。在此着眼于文学外部的生存背景，可以从以下几个方面领会现代传媒对文学生成与发展的重塑和置换。

第一，从创作媒介来看，实现了由语言符号向数字符号的转变。现代传媒语境下，数字化互联网技术凭借其庞大的信息容载量和"穷山巨海，不能限也"的传播功能实现信息的实时获取，文本的及时传送，深刻的文意情丝在几秒钟之内就能以数字符号的形式从指尖流送到世界各个角落。遥想过去，从远古时代的口传说唱文学到文明之初的简牍帛书文学，再到现代出版的纸质印刷文学，无一不是将语言作为其依归与停驻家园。然而，计算机网络的广袤无垠性彻底颠覆了这一存在之本。21世纪以后，经由新媒介技术参与下的文学作品挣脱了以往单纯依赖"语言艺术"的媒介阈限，作品形式丰富多样，实现了符号载体的生动转换。具体来说，新媒介技术下文学所使用的媒介是数字化符号，是"比特"的压缩处理与解码转换。以二进制代码 0 和 1 为载体的比特可以转换为文字符号，也可以转换为视频和音频形象，这时候，单纯的语言文字媒介显然已难以涵盖所有文学作品的存在方式了，如此，作品以文字、声音、图像、动画等多种媒介方式结合起来，达成了超乎以往任何一种媒介的视听美感和审美通感。

第二，从文本形态上看，出现由"硬载体"向"软载体"的过渡。传统文学文本主要是以竹简、兽骨、钟鼎、笔墨纸砚等众多承介物的"硬载体"形式出现的，有大小、体积、质量的物理差别，它们陈设于书架课桌前，形成某种广延性的物质性存在。而时下的新媒介文学则是以比特、网页及超链接文本等电子符号的软载体形式贴附于互联网络的虚拟空间。这种比特化的文本本质上毫无物质材料的质量差别，并且所有的信息均可转换为数字比特的表现形式，能够无限制的复制、粘贴。在这种文学形态由有形物质寄托向无形电子信息寄托方式的转变过程中，无论是作家的创作观念、思维理念抑或读者的阅读定式、接受习惯都发生了极大的改变。置身于新奇的数字化空间，"比特"代替了"原子"，"信息"取代了"物质"，"手中实实在在的文本"化作"空中轻舞的符码"，整个网络世界就如同一个广阔庞大的、可移动的电子图书馆。信息飘零，聚散如烟。

第三，从分类方式看，新媒介文学的类型发生分化与整合，文学界限越来越模糊，数字技术悄然打破了人们对传统文学的想象方式，实现文学存在的新式构型。遨游于离境的网络空间，各类文学现象层出不穷，数字媒介不断衍生的新文类和新形式（"超文体""跨文体"）令人眼花缭乱。读者们往往来不及辨析文本种类与价值内涵就被各色文本簇拥包围着，纪实与虚构、文学创作与生活实录、神话与科学技术之间开始彼此限定和沟通，文学与非文学的界限逐渐被抹平，传统的界定"文学"和作品分类方式的标准变得模糊或消散了。比如《第一次的亲密接触》这部童话式的网络爱情小说，就以诗歌文体的形式分行排列，并在其间穿插了许多诙谐风趣、极富想象力的新体诗。此外，一些新的文体如"短信体""聊天体""接龙体""链接体""拼贴体""凡客体""羊羔体"及

"废话体"等也都渐次从新媒介文学浩瀚的海洋里汩汩涌现，成为文学形式转型的一大表征。

除了以上所说的文学之于外在表现形式方面的改变，现阶段文学和新媒介相结合也致使新媒介文学在价值观念、审美效能等方面出现了内在的深层变迁。比如，就文学的价值观念而言，它反映的是文学主体关于文学价值现象或价值关系的系统化的看法和观点，是以往主体在文学接受或创作过程中的价值实践和价值生活经验的理性化积淀。新媒介文学的兴起带来了新的文化逻辑，为当下社会提供了一种新的价值评判依据，传统文学的"经邦济世""有补于世"的政治伦理型的价值观念发生了或隐或现的变化和调整。在新媒介交互发展的时代语境下，人们对自由、科技和开放的追求动摇了在传统文化进程中所建立的中心论、整体观和单一的政治伦理秩序，倡导一种多元并存的文化格局。在价值尺度上，由社会认同向个人会心转换。而就文学的审美取向与社会影响效能来讲，新的媒介技术及新的时代环境在很大程度上拓宽了文学的表现领域，充实了文学的审美内涵，提高了读者在审美接受过程中的自觉性和主动性，同样也促使读者的接受心理和接受效能在此过程中发生转变——由沉潜性、深刻性和教化性到浅层化、感官化和娱乐化。文学的效能通过娱乐的方式展现出来，只不过这种娱乐不同于传统文学时期的"寓教于乐"，而更多地转向为"自娱娱乐"。

总而言之，在以互联网为代表的新媒介文化语境下，文学的生存与发展方式发生了深刻的变革，旧有的文学体制被打破，时兴的文学镜像被书写，在新的艺术经纬里，文学有了与新媒介相得益彰的呈现方法。新媒介技术改写了传统文学本体的符号陈规，盘根错节的网络重塑着关于美和艺术的新旅程，在今天的文化语境下，我们完全有理由要求重新理解文学生存状态的演变和文学发展方式的内涵，重新审视传媒在文学存在中的重要作用，这是文学存在方式转变之基点，也是探索文学体制历史演进的新可能。

（二）新媒介文学理论创新的必然要求

新媒介在影响文学存在方式之后，必然对文学理论提出阐释的新要求，进而影响文学理论的现有格局和理论视野。今时今日，数字媒介的技术力量已经深深植入到文学的叶茎根脉中，并对其生存状态、价值观念、审美取向及社会影响效能等方面发生着重力转向，传统文学所适用的那套基本观念、思维定式、理论观点及研究方法都无法充分应对今天的文学新现实。此时，面对理论范式渐变、文学现实问题凸显，在新媒介文学的学术前沿开辟理论荆林就显得尤为迫切和必要。而这也是学界之于中国新媒介文学理论"为何建构"的首要问题。

第一，从书写-印刷文学范式向网络文学范式的转换是推动新媒介文学理论创新重构的内在张力与必要前提。

媒介自身经历的革新变迁直接影响和加强着文学艺术的形态塑造，而文学艺术由此产生的改变必然也会影响和推动文艺理论思想观念的更新及文学理性研究范式的发展和裂变。在今天，科技文明大行天下的时代，社会文化的发展在很大程度上冲击了旧有的审美范式，文学艺术的网络化也瓦解着传统的文艺理论研究范式，面对当下文学领域不断涌现出的众多新式文艺类型：网络文学、博客文学、超文本小说、影视文学及手机文学等，如若学界的文艺理论批评家一直囿于传统的文艺理论研究范式，用旧有的理论原则去厘定和分析现在的文学现况，无异于是"刻舟求剑"。

就我国当代文学理论范式而言，历史上主要有两次最重要的革命：第一次发生在 20 世纪 80 年代初期，主要是由社会政治范式向审美范式的转变；此后，从 20 世纪 90 年代至今，主要是从审美范式过渡到文化研究范式。究其原因，主要是由于进入到科技文明高速发展的时代，人们不仅在物质生活方面获得了极大的丰富，而且在精神层面有了更多的自由和期待，从而产生了一系列新问题，文学研究领域也迎来了新挑战。

因此，当前对于新媒介文学理论创新问题的深入研究，也要秉持理论与实践、历史与逻辑相统一的原则。因时而变地将新媒介文化的时代语境作为新媒介文学理论创新问题研究的实际出发点，将我国当代文学研究由书写-印刷文学范式向新媒介文学范式的转换，作为问题探讨的逻辑起点。

人们普遍认为，自古以来，人类文化史上已经先后出现了口语媒介与说唱文学、造型符号媒介与书写-印刷文学、数字媒介与网络文学等从媒介文化角度划分出的不同文学范型。然而，诚如单小曦所言，"中国当代文学研究主流，无论是文学史研究、文学批评、还是文论话语，主要还是书写-印刷时代文化的产物"，因而这种时代境况下建构起的理论主张必然会携带着与生俱来的、难以逾越的书写-印刷文化属性，因此，用这样的理论标准来衡量或评价今天的新媒介文学现实显然是不太客观且不太理想的，其中有着种种无法适配与契合的尴尬。具体来讲，过去，文学艺术的理论范式主要是在口头说唱文学和执笔书写的文学存在方式的基础上逐渐形成和积累起来的，而我国文艺学一直以来所依靠的文学认识论、文学本体论、文学创作论、文学价值论和鉴赏批评论，或是西方学者所提出的"世界、作家、作品、读者"的四要素说，也都是基于那个特定历史时代下、特定媒介方式下文学活动的特征和方式生成的理论沉思和观念表达。

然而，在文学媒介飞速更迭的今天，文学的创作氛围、作品的传播方式、读者的阅读期待，以及整个文坛生态都发生了新的背景置换。彼时，在新媒介技术的支持下，各种各样的文学类型、文学话语和文体种类应运而生，文学的存在方式向数字化、无纸化转变，文学作品开始向新媒介文化蔓延。回看传统文论，文学媒介被划定为形式的范畴，被认为是情节、观念、主题、意象等所谓"内容"的载体，且媒介本身是空泛的、毫无意义的这一理论观点显然不太符合当下的文学发展。假如说书写-印刷时代的媒介对文学来说仅是一种工具论意义上的媒介的话，那么现代传媒社会下的媒介对文学来说已然超越了工具论的范畴而上升为一种本体论意义上的范畴。从当前的文学现实来看，不管是文学存在方式、文学审美价值抑或文学结构本身都与"媒介"这一要素相互依存，共荣共生，而且在很大程度上，正是媒介的性质决定着文学表达"内容"的实现与否。所以，从书写-印刷时代的文学范式向数字网络时代新媒介文学的范式转换是中国当代文学研究需要考虑的文化语境和理论背景，也是其日后创新发展需要予以正视的媒介革新和文化现实的必然选择。

第二，新语境下一系列阻碍新媒介文学发展的现实问题是促使新媒介文学理论创新重构的外在推力与条件可能。

对于今天的大多数人来说，已经熟悉且适应于数字计算机和互联网的技术环境。手机、电脑、微博、微信、电子邮件等无处不在的数字关系网成为日常生活中沟通与交流的重要方式，而内嵌于社会生活之中的文学领域也在由技术进步所带来的社会新现实的变化中变化着，文学术语的变化、文本形态的革新、文学观念的震荡需要在新情况下有与之相对的理论对大数据环境下的文化变革作出快速反应和有效连接。但着眼于实际，就既有研究成果而言，面对大数据的出现带来的工作、生活、思想的巨大变化，当前的文学理论与文学批评显然干预力度弱、跟进迟缓，在生态监察、意义评估与价值引领等方面未能发挥应有的作用。

以网络文学的深化发展为例，众所周知，数字科技的繁花绽放吹响了情感解放的号角，网络文学一路高歌猛进。无线传播的便利性开拓了文学生存与发展的空间，自由交互的信息链接实现了精神产品的非线性组织，多媒体技术的强交互性和可控性使越来越大的大众网民参与到文学的交流与创作中，一时间作品浩繁、文坛丰硕。然而看似繁荣的背后实则潜藏着诸多发展瓶颈和隐忧，网络文学作品众多但同质化严重，过度商业化、泛娱乐化，导致审美品格下降，过度自由的匿名化写作导致本体缺失和主体混乱等，这使以网络文学为代表的新媒介文学生态呈现出良莠不齐的景象。不少文艺理论界学者也渐渐注意到了这一问题并诚恳急切的申明,铺陈建设新媒介文学的理论园地并在此种满鲜花是眼下的当务之急,目标愿景已在,但当下具体的建构过程明显还与网络文学的实践发展有一定的距离。比如,在对网络文学中存在的"技术至上""文本注水""意蕴消解"等一系列理论和实践问题上,缺乏深入的探讨和研究。又比如,新媒介时代下网络文学理论与批评究竟走向何方,如何实现从"传统书写印刷文学"向"数字媒介网络文学"的理论范式转换,目前还基本处于一种阵容寥落的状态。

更细致地分析,就新媒介文学的创作而言,在现代传媒语境下,电脑写作的非物质化彻底解构了传统文学所追求的意境隽永的超越性价值,随着手指在键盘上舞动,创作主体脑海中的思绪已和电脑显示屏的临界客体触电流转、交融合一,眼前的词汇文段变成一种可瞬息即消、瞬息即变的东西。创作者能够随时删除、添加、修改,较之传统手写文稿时代的写作情状,新媒介技术以其强大的技术优势和效能拓展了文学自由表达的空间,从印刷时代文字表达的线性逻辑约束中脱离开来,于是,随心适意的写作成为可能,创作主体"思接千载""神与物游",可以自由地书写胸中丘壑,表达似乎迎来了一种"红雨随心翻作浪,青山着意化为桥"式的自由境界。诚然,在互联网出现之前,作家、文学家也在不断探索传统文本的非线性呈现如先锋小说、实验小说、意识流小说等,这些都在一定意义上打破了书写-印刷媒介的线性束缚,但终归小小的纸页容不下四向漫延的思绪,编码设定在本质上仍不能和网络空间的自由驰骋相比。现代传媒技术的发展,以前所未有的方式解放了作家的创作规范。那么,在这种创作情境下,传统文学先在心腹中进行总体构思、酝酿、琢磨再落笔,这种"两句三年得,一吟双泪流"的锤炼过程还有多少应用价值呢?创作者的身份如何界定、心态如何持守?怎么理解作者和读者共同合作完成一部文学作品?与此同时,当读者的阅读方式从纸质扉页转移到电子屏幕以后,其阅读感受、接受心理、审美经验又发生了哪些辗转置换?当读者面对的是无固定形态的文本、流动的文本，又该何其定义文学研究的对象？这些都是新媒介文学在创作和接受方面提出的新问题。

对此在这种背景下，拥有一种创新中国新媒介文论的理论自觉就显得尤为迫切和必要。文艺理论界应该及时正视现实，以通变的学术立场重新审视文论的范式演进，用开放的姿态去发现文艺领域中的新现象和新问题，在新的时代背景和文化语境下，及时调整、拓宽自己的研究对象与研究方法，重塑与时代变化相适应的文学理论新体系。

第二节 新媒介文学理论的多维度创新

在建立新媒介文论创新的理论自觉的基础上，研究者面对的是新的理论建构方法的探索问题：即在新的时代语境和文学情境下，应当保持怎样的立场，以怎样的视角和方法去开拓新的问题视域，来确认一种理论话语体系之于当代的意义？这个时候，文学实践方式和实践话语的转变所引发的学术观念和文艺学理论的改变，已经不是一个存不存在或者要不要变的问题，而是一个如何应变和"怎样建构"的原则问题。所以如何为新媒介文学的发展问题破解困局，扫清障碍？披荆斩棘之路只有一条——理论创新。近些年不少学者在这方面也进行了不懈的探索，他们聚焦"媒介"生态之域，展开了以此为原点的多维度、多方向的探索研究，比如，关注现代传媒影响下的文学场域、关注新媒介文学活动的内外机制及关注新媒介视角下的审美变革等，对新媒介文学的发展与理论的新变进行了创新探索。

一、新媒介文学存在方式的理论探讨

进入21世纪以来，以数字互联网技术为主的新媒介技术大规模挺进文坛，带来了文学镜像的生动转变，赋予当下的文学以更丰富的媒介性内涵。新媒介对文学的作用影响不再单纯停留于传播途径和传播方式的层面，它作为文学生产的要素开始参与到文学活动的整个过程中，从生产到传播再到消费，处处体现着媒介的势能和力量。此时新媒介语境下文学场所呈现出的样态也愈发不同于精英文化时代文学场的诸多特征：文学场域的自主性由文学存在方式的改变而受到挑战；文学场的内部结构由统一走向裂变。

（一）文学场域与文学存在方式

"文学场"是法国社会学家皮埃尔·布尔迪厄在其场域理论基础上提出的一个著名概念。"场域"一词，本是物理学的概念与术语，主要是指物质存在的一种基本方式，在布尔迪厄看来，世界是由许多大小不一、力量不同的"场域"组成的，如经济场域、政治场域、宗教场域、新闻场域、文学场域等。社会将这些彼此独立又密切相关的场域联系在一起，每一场域都有自己的运作逻辑和规则，一个场域从社会权利场域中获取的自主性越多，该场域的合法性就越高。而文学场正是在这众多场域的其中一个"遵循自身运行和变化规律的空间"。在这个空间中，各种权力此消彼长，各种结构关系处于一个动态的流动平衡。为了生存和发展，各种文学现象都需要争夺自身的"合法性"，即获得文化的主导权。

那么以场域视角观之，新媒介时代的文学场是怎样的"空间"呢？文艺理论界对于这一问题进行了积极地探寻与追问，最终得出一个统一的答案——即长期以来以精英文学为主导的中国当代"自主性文学场"在新兴媒介的冲击下发生了分化与裂变，变成了一个由多元化的价值原则指导的，开放包容、竞争有序的自由空间。在这个空间里，文学依然遵循着自身的运行规律和变化的规则，但内部权力结构已经发生了动荡分化与转移。究其原因，或许正如有些学者所指出的，今天电子传媒已经成长为了当代社会权力场中的强势行动者，在它的强力搅动之下，当代东西方社会中的权利关系和权利结构发生了分化和重组现象。这种现象深深地影响到了文学场的存在结构和文学的实际存在状况事实也是如此，新媒介时代的到来，整个社会存在与生态环境已不可回避地被媒介的话语和声音所包裹缠绕，现代传播媒介不再仅仅是科学技术的产物，特别是网络与数字化技术，在具备了强大的科技理性与工具理性之后，更是卷入到政治、经济、文化与文学的运作之中，拥有着极大的权力。这种权力，无论对于当代文学的生成抑或转型，都是极为重要的。这里就以文学符号、文学形态的变化演进而论，21 世纪互联网应用的普及和影视媒介的发展使当代新媒介文学正朝着一种以视觉文化为主要内容的方向发展，传统的纸质文本形态逐渐式微，文学内容的影像化表达暗迭涌动。过去。文学作品由文字语言所构筑的深度的艺术想象空间正逐渐被影像叙事的视听觉体验吞噬，文学与影像的相互嵌入，文字与画面的视域融合，文学内容的影像化表达在当下正成为一种较受欢迎的文学样态。比如，近几年火爆院线的电影《山楂树之恋》《失恋 33 天》《左耳》《匆匆那年》，电视剧《步步惊心》《花千骨》《何以笙箫默》《甄嬛传》《周生如故》等作品都是文学和影视的联袂出演。除此之外，当代的文学还能以音频化的朗诵、评书、广播等形式流入读者心间，文学变成了可视、可听、可感的多样化形态。从这些不同符号形态的文学形式在大众读者之间的活跃场面来说，新媒介技术的兴起对以建构文学的自主性、稀缺性、神秘性为主的精英文学而言，无疑构成了一种巨大的挑战。

　　布尔迪厄曾说过："文学场自主原则的权威性取决于它能在多大程度上抗拒外部决定力量。"也就是说文学场的自主化程度，体现在那些来自外部的等级化力量在多大程度上能够内化为文学场内部的结构原则本身。对于新媒介时代的文学场而言，除了刚才所说过的媒介的影响之外，迫使其自主性原则消解的外部因素还有哪些？单小曦在探讨"文学从艺术场中心走向边缘"时，给予了十分理性的剖析。他认为，自主性文学场所受到的挤压与侵占是当代政治、经济和文化等诸多领域共同作用的结果，媒介只是其中的一个重要方面。其中也包括当前新闻场在扩张实力的过程中不断向文学场进行势力渗透，利用商业逻辑和新闻法则消解文学的自主性原则。比如，时下正兴起的网络文学所表现出的类型化、产业化，就是商品逻辑侵入文学领域的结果。最初的网络文学作家在网络上是即兴而为、抒心里之畅的无功利之作，慕容雪村就是这方面的典型。但是由于整个新世纪以来市场经济的发展和社会环境的变迁，文学普遍受到商业利益的驱使，在种种"外部需要"的吸引和控制下，网络写作也逐渐成为了失去"自主性"的活动。对此，陶东风、欧阳友权皆表达了相同的观点，陶东风在分析"文学活动的去精英化"就明确指出，"这个新确立的精英知识分子的话语霸权在20世纪90年代文化市场、大众文化、消费主义价值观及新传播媒介的综合冲击下受到了极大挑战，刚刚被赋'魅'的知识分子和精英文化受到了极大的危机"。从学者们的讨论中可以更加确信，中国目前的文学场域转型是在改革开放政策及世纪交界出现的文化变迁所共同影响之下才产生的结果。但这个结果有必然性，也有可能性。特别是在市场经济体制的影响下对文化、文学及艺术方面的全覆盖的侵入，这不但能使很多固定的文论内容越来越"非语境化"，而且还构造了市场经济下人和社会性产出、物质生活消费、网络媒介及精神需求之间的交互联系。而媒介力量更是在其中起到了一种促推、加强和深化的作用。是新媒介的出现催生了新媒介文学的形成、加速了自主性文学场的解体，从而使高雅艺术、精英文学不再是统摄文坛的唯一价值选择，多元共存、多维共振更符合当代文学范式的繁荣新局面。

以上这些分析都从更为广阔的视野为我们理解现代传媒语境下的文学场提供了理论依据。综而论之，在新的社会背景下，在多领域、多方面力量的综合助推下，文学自主性原则的权威被消解了，甚至丧失了，精英文学渐趋从文学场中心退居边缘。

（二）文学场裂变与新媒介文学生产

其实从理论上来说，任何技术的革新都会逐渐创造出一种崭新的生态环境，并且积极地应用到社会发展和文化繁荣当中。20 世纪 90 年代，伴随着市场经济的崛起和消费时代的来临，大众文化逐渐兴盛起来，以电子媒介、网络媒介和手机短信媒介所共同构筑的现代传媒对人们的生活方式、交往模式及文化观念等各方面都造成了很大的冲击。在这样一种不同于传统媒介的新媒介语境中，必然生出一种功能性的新氛围、新场域。于是，新的空间场域中，网络媒介和数字技术不仅作为一种新兴媒介直接影响着文学的生产方式、传播方式和接受方式，而且也以强大的本质性构成在一定程度上使以精英文学为主导的自主性文学场内部发生了权力结构和运行方式的分化、整合、重组，进而走向了裂变。

倘若说过去的"精英文学"所主张的是文学的自主性、主体的自律性及审美的无功利性的话，那么裂变之后的文学场域就可以被理解为是一种崇高褪去、神圣消解的多元化、大众化、雅俗共赏的发展格局。如同单小曦在《电子传媒时代的文学场裂变》一文中所指出的，"西方 19 世纪中期以来形成的以'纯文学'，或自主性文学观念为指导原则的精英文学生产支配大众文学生产的统一文学场走向了裂变，统一的文学场裂变之后，形成了精英文学、大众文学、网络文学等文学生产次场，按照各自的生产原则和不同的价值观念各行其是，既斗争又联合，既相互独立又相互渗透的多元并存格局"。白悻在《新世纪文学的新格局与新课题》一文中将当代文坛分为"以文学期刊为主导的传统文坛""以商业出版为依托的大众文学"和"以网络媒介为平台的网络写作"。胡友峰也在《新世纪文学场的新变与互渗》中将经由电子媒介和市场经济的双重挤压下裂变后的文学场分为精英文学、青春文学、网络文学和大众文学四大文学生产次场，并指出它们彼此之间存在相互竞争又合作，相互博弈而又联系的镜像关系。总之从以上论述中可以看出，不论学者们将当下的文学场分为哪几类多元并存的文学生产次场都从不同角度说明了新媒介时代文学场发生分化与裂变的事实。也就是说，在当下的数字化传媒时代，那个依靠建构"纯文学"的稀缺性，以自主性价值原则进行的文学生产创造文化资本，并把其他文学生产收拢于自己的麾下形成文学场的一统王国的精英文学时代，已经一去不复返了。今天，没有一种文学包罗万象、具有普遍意义、价值取向一致，也没有一种文学生产原则强大到足以支配其他类型的文学生产并继续使文学场保持整齐划一、井然有序的面貌。

网络文学凭借着网络媒介的照拂和众多读者的喜爱走上新时代的文化舞台，与主要借助于纸制印刷和播放型电子媒介的文学生产一同参与着市场竞争，也表现出不同于它们的本质特性。比如，就文学生产机制而言，过去以作家创作为主导的文学生产机制被以市场为主导的"文化产业"机制所取代，创作主体愈发普泛化、自由化与年轻化，创作主题也渐趋类型化和产业化、创作空间由线上到线下得到了前所未有的拓展。在文学传播方面，网状式的传播渠道、影像化的传播形态及多维式的传播互动使得阅读成为一种"即时性"的消费新体验。同样在文学接受方面，新媒介技术也从接受效能的娱乐性、接受过程的参与性及接受方式的由"读"到"看"等诸多方面给网络文学带来一种不同于传统文学形态的根本特征。这些例证都表明：当下，基于互联网而生成和发展中的网络文学，正渐渐形成一个相对独立的文学活动磁场。在这一文学次生场域中，生产者、消费者、文本、出版机构、批评者、沟通中介和权力结构关系都与以往任何文学活动生产场域大相径庭。这里暂且以学者单小曦提出的关于新媒介时代三个较为具有代表性的文学活动次场划分观点——精英文学场、大众文学场和网络文学场，来领略当代文学场裂变之后的多个文学次场域既各自为政，又相互交织、纷然杂陈的发展态势。

进入新媒介时代以来，印刷文化范式开始向数字文化范式转型，面对网络文学的来势汹汹和生产空间的日益拓展，作为印刷文化产物的精英文学和电子播放型产物的大众文学的势力范围在逐渐收缩，作品出版流通量也越来越小。此时，价值观念的碰撞与文化资本的争夺必不可少。著名的"韩白之争"就是精英文学与网络文学对权力位置争夺的典型例子。2006 年，专业批评家白烨在其博客发表的一篇文章中表达了这样的观点，他认为，"80 后"写作从整体上来说还不能算是真正意义上的文学写作，他们是为了取悦市场与读者而生的"票友"写作，所以拒绝给它们以"文学"名分，并强调正统文学才具有合法性，其价值标准应成为场域的核心法则，决定进入文学场的权力与资格。此文一出立刻招致韩寒的强烈反驳，"文学和电影，都是谁都能做的，没有任何门槛"。

"白先生的文章里显露出狭隘的圈子意识。"言辞犀利、针锋相对，仅从寥寥几句发言间都可以看出双方对其自身所处文学场域合法性的竭力确信和维护。当然，这只是竞争的一方面，并不能否认文学生产次场之间也存在相互融合的情况。近年来，纯文学期刊被市场冷落、自主性文学原则频繁遭受沉重打击，精英文学为了谋求自身发展也在尝试适应网络传播环境，以机换笔、以高效电子传送代替慢速稿件邮递，从线下走到了线上，凭借新媒介的技术优势来拓宽纯文学的生存发展空间，激活作家的创作欲望与创造精神。精英文学尚且如此，而本身就在很多方面与网络文学具有内在一致性，侧重于追求群众趣味，注重休闲性、消遣性和娱乐性的大众文学更是采取了积极的适应态度与吸收合作策略，主动融合到网络文化的大背景中，在现代传媒开拓的广泛空间中寻找栖居之所。

正如上述作者所分析的，由于现代传媒的巨大影响，今天的文学场正处于从统一走向多元的分裂时代。媒介作为现代社会权力场和文学场中强势搅动者，不仅在潜移默化中改变了人们的生活习惯、思维方式和写作模式，更带来了特殊的审美效果，文学场的自主性原则受到挑战在所难免。关于争辩其裂变后的文学次场究竟哪种更为优劣妥善只是一种个人之见且毫无意义的价值判断，在新的时代文化语境中需要搁置这些争议，去探寻更为重要的问题。文学理论如何根据文学的变化来进行自我调整？如何在文学场域走向兼容并包、开放多元的新语境下更新多维有效的阐释体系？对此学界已充分认识到这一点，并开始有意识地将文学理论的创新问题置于媒介革命的深厚文化背景下，关注文学理论的媒介形态，关注文学发展的现实基础，开放封闭的文学理论，在此基础上展开了文学经验和文学现象的探索和研究。

二、新媒介文学活动机制的理论探讨

进入 20 世纪 90 年代以来，媒介水平的划时代发展对既定的文学生成方式、审美范式产生了革命性影响，也对文艺理论的学科建设提出了新的课题。媒介革命开启了我国文艺学的历史性转向，它在客观上要求文学艺术的发展要从强调语言学的传统思维模式向新媒介文学的研究模式转变。因此，时下转向对媒介的广泛关注构成了新媒介文学对自身发展及理论困境的一种回应和思考。具体来说，这种转向主要围绕两个层面展开。其一是内在机制的走向，即文学理论研究的重心从传统的经典"文学四要素"转向被历史遗忘的作为文学生产、传播和呈现环节的媒介；其二是外在机制的变化，即当代文学理论研究的视野转向对于具体新媒介文学现象的关注。

（一）内在机制：新媒介文学的第五要素

1953 年，美国文艺学家 M.H.艾布拉姆斯出版了《镜与灯——浪漫主义文论及批评传统》，书中提出了著名的文学活动四要素理论，"每一件艺术品总要涉及四个要点，几乎所有力求周密的理论总会在大体上对这四个要素加以区别，使人一目了然。"这四个要素即我们熟知的"世界—作家—作品—读者"在文学活动中的动态循环过程。此后，四要素理论先后经过著名的美籍华裔学者刘若愚和当代文学理论家童庆炳先生的改造已深入人心，长期以来成为学界普遍遵循的一种解释文学活动过程的知识范本。应当肯定的是，就文学的一般情况而言，四要素理论确实表现出了高度的理论涵盖力和表述的简洁性。然而，辩证唯物主义告诉我们，世界上的一切事物都是在变化和发展着的，所以也没有一成不变的思想结论，"四要素"说有其相对的历史文化和社会发展的时代限度，立足于当下的现代传媒文化语境，新媒介作为崛起的力量，正全方位融入社会生活和文学活动的枝叶根茎之中。从作家的生产，到作品的传播，再到读者的接受，媒介在这一过程中始终起着积极的建构和生成的作用。因此，对于当下正在变革着的文学活动而言，再用旧有的文学活动范式，即四要素理论，已经很难充分解释当下的文学现象。基于此，建构一种包括"文学媒介"要素在内的五要素文学活动范式更符合中国当代文学理论发展建设的需要。

单小曦敏锐地捕捉到了这一变化跃动着的新媒介文学现实，在 2015 年出版的《媒介与文学——媒介文艺学引论》一书中立足于新媒介视野下文学活动发生了不同于以往的新变化的事实，从媒介在文学活动中处于存在性地位的现实依据出发，重估了媒介的作用，提出了建构一种新的"文学活动第五要素"的理论可能。"文学活动第五要素"即意味着在原有的"世界—作家—作品—读者"的基础上，增加一个"媒介"要素，且将其与其他四要素视为放置在同等地位的存在性构成要素。

单小曦指出，传媒语境下文学生产与之前的文学生产之间存在着很大的差异，原因就在于当下的媒介早已内化成为文学的某种动力，进入到了其生产和传播等领域之中。在进入到新媒介文学时代，文学活动不再像传统"四要素"理论所描述的那样，是一个由"世界—作家—作品—读者"四者之间构成的简单而透明的直达关系，而是彼此之间都需要"媒介"要素作为纽带获得链接。没有媒介生成的存在境域，文学其他要素无法形成圆融一体的存在性关系，文学也难以成为显现存在意义之所。或者说，在新的文化语境下，媒介已经成为一种重要性质素，参与着文学活动范式的构建过程。作为形式意义上的传播载体,它沟通了"世界与作家""作家与作品""作品与读者"的关系。作为内容存在,它还与世界、作家、作品、读者一样,具有本体论意义上的生产建构作用。没有媒介的连接,就无法在世界、作家、作品、读者之间形成现实的动态循环;没有媒介要素的构建和容纳,文学的意义也无法得到圆满的体现。因此,在当下的新媒介文学生产实践场域中,将媒介作为文学活动的"第五要素"是合理的,也是必要的。

其实近些年来,不只是单小曦注意到了"媒介"这一维度在文学活动和生产中的重要性地位,越来越多的文学理论家也转向了对文学活动中"媒介"维度的关注,并尝试着将"媒介"纳入"新媒介文学第五要素"的可能。如李玉臣在《由艾布拉姆斯的四要素引发对艺术媒介的理论探讨》中就提到,"构成艺术整体活动的基本因素应该有五个,即世界、作者、媒介、作品和读者"的观点,提出艺术媒介作为艺术活动的第五因素参与讨论。李衍柱在《媒介革命与文学生产链的建构》中说:"媒介是文学生产、传播、交流、消费的纽带。它是整个文学生产流程中不可或缺的工具和载体。"此外,霍俊国在《关于文学艺术活动论的再思考》中也明确提到了:"艾布拉姆斯的'文学四要素'并不完美——在艺术活动的全程中至少还缺乏两个必要的环节,即传播媒介和批评家。"批评家属于读者的接受范畴,仍归属于五要素。

这里值得注意的是,媒介作为文学的存在形式并不是自新媒介文学出现以后才开始的,文学自诞生之日起就必须通过媒介得以生成和持存,无论是最早的口头说唱文学,还是后来的书写-印刷文学,都需要一定的媒介来承载,没有媒介,文学就不知所在。可见,媒介之于文艺生产的重要性是一直存在的,只不过在过去的文艺理论研究中,"媒介"这一重要的内嵌性要素长期被忽视和遮蔽了。究其原因,或许是因为语言作为文学表达的媒介基础,在其漫长的历史发展过程中没有发生质的变化,又或许是因为传统文学中一直尊崇的重创作才艺而轻媒介工具的观念造成的这一无意识遗忘，凡此种种亦不必深究，深耕当下，怎样把"媒介"这一重要的理论性问题开拓得更为充分才是重中之重。

（二）外在机制：新媒介时代的文化现实

文学理论创新研究进一步发展的关键，就是要把研究视野从普适性的理论束缚中解放出来，认真面对当下正在发生的具体而微的文艺现实，使文学理论的发展真正奠基于鲜活的文学实践过程。文学内在机制的范式转向，即文学研究的重心在传统艾布拉姆斯的"四要素"理论的基础上增添了"媒介"这一维度。接着来聚焦文艺实践，探讨当代文学外在机制或者说外在研究内容、研究视野的变化。此时的"媒介"所指与上文已非同一内涵。上文中所提到的"媒介"主要是指内在于文学活动具体环节中的媒介，而此处则是文学活动之外的作为文化的媒介，它更多指向的是新媒介时代的文化现实，或可将其看作是一种外在的文化现象。

当今社会新变的突出表现之一，就是现代传媒深度融入现实生活，形成了不同于以往的社会文化新生态格局，其中包括新媒介文化现象的形成。为此，在现实传媒语境与具体问题的呼唤下，文学理论研究理应越出自身边界，开始转向关注以数字新媒介为载体甚至主体的文学现象与文学问题。今天，文学理论界对于当代文学外在视域的媒介研究转向已形成规模，概括来说，主要集中在以下几个方面。

其一，转向对于具体新媒介文学形态和实践案例的评述分析。这里较多体现在对于网络文学的学理定位与作品研究，也有对如百家讲坛、中国诗词大会、经典永流传、脱口秀、超级女声等各类影视节目的分析定位。二十多年来，中国网络文学搭载于新兴媒介的快车攻城略地、自由生长，以致遍地开花、蔚为壮观。期间，围绕网络文学的历史沿袭、概念定位、特征考辨、作品赏析、批评标准、局限分析、未来发展等，学界进行了积极的勘探和归纳梳理，取得了丰富的理论成果。其中在这方面建树颇丰的当属欧阳友权及其团队这些年在这方面的砥砺深耕，他们立足当下文学现场，不断跟进着网络文学的发展状况，力图对网络文学的存在方式、创作范式、精神谱系、价值意义等方面作出本体性的探求和学理性的追问。其成果有《网络文学论纲》"网络文学教授论丛""新媒体文学丛书""网络文学 100 丛书"《网络文学研究成果集成》等。此外，学界还有很多以严谨的学术思维和成熟的甄别眼光之于各类蒸蒸日上的新媒介文学景象的理论研究，肩挑道义、心存担当的使命促使他们不断解读、不断回应着数字化时代文学发展的新问题。

其二，转向对于媒介作为生产环节的角度研究，即对媒介复制与文学生产关系的问题研究。结合当今急速发展的媒介事实，从生产环节来看，新媒介的到来使得电子复制成为可能，这种可能不单是技术上的转型升级，更重要的则在于文学形态及文学生产的逻辑与审美经验的全面、深入、彻底地被倾覆。在当下，机械复制与技术拼贴已经成为了新媒介文学生产与创作的一种常态。文学作品不断被复制、传播、消费，消弭原创与仿拟的界线，挤兑经典的生存空间，以致展示价值日渐取代膜拜价值，作品原有的本真性与其内在灵韵性都消散了。对此，欧阳友权也表示，"数字化拟像、复制与拼贴技术造成艺术独创观念的淡化"，"一方面，图文语像的无穷复制动摇了艺术经典的恒亘沉积性，转移了对经典的审美聚焦，使艺术失去一次性、留存的经典性和仪式崇拜性；另一方面，技术干预导致了自然存在的中断和文本诗性与传统艺术的错位。"

其三，转向对于媒介作为表征呈现的研究，这即意味着对"文学图像化"问题的引入。今天，随着声音、图像在文学表征形式中的不断崭露，一种关于文学的"图像转向"的理论悄然兴起，我们进入到一个"视觉读图时代"。传统的以文字为主要表征样式的文本趋向于以图像为主导的表征样式，文学的表意体制和审美形态，经历了从内到外的颠覆与重组。对此，中国当代文艺理论界已看到了这一现实趋势，并就媒介革命带来的图像增值、审美变迁等问题联系文学的命运走向展开了多维度的细致思索和探究。比如，周宪在一系列视觉文化与图像转型的论文中认为，

"读图时代的到来形成了当代文化的图像优势，这不仅标志着图像主因型文化渐趋取代传统的语言主因型文化的深刻变迁，也标志着传统文学的语言中心的思维模式和研究方法论受到严峻挑战。"张晶则从审美价值论的角度对图像加以考量，认为图像虽具有鲜明的直观性、虚拟性和逼真性，但也因其泛滥造成了审美过程中意义的弱化和审美判断的缺乏。金惠敏在《图像增殖与文学的当前危机》一文中不无忧患地指出，图像增殖是电子媒介时代到来的显著特征，并且这一特征对以印刷媒介为基础的文学和文学研究造成了极大的冲击，具体表现为：一是重组了文学的审美构成，二是瓦解了文学赖以存在的深度主体。事实上，无论图像文化怎样增值显现，作为人类精神的家园，语言文字仍会坚挺不衰地久久存在。

总之，在今天，媒介深入文化、进入生活已经成为一个事实，它处于大众文化的核心，占据着经验性社会生活中最显耀的位置，网络文学、图像转向、影视改编、文学产业化等问题都是媒介影响在当前文化精神和现实问题中最集中的体现。而且媒介本来就是文学活动中一直在场的基本性要素，没有媒介，文学活动便不可能发生。所以新时代文学理论的媒介转向并不是毫无依据的，它是时代进步和文学发展的必然结果，是文学自我清理和自我敞亮的必然归宿。今天的文学理论研究不管是基于内在的要素机制还是外在的文学现实都无法超脱现代传媒所营造的这个场域，对文学媒介的重新审视是新时代文学理论的再出发、再探索。

三、新媒介文学审美变革的理论探讨

随着信息技术不断更新发展，文学环境也在进行着变化流转，大众有着更加新鲜、立体、多维、更丰富的心理及生命体验。表现在审美方面，媒介技术的不断革新直接影响文学审美经验的生成与流变，重塑观赏者的审美感知、作品形式的内涵及寓于时代的美学追求。在新的社会文化语境下，媒介形式的多样延伸加速了新媒介文学的发展，同时也带来了文学审美经验和审美特性的新走向。

（一）文学审美经验的新变化

审美经验是审美活动中审美主体对审美对象生成性的感知、体悟，及其结果在人们心理中形成的凝定性精神积淀。不但引导着主体在审美活动中精神价值的构建，而且对主体认知世界和反思存在都有很重要的意义。过去谈论审美经验大多在哲学意识的范畴中展开，聚焦于审美心理、审美态度或审美价值等问题，实行审美主体和审美客体的二分法，媒介不管是作为外在的传播方式还是内在的客体属性都丧失了其存在意义，审美经验理论的生成逻辑中始终缺乏"媒介"的重要位置。当下日益更新的文学艺术形式使大众日常生活广泛地涌入各种文艺现象，审美主客体之间的关系也越来越多地受到媒介因素的制约与侵扰，此时若再从传统的本体论、认识论角度去理解审美经验显然已不太适宜，新的文学场域下需要对审美经验的流变进行细致的理论探讨。

那么如何具体地从媒介向度来理解当代人类审美经验的转型，周才庶提供了以下两个层面的认识方式。

第一，从个体的心理感知层面来看，审美主体对审美客体进行的审美体验是一种受到媒介因素制约的心理过程。历来的审美经验理论多采取主客二分的研究方法，单纯考虑审美主体或审美客体，媒介作为其中展现的力量失去了其存在的价值意义。其实，审美客体（也即审美对象）一直都依附于不同的媒介而存在。无论是口传的、书写的、印刷的还是影像的，都有各自的审美特性，都会对审美主体的欣赏方式和心理感知等产生较大影响。比如，当下面对极具审美价值的文学作品或艺术产品，欣赏者在视觉上大多转向为由阅读到观看的方式，而形态上则体现为由潜心静态到交互虚拟的呈现。《红楼梦》里曹雪芹写林黛玉的美："两弯似蹙非蹙罥烟眉，一双似喜非喜含情目；娴静时如姣花照水，行动时似弱柳扶风。"几个句子，林妹妹的美跃然纸上，读到这里，书籍版和剧版的《红楼梦》欣赏主体心中自然会有不同的对林黛玉美的形象的建构。

第二，从审美群体的社会效应来看，不同媒介承载的文艺在接受群体中会产生迥异的效果。大众传媒拓宽了人们既往文艺审美活动发生的场域，工作、学习、生活到处都有媒介的身影，处处都有发生美的可能。在这些场域中，人们对于周遭存在的感知和认识发生了巨大的变化。而经由数字媒介传递的审美经验极易从自洽性的审美问题转向社会性的文化问题，成为一种群体性的共识。

从这里就可以看出，媒介置换对审美经验的创生与流变有着极大的意义。

单小曦曾立足于不同时代的媒介文艺生产实践和当下新媒介文学发展研究的现实，梳理出"静观""震惊""融入"三种审美经验范式。这三种审美经验范式分别对应于手工制作时代的文学生产、大规模机械印刷时代的文学生产，以及当今数字化时代的新媒介文学生产。他指出，今天新媒介文学的作品形态早已不再呈现为传统单一的语言文字类型，而是表现为一种复合型的符号文本，这种复合型的符号文本是"文字、声音、图像"三者的共同交织与集成，读者在面对这种文本类型时，审美经验已大不同于以往，此时需要调动各种审美感官和知觉进入作品中，进行一种沉浸和交互的在场体验。这种在场的交互性体验即"融入"式经验，也就是指文学欣赏主体在面对文本时身心合一的投入，以及欣赏主体与客观世界的交融之势。王源、李苹苹在《智能传播时代沉浸式媒介的审美体验转向》中，也对这一问题进行了集中思考。他们以 VR、AR 为代表的虚拟现实技术层面对当下艺术作品的呈现和"存在"形式上进行观照，并提出一种"沉浸式媒介体验"。李春媚在《数字科技时代审美经验的转换与流变》中从模块化集成性经验、交互性融入式经验、数值化虚拟性经验、技术性新感性经验等五个方面分别阐述了数字科技时代审美经验的具体表现。

的确，处在数字科技日新月异的时代，媒介形式多样、选择多样，从文本到广播、影视、网络以至手机，这些转换无不刺激着审美主体的感官，使其呈现出不同于传统的体验。就以电影文学为例，作为科学技术作用下文学发展转型的一个缩影，数字化媒介为人们建构起一种在真实与虚幻空间之间具有极大自主权的沉浸式审美体验。审美主体置身观影席间，享受着光与影交织产生的造梦空间，在影音化的世界中与人物同呼吸、共命运。电影声画萦绕耳畔，仿真情境真切逼人，这种基于空间感知的"在场"冲破了审美实践中主体与空间阻隔、消弭了界限，放大了其身体各处的感知能力，达到一种与电影作品的主题意蕴相互交融、身心合一的审美境界。也正是由于这一原因，文学作品在影视银幕中显现较之以文字方式在书籍中的表现更容易带动欣赏者进入其所精心营造的虚拟情境中，脱离现实的物理时空。

从这个角度看，审美主体在传媒技术创生的虚拟空间下的"融入式"体验已然打破了传统文学审美所推崇的距离的、静观的欣赏形式，古典性的"静观"、现代性的"震惊"被置换，审美实践的"交互式体验"与"全部身心感官的共同参与"在新媒介技术营造的文化语境中被极大地凸显，审美主体在与客体的高度交融中获得了一种和谐、诗意的自由徜徉状态，这也有助于在新的传媒语境下塑造一个互相尊重、和谐发展、共同交流的文学艺术氛围和审美环境。

但从另一个角度而言，审美主体一味地游弋于观看之间，在技术自由所带来的临场性、交互感的崭新空间体验中也隐匿着巨大的沉溺甚至迷失风险。扑面而来的信息画面使其在虚拟下沉中忽略了思考，对真实的追问在涣散的快感中被消解，对现实生活的惯性缺席带来了反思的停顿和发展的迟滞。对此，应该高度重视新媒介文学发展下所带来的审美经验转型流变这一重要问题，辨明其依托的文化现实和内在逻辑，从媒介向度重估新媒介文学审美的内涵，有助于新时代社会审美价值的良性发展。

（二）文学审美特性的多元化

"一切技术都是人体的延伸。"这是麦克卢汉极具前瞻性和思想性的判断，新时代日益革新的大众传媒已经深植于人类文化本身，交流信息便利生活，不仅更新着个体感知世界的方式，而且重构当代人的审美生活。文学作为时代的一面棱镜，亦逃不过技术的赋能。

在上述学者们对以互联网传播方式为主的新媒介文学使传统的审美经验、审美情境、审美心理及接受惯例等方面所发生的改变进行分析探究之后，自然而然地转向了"融入式"审美经验影响下的审美趣味、审美品质、审美特性的多元蔓延。正如有些学者所说，"网络是一个俗众狂欢的自由广场，其美学旨趣自然有别于其他媒介所衬托出的文学风景"。此时，审美已经由过去的单一形式走向了多元，严肃、崇高、宏大的价值定位及其刚劲、沉郁的美学追求被世俗化的感性愉悦和庸常化的日常艺术消费所遮蔽，精英隐退、中心消解，空间维度上的互联和时间维度上的互通使"媒介"在高雅文化和通俗文化中间架起了一座桥梁，沟通着精英与大众，艺术与生活，审美特性在新媒介文学的发展下获得新的历史形态。

傅守祥在《泛审美时代的快感体验——从经典艺术到大众文化的审美趣味转向》一文中将这种审美的多元概括为审美的泛化。在他看来，"审美泛化主要表现为艺术范围的扩大。从最初的诗、画、音到缪斯九神各有所司，从传统艺术种类到电影、电视、广告、行为艺术等新兴艺术种类，文化从最初的、狭窄的特定艺术种类，扩张到人类所有的精神领域和意识领域，甚至是单纯的欲望领域；尤其是大众文化崛起以后，日常生活都趋于审美化，原先经典美学中充满张力的一对范畴——审美现代性与日常性，从针锋相对走向了和谐统一。"这也就是说，随着新媒介技术的兴起，我们不得不承认，当下多种多样的文学形式已经来临。文学的容量越来越大，互联网、手机、电影等传媒形式参与到社会文化的塑造当中，不仅为文学的生产和传播提供了有效的工具手段，为大众提供了接受文学、感受文学的丰富渠道，更为多元的感官刺激、快乐审美和日常文化消费开辟了新的可能。对于这一问题，胡友峰在他的一系列"关于电子媒介时代的审美"主题相近或相似的论文中都进行了详尽的探讨，如《电子媒介时代文学审美形态的变迁》《电子媒介时代审美范式转型与文学镜像》《电子媒介时代文学审美功能置换研究》《电子媒介时代文学审美趣味的变迁》等，大抵都表示了同样一种观点，即在电子媒介时代，文学的审美趣味已经从精神审美向肉身体验转变，读者主要通过感官上的生理愉悦来获得审美享受，且这种享受逐渐趋于娱乐性、游戏性、世俗化。除此之外，张勇的《文学发展归趋：审美形态与审美范式的时代变迁》、张文杰的《泛审美化的生存共享——论新媒介时代艺术生存环境的变化与审美趣味的变迁》、傅守祥的《经典美学的危机与大众美学的崛起》及陈传才的《当代文化转型与文艺学的重构》中均有关于现代传媒背景下大众审美品质趋向于多元化的形象概述。

陈传才在《当代文化转型与文艺学的重构》一文中通过具体分析影视文学与网络文学对大众文艺审美的影响，为我们揭开了新媒介文学语境下审美多元化的面纱。他指出，影视文学作为新媒介文学的重要审美形态，覆盖面大、受众广，其塑造生动可感的艺术形象不仅能丰富人们的业余生活，慰藉人们的精神需求，同时还能极大满足人们的审美价值取向，映照万千大众的生存状态和审美体验。比如，世纪之交引起人们高度关注的影视剧，从1990年《渴望》的热播，剧中的"慧芳"效应引起人们的热情追捧与效仿，之后《过把瘾》到《贫民张大嘴的幸福生活》，都不约而同地疏离了严肃的意识形态，转而向市民文化图景靠拢，真实地传达了普通百姓的琐碎生活和情感体验，表现"平平淡淡就是真"的底层人生，最大限度地回应了观众世俗化的感性欲求与生命关怀。尽管有一些评论家认为这些生活剧有粗俗、琐碎、无深度之嫌，但从民众的实际接受情况来看，这些剧作无疑体现出一种跃动的生命力，代表着普罗大众的心声与愿景。在当代新媒介文学场域中，美、美感、文学、艺术以一种独立的生命活动姿态表现了出来，而不再是一种以个别表达一般的准知识。新时代下的审美准则发生了跃迁，一种多元互补的审美模式已然生成。事实上，人们已经深切地感受到，当代数字媒介、电脑网络不但扩充了社会人际和文化交往的活动场域，而且重估了既有的审美存在方式与价值规范。严肃、崇高的精神内涵一点点被时代的消费文化和游戏人生的观念所稀释，世俗庸常的文学姿态成为人们的多元体认。

诚然，今天的网络文学、影视文艺等开辟了新的审美维度和审美精神。文学艺术崇高宏伟的一维主题渐趋在由传媒主导的多维价值取向中隐身，审美品质具备多样化态势。但学界学者也善意提醒我们，在拥抱多元化的前提下，也要警醒多元背后的世俗化倾向，以及审美自由、审美多元背后的消极因子：作品深度的削减和感性的泛滥，作家丧失批判意识、放纵欲望、淡漠理想，放弃对终极价值的追问甚至放弃传统文化、家国集体的担当，而愈加地注重个人经验的言说和个体情感的宣泄。习近平在《纪念延安文艺座谈会 72 周年的讲话》中告诫民众，"低俗不是通俗，欲望不代表希望，单纯感官娱乐不等于精神快乐"。文学作为反映社会生活的一面镜子，无论何时都要有自己的底线，都要有文学的担当，在媒介文化强势介入文学的语境下，文学理应承担起"救赎"与"引领"的社会责任，深化其精神气韵，磅礴其审美底蕴，完成对真善美的建构，实现对当今审美文化向上、向好的提升与推进。这是文学的精神，也是审美的健康姿态，而文学理论更要做的就是清楚文学的这种媒介转向，了解审美品质的多元形态，引导新媒介文学在众声喧哗中保持文化精神与审美品格，从而促使人们在时代的变局之中以更丰盈的姿态去面对更开阔的美丽世界。

第三节　新媒介文学理论创新推动
当代文学理论开放性发展

　　无论人们是否承认，无论人们是否能够接受，新媒介文学的发展已不期而至且呈现出不可阻挡之势，作为一种向着未来发展的文学，它深刻影响着人们的日常文化生活，改写着人们的审美态度和价值观念，对于新时代的文学理论学科创新构建提出了新的历史要求。于是，新形势下很多学者怀揣着对文学现实的忧患意识和创新思维的前瞻性勇气对沿用至今的文学理论体系进行了检视与清理，并从新媒介文学的自身特质出发，结合新时代中国文学价值导向的要求，将当下理论建设与中国本土的文化现实、文学现象紧密联系起来，开启了文学理论范式的"媒介转向"，这一面向前沿、开启新声的重大转向，除了在大众传媒与文学发展的关系方面取得丰硕的研究成果外，还大大促进了当代文学理论的学科构建及开放性的创新发展，结出不少富有时代性、学理性与实践性相融合的新媒介理论成果。

一、推动当代文学理论教材的创新

　　这些理论成果首先反映在新世纪以来文学理论的教材建设当中。在文艺学学科的历史进程中，文学理论教材作为承载文艺学思想最直接的文本形式，在学科建设过程中有极其重要的地位。教材代表着学科发展的主流，是学科领域的精华，是反复商榷的历史积淀。每一个时期都有特定的文学理论教材，而同一种文学理论教材也可能在不同时期作反复修订再版。媒介作为存在已久的文化状况并不是一开始就走进文学理论者的研究视野的，甚至 20 世纪 80、90 年代之前的教材中都几乎没有被提及，只是随着社会文化语境的转型发展和新媒介文学研究自身开放性的探索构建，终于在新世纪以后媒介与文学的关系才真正被学界所关注和探讨。

新时期以来，教材建设随着社会的反思、转型和发展也不断进行着自身的探索和重建，从 1980 年至今，历时很长，出版物众多，可介绍的内容也很多。在此把这一时间跨度里的教材分为两部分，先介绍 20 世纪 80、90 年代之前的教材建设，再介绍新世纪以后的教材建设，以此来对比考察不同时期文艺学学科教材建设中的问题以及步入新世纪以后文艺学界对于理论教材中媒介文化这部分的反思成果。

（一）当代文学理论教材建设的与时俱进

笔者在对 20 世纪 80、90 年代的文学理论教材建设的总体概况进行回顾时，有意将 80 年代和 90 年代两个阶段分开论述，以便结合特定的时代背景和思维局限来考察媒介在此阶段不被重视的原因。同时需要解释的是，时序意义上的终止与起始，并不能割断文艺学学科和文学理论教材发展过程的联系，不管是 80、90 年代还是 21 世纪以后，文学理论教材都是在以往教材得失功过的基础上持续推进和发展的。

新时期以来，"拨乱反正"的思想渗透到社会各个方面，"经济建设"取代"阶级斗争"，社会生活状态和精神文化观念也随之转型。文学理论教材的编写和出版紧跟时代主潮，在批判继承旧有的理论倾向中探索新的编写方针。

20 世纪 80 年代前期主要还处于政治、经济和文化的百废待兴之际，这一阶段各地高校和文艺理论工作者加紧反思，迅速出版。如湖南师范学院中文系的《文学理论基础》（湖南人民出版社，1980 年）、十四院校编写组的《文学理论基础》（上海文艺出版社，1981 年）、郑国徐、周文柏、陈传才编著的《文学理论》（中国人民大学出版社，1981 年）、刘德重等编的《文学概论》（四川人民出版社，1982 年）、吉林大学中文系编的《文学概论》（吉林人民出版社，1983 年）、童庆炳的《文学概论》（红旗出版社，1984 年）、北京师范大学中文系编的《文学概论》（北京师范大学出版社，1984 年）等。这些文学理论教材在范式上努力消解苏联模式的痕迹，摆脱"左"倾思维影响及各种庸俗政治社会学、文学工具论、简单机械反映论等的束缚，相较之前的教材在许多方面有了一定的突破，但主要还是局部上的调整，其总体编写框架仍然展现出明显的承继倾向。如十四院校的《文学理论基础》在当时影响很大，多次被选为高校教材。虽然该教材在论述方式和组织安排上略有变动，但整个理论体系依旧可看作是 20 世纪 60 年代以群的《文学的基本原理》及蔡仪的《文学概论》的模式延续。

到了 80 年代中后期，随着各种方法论的兴起及西方现代主义文艺思潮和文学批评的引入，中国的文艺学发生了重大的变化，文学理论教材在积极吸收最新成果的同时，进行不断地探索，在研究方法和基本观念上都取得了很大的突破。比如，对文学主体性的关心、对文学审美特性的强调、对文学内部研究的细致分析等，明显体现出此时期文学理论教材对文学自身特殊规律的关注和追问。

仅在 1985 年至 1990 年 5 年间就有 40 余本教材问世，他们整合中西文论资源，尝试将中国古代文论资源进行"现代性转换"，推动了中国新时期文艺学学科建设的革新和发展。这一阶段具有代表性意义的教材有：江西师范大学中文系编著的《文学概论》（江西人民出版社，1985 年）、曹廷华的《文学概论》（高等教育出版社，1986 年）、鲁枢元的《新编文学概论》（河南大学出版社，1987 年）、吴中杰的《文艺学导论》（江苏文艺出版社，1988 年）、王元骧的《文学原理》（浙江教育出版社，1989 年）等。与 80 年代前期出版的教材相比，这一阶段的教材体系有更大的包容性，总体呈现如下几个特征：第一，淡化政治性，强化文学性；第二，开始重视人在文学活动中的主体性精神；第三，季莫菲耶夫的文学理论思想被艾布拉姆斯的理论模式取代；第四，尝试整合中西文论资源，学术包容性增强。从理论构成上讲，这一阶段的文学理论教材编写取得长足进步，但也无法回避地存在一些缺憾不足。比如，在编写体例方面，教材结构体系庞杂，逻辑链条不够清晰严谨。内容上，西方文论话语的大量引入，使其无法有效适应本土语境下的文艺现实问题等，这将是学界在之后需要不断更新和开拓的。

进入到 90 年代，经济飞速发展，市场经济莽莽撞撞地闯进人们的生活，在经济建设的中心任务驱动下，文学、文学理论被不断地"边缘化"，社会思想和文化语境相对宽松、自由，长期以来强加在文学、文学理论身上的政治和意识形态的负累开始慢慢松绑，文学理论的独立品格开始凸显，学者们在对文学理论自身的特殊规律讨论的同时进行了更深层、更多元的尝试和探索。因此，有学者将这一时期作为划分教材发展史的一个"换代"节点。

20 世纪 90 年代出版的教材众多：樊篱的《文学理论教程》（湖南师范大学出版社，1990 年）、杨振铎的《文学原理新编》（云南大学出版社，1991 年）、童庆炳的《文学理论教程》（高等教育出版社，1992 年）、胡有清的《文艺学论纲》（南京大学出版社，1993 年）、陈传才和周文柏的《文学理论新编》（中国人民大学出版社，1994 年）、童庆炳的《文学概论新编》（北京师范大学出版社，1995 年）、姚文放的《文学理论》（江苏教育出版社，1996 年）、欧阳友权等人主编的《文学原理》（南方出版社，1999 年）等，众多群星文著相互掩映，其中童庆炳出版于 1992 年的《文学理论教程》（以下简称《教程》）被公认为这一时期文论教材的最高水平。该教材广泛吸收了当前最新的文艺学研究成果，多方面借鉴西方最新文学思想，对马克思主义文艺思想体系、文学本质、文学作品、文学创作和接受等都做了新的多层次的分析研究，具有更大的开放性和探索性，被有些人认为是这一时期的"换代教材"。从《教程》的总体架构上看，它已然超脱了传统的"五大板块"的模式，而更加注重内容的融会贯通。除了"导论"外（第一编），由文学活动（第二编）、文学创造（第三编）、文学作品（第四编）、文学消费与接受（第五编）四个板块组成，发展论分布散叙在其他各章节中，史无前例地推进了对于文学性质与文学观念的多元理解，代表了新时期文学理论教材所达到的新水平。但也由于当时历史文化背景的局限，早期教材的一些遗留问题在它身上并没有得到完全的解决，且在一定程度上表现出本质主义的倾向。

概而言之，新时期以来（1980—1999年）文学理论的教材建设紧跟时代潮流，走过了一段寻觅探索的旅程，虽然存在失误与不足，但的确在一直优化改进，且对文艺学学科建设起到了重要的支撑作用。这一阶段文学理论教材研究与编撰存在的最主要的问题是：在体例框架上和具体内容的阐述上表现出大量的趋同化现象，理论的发射力不足，传统教科书的"四大块/五大块"思维模式难以逾越，各种关于文学的本质主义思维方式严重束缚了文学研究的自我反思能力与知识创新能力，固守传统的理论思维定势使之无法随着文艺活动具体形态及时空环境的变化保持不断创新的姿态。也正是如此，20世纪80、90年代的文学理论体系在一定意义上来说是不完善也是不完整的，教材对时代现实的观照力相对迟缓，与时下的文艺实践、文化审美相脱节，许多应属文学题中之义的内容都被忽略了。媒介文化视角的缺失就是其中一个严重的忽视。

作为文学存在方式的一个重要因素，早在1980年，媒介文化就开始在我国内地兴起，并在20世纪90年代以后随着文化市场和大众传播产业化的繁荣发展一跃成为时代主潮。而此时的文学理论教材还并未真正注意到这一点，90年代期间部分文学理论教材中虽新名词频繁闪耀，西方观点不断引入，但总体框架基本未变，新近出现的文艺活动和现象变革并没有渗入内在肌理，系统地成为教材的有机成分。没有真正提出如"媒介文学""媒介诗学"这样的范式，没有把媒介对文学的影响问题进行学理上的深入分析，并将其成果最终固化在如教材这样的文学理论写作中，文学理论教材所提供的理论阐释已捉襟见肘。

这正是21世纪的文学理论教材需要反思之处。实际上，文学理论教材的活力与生命力正是来自对许许多多文学活动及文学趋势的敏锐观察。只有坚持不断吸收各式各样新兴的文学形式、文学理念、文学思潮，才能够保持文学理论教材的塑性与张力，才能倾听出文学理论在新媒介时代发出的时代回响。

（二）引入新媒介文论带来的变化

文学这一领域受到新媒介所带来的影响，不仅是现实方面的问题，而且也存在理论方面的问题。21 世纪以来，社会经济的蓬勃发展促进了文学领域的发展，先前文学理论教材的部分观点已然不适应新文学景观。至于之前已经存在的文学理论命题，就出现了这样的矛盾，这些命题既无法对新的文学现象进行合理有效的阐释，也无法指点当下的文学实践。所以，时代已经在召唤一种新的文学理论体系，一种突破以往文论形态的同时又反映当下文学现实和理论创新的文学理论体系。这不仅是理论自觉，更是文学理论教材在当下内外夹击的环境要求中所做出的不二选择。

世纪之交，受后现代主义和文化研究的影响，国内一批知名学者纷纷立足现实、超越传统，努力以反思性的历史视角探索发问，推出了各自的文学理论教材，且在不同程度上体现出一定的反本质主义和文学研究扩界的倾向。而其中以媒介为视角，在当代文学理论教材编写中重估媒介的力量去填补以往文学理论教材中被遮蔽的空白，更是成为他们共同的选择。这里限于篇幅，仅列举新世纪以来影响较大的三本文学理论教材：南帆主编的《文学理论：新读本》（浙江文艺出版社，2002 年。以下简称"南本"）、王一川的《文学理论》（四川人民出版社，2003 年。以下简称"王本"）和陶东风的《文学理论基本问题》（北京大学出版社，2004 年初版，2005 年再版，2007 年三版，2012 年四版，以下简称"陶本"）。

理想的文学理论教材，不仅是文艺学学科基本典范的理论积淀，更是具有时代感与开放性的知识载体。新世纪以后，新媒介技术的快速发展使得电视、网络、广播、电影等电子媒介日渐成为现代文化的主要传播方式，人们的生活方式、审美方式和思维体验方式等都发生变化，媒介扩张，图像泛滥，文学的生成与传播各方面都受到剧烈的震颤。对此，不少理论家摒弃以往沿用已久的理论体系，走进生活，直面现实，在新的历史语境中倾听文学媒介涌动的声音。

如南帆主编的《文学理论：新读本》就立足历史主义的文学理论观而表现出对本质主义的批判。教材一开始便针对历史上文学研究的路线，强调指出要历史主义地研究文学的普遍理论，"第一，文学必须进入特定意识形态指定的位置，并且作为某种文化成分介入历史语境的建构；第二，文学必须在历史语境之中显出独特的姿态，发出独特的声音——这是文学之所以存在的理由"。正是在这一意义上，文学被视为某一个历史语境之中的文化成分。如此，对于文学的概念和文学理论中的基本问题都要进行开放化、历史化和语境化的理解。书中专设"传播媒介"一章，并分为"传播媒介、符号与文化类型""文字与影像""电子媒介影响下的文学""超文本"四个小节对文学发展中的媒介问题进行了细致的分析与推演，作者认为电子媒介极大改写了传统文学文本，并提出了"传播媒介是构造文学的历史条件之一"这一观点，具有很强的前瞻意义。

2008 年，在南帆《文学理论：新读本》的基础上，南帆、刘小新、练署生共同编著了《文学理论》一书（北京大学出版社出版，2008 年 7 月）。这部教材延续了反本质主义的策略，创构了新型的理论问题。全书分为上下两篇，上篇是"文学是什么"，下篇是"如何研究文学"，作者从这两个宏观角度入手，阐述了作者、文本、话语、修辞、传播媒介等对象，分析了文学与文化的关系，考查了文学史与文学理论、读者接受等问题。其中，作者专辟"传播媒介"这一章节，从"电子媒介与文化""文字与影像"及"电子时代的文学"三方面对电子媒介与文学之间的相互影响与现实发展进行了深刻的体察。比如，教材中提到身处于电子时代的文学在"语言、文本、形式、影响力以及阅读和接受关系等各方面发生了变化，一些传统的领域被占领，新的挑战不断出现，文学将走向何方？电子时代给文学还留下了哪些空间？文学还能做些什么？"这些问题的引入和重视，对于学生来说可以引发其对自身生存的社会现状进行反思，对于学科的构建与创新有一定的理论意义。正如作者在文中提到的，文学理论应该是"开放的研究"，而不是单一的、恒定不变的定义。这种向旧有的文学理论体系提出质疑的勇气和追求文论研究开放性多样性的探索精神值得赞许与学习。

　　王一川的《文学理论》也是新世纪反对现代观念的本质主义、普遍主义的代表性教材。全书以独特的兴辞概念为核心，在"立足原有结构，回归文学特性"的主旨下，以媒介为视角构建了开放性的文学理论。书中忽略以往文学研究中的"本质"范畴，对文学观念、文学特性、文学文本、文学媒介等问题做了全新的概述，除提出"文学是一种感兴修辞"这一可操作性的定义外，还提出了"媒介优先"等重大原则。在"文学媒介"中，作者认为，文学媒介往往先于语言发挥作用，"读者阅读文学作品时首先接触的不是它的兴辞，而是兴辞得以存在的具体物质形态——媒介"。这里对"媒介"的重视，既是对以往文学本质观念的改造，也是对以往单纯强调语言对于文学重要性的重大突破。在与过去的文学理论教材关于文学属性的比较划分中，除了语言性、形象性、体验性、修辞性等，作者尤其增加了媒介性这一维度，"没有媒介就不存在文学"，它突出了媒介作为文学存在的一种重要方式，同时也使得文学理论真正注意到了文学得以保存、流传乃至如何发展的原因，显示出文学在 21 世纪所呈现出的新的特征。王本可称得上是新世纪以来采用媒介视角来撰写文学理论的典范文本，它引入媒介对文学现实进行观察、研究和发问的这种全新的思想范式，在一定程度上匡正了传统文学理论教材的偏向，不失为一种更加开放、生动的理论和实践空间。

　　除南本、王本之外，陶东风著的《文学理论基本问题》同样致力于对本质主义倾向的观念反思，在导论中明确批判了传统文学理论教材中先验地把文学、文学理论设定为"虚伪的神话""固定不变"的实体，认为这种预设的普遍主义致使文学理论本身失去了学科的自我反思及更新能力，无法解决不断变化的文学实践提出的新挑战和新问题。并指出，正确的做法是要对当前的文学理论知识进行本土化、历史化的重构，要有侧重、有现实针对性，致力于今天文学研究中所集中的根本性问题，在认真梳理、总结中西方文学理论史的基础上，对一定的文本和历史语境中对文学理论基本问题做合理的判断、评估和阐释。由此，在这种创新观念和研究思路的引领下，面对当前蒸蒸日上的新媒介文化潮流，陶东风在2012年第四版的修订教材"附录二"中详细地从不同文化时期溯源了"文学"与"媒介"的关系，并得出是文学媒介使得文学成为一个具体完整的意义空间。可以说，陶东风在《文学理论基本问题》中对文学媒介的重视、对"文学与市场""文学与全球化"等新现象的审视，是一项极有意义的创举，体现了新世纪教材对现实的关注和力图回应现实的勇气。

总之值得肯定的是，去本质化思维已经成为当今文学理论求索与反思的浪潮。自我反思不仅可以使文学理论通过不断自我革新趋向成熟，而且也可以使文学理论发展不断地更新与再生。上述三本新世纪的文学理论代表教材在组织结构上都试图突破传统教材"五大板块"的编写模式，在文学观念方面均强调历史性、具体性、地方性与开放性。这种创新性探索致力于将文学理论以更加开放多元的形式呈现在人们面前，有利于文学理论的长足发展。尽管其中或多或少会存在这样或那样的问题，但其开拓进取的学术精神和锐意创新的学术勇气却是值得鼓励和学习的。同任何学科建设一样，文学理论教材建设是一项长期的工程，任重而道远。如何在新时代的历史文化语境下从事学科教育和教材更新，通过理论照进现实来阐明自身的价值，未来依然需要学者们的不懈探索和不断言说。

二、推进当代文学理论话语形态多元建构

文学理论的话语构建，对于文学理论研究和建设来说是一项事关全局的重大问题。话语是概念的最高形态，不仅代表着文学理论的精神风貌和整体水平，更加关系到文学理论功能的执行和实际影响力。今天，在书写-印刷时代的文学范式向数字网络时代新媒介文学的范式转换的现实语境下，如何从理论上对新的文学现象进行言说，或从媒介的角度更新文学理论话语，是亟待解决的问题。新媒介文学研究的介入和反思对于这一新的话语转向起到了至关重要的作用，立足于中国本土化的文学经验，学者们将媒介、符号、图像等都纳入新的理论话语构想中，不仅赋予如今文学理论话语以新的内容和形式，推动其走出自我封闭的境地，从而也促进了中国当代文学理论话语形态的丰富和发展。

（一）新媒介文学理论话语体系的建构

近些年来学界在新时代的文学空间场域下持续进行有利于新媒介文学发展的学科尝试与理论反思，深入新媒介文学现场、发现学术问题、提炼理论话语，终于就如何建立中国新媒介文论话语体系的路径问题达成共识，主要体现在以下三个方面。

第一，新媒介文学理论话语体系的建构必须以马克思主义文艺观为基础。马克思主义文艺观是当代文艺活动的基本准则，也是文学理论话语建构的基本原则。当前，随着社会主义市场经济体制改革的逐步深入和数字信息化、网络化、全球化的纵深发展，人们的日常生活和社会形态等方面都发生了全面转型，反映到文艺领域，在数字化媒介深度介入文学的现实情况下，文坛的创作经验面临着深层变迁，新媒介文艺演化成了一种真正的可视、可听的网络化存在方式。针对此番媒介化文学经验的轮替更换，很多学者指出我们的文学理论话语也应趋时变通，发挥

理论阐释的与时俱进和话语价值的指引功能，从马克思主义文艺观中吸取经验，对新媒介文学的媒介环境和前途发展作出准确的判断。如黎杨全表明，"在新媒介场域中，资本、媒体、权力、技术的力量得到前所未有的突出，形成了复杂的嵌套关系，对此，研究者应强化马克思主义文艺观的立场"，以其作为考察问题的基本视域，不断正视和面对新媒介文学生态中出现的新现象、新情况和新问题，探寻各种文学现象背后的深层规律，努力将当下文艺实践过程中的"中国经验"与马克思主义文艺理论相契合，实现话语体系的创新与实践品格。中国社会科学院刘方喜教授在 2018 年 11 月召开的"新时代文艺理论的创新"学术研讨会上，就针对如何实现新时代中国特色文艺理论话语体系的创新表达了相同的看法。他认为，"在数字技术引发新的物质与精神生产革命的当今社会，马克思主义的相关学说将能够有效解决中国文学理论在技术转向时代所面临的诸多问题"。只有真正将马克思主义文艺理论观念化入中国当代文学、文化实践之中，深刻把握两者之间的内在关联，并结合对传媒时代持续涌现性、生成性的文学现象予以恰当的评估，才能够不断接近当下媒介生态的真相，形成新媒介文论话语在理论逻辑上的自洽性和有效性。

第二，新媒介文学理论话语体系的更新必须以当代中国本土的新媒介文学实践为对象。这要求文艺理论家在研究对象上要突出新媒介文学的"本土经验"和"中国气质"，立足于发生发展于中国本土地域并体现中国审美经验的新媒介文学创作，坚持理论与实践相结合，话语和现象相统一，对文学现象中内蕴的深度问题进行理论挖掘和话语建构。党圣元指出了具体的创新路径，也就是"要使当代文论介入当代文学思想和文学思潮的话语实践之中，介入当代文化产业、文化产品的生产、流通、消费，以及图像阅读、日常生活审美化等文化现象之中，推动文论研究从形而上诉求转向现实优先的形而下关切"。只有以中国现象、本土经验和具体问题为研究起点，回到文学实践本身对新媒介文学创作成果做到充分敞开与接受，我国文学理论才能形成一种具备自身的原创特色、富有文学理论见地的话语优势。在这个意义上，需要进一步说明，这里主要以"中国现象""本土经验"的新媒介文学实践为研究对象，不等于排斥国外的新媒介文学现状。新媒介文论话语体系的建构与创新将永远是置于世界新媒介发展的宏阔背景下、存身于世界视角的新媒介文艺发展格局中，从中国现象出发，对生长在中国本土的新媒介文学现象做系统的阐释、研究，以求在此基础上概括出某些相对普遍性的范畴和命题，获得新媒介文论话语阐释意义的改进与更新。

　　第三，新媒介文论话语体系的发展应该以对话作为提升自身品格的方法。对话交流，是新媒介文论话语建设的重要一环。西北大学的陈海将这种"对话"分为两个方面：一是与中国古代经典文论的对话；二是与国外新媒介理论的对话。一方面，中国当代新媒介文论话语价值体系的构建要从中国古代文论的根脉中汲取优秀的话语资源。作为中国人文精神的核心和文艺理论话语建构的源泉，中国古代拥有非常富饶的原生性的文学理论话语资源，它们厚植于民族沃土、紧贴文艺实践，形成了一大批富有特色的思想体系（如古代文论中的人文主义和审美主义传统），体现了中国人几千年来积累的全部文化智慧和审美经验，时至今日仍具有强大的阐释能力和延续性。因此当代新媒介文论要实现话语创新，就需从这些优秀的传统文化特别是传统文论资源中去寻根问源，参古定法，望今制奇，努力实现古典文论的创造性转化和创新性发展，使之与当前新媒介文化相适应、与现代社会相协调。另一方面，也要合理地吸收借鉴一些国外的新媒介理论研究成果来充实话语建构的体系内核。比如，麦克卢汉的"媒介即讯息""媒介是人体的延伸""冷媒介、热媒介""地球村"等著名论断；梅罗维兹的媒介环境视角；以及英尼斯、卡斯特尔等学者的媒介理论成果都对于当下中国互联网新媒介的发展研究和本土化媒介理论话语的建构蕴含着丰富的新意。同时，需要强调的是，在对西方理论进行学习和借用的时候，须对中国新媒介文学现状与西方媒介理论思想之间的阻隔保持清醒的认识，毕竟外来理论并不能完全地与中国经验发生互释与饱和，一定要立足于本国文化语境从学理上对之加以反思，以批判的眼光审视"西论中化"的问题，避免盲从或套用。

总之，在今天媒介突入现实的情况下，我国学者立足于本土性文学经验的变迁，从基础、对象和方法三个方面对当下的新媒介文论话语做出了反思性的总结与新建。就话语本身的建设而言，一方面，它有效指引了新时代人们如何乘媒介变革的技术之风实现文学发展的繁荣和兴盛；另一方面，它也为当代文艺理论界如何建构起丰富多元的话语形态，实现新世纪的理论自信与文化自信提供了一份勇气和担当。

（二）当代文学理论话语形态的多元建构

文学理论范式的变革，表现在具体研究中就是话语的变革。当前进入到新媒介时代，媒介化的文学经验正是当代文学经验的现实，一时间，视觉图像的转向、美学的转向、后现代转向、文化的转向纷至沓来。当代文学生态环境的新变和社会文化的转型促使文学的存在方式与话语体系，正从一元走向多元的发展格局。相应地，当代文学理论的话语建构也很难摆脱这一基本事实。

于是为了呼应当今文学发展的新要求，文学理论研究也逐渐挣脱过去纯粹的文本中心、作者中心、读者中心及形式、符号、语言的禁锢，打开了通往新时代文学殿堂的大门。学者们开始关注新媒介文学与新媒介文化，关注视像文学与视像文化，关注大众文学与大众流行文化，关注复制化、人工智能化、泛审美化、青年亚文化，以及一系列由当代社会文化转型所带来的众多新的文学理论命题。与此同时，各种关于适应新时代文学发展的新文论话语形态也正在逐步建构起来，如赵勇的《视觉文化时代文学理论何为》、李茂增的《新媒体时代的文学理论》、毕日升的《大众文化与文学理论知识生产的"合法性"危机》、汪正龙的《图像时代的文学变异——文学与图像关系的演变及其理论思考》等，多方面的理论反思与话语实践都显示出向上向好的发展态势。有学者甚至指出，在当下，以那些理论大师为代表的现代性理论范式进一步解体走向终结；过去那种宏观性的"大理论"逐渐消退，转换成为众多的、小写的"小理论"；过去那种专门化的"纯理论"（如文学理论）日益退化，转换成为跨学科交叉的"杂理论"（如各种文化研究）。在笔者看来，这些说法确有其一定的道理。新世纪以后，社会、经济、政治条件的兼容并蓄为我们的文学发展营造了一个自由开放的环境。今日中国的文学创作活跃而多样，文论研究亦呈新旧交织、多元并存之态。千年积淀的文论传统，以及外来理论观念的横向移植与渗透所形成的文学理论范式，依然居于我国文艺学科体系的主导地位，且应当继续传承与发展。但在此之外需要考虑的是，面对新的文学形态的日益兴起和壮大，过去那种宏观而一体的"大理论"已无法充分有效地应对众多差异化、具体化、多样化的文学现实，在当下这样一个日新月异、无限丰富又无限开放的文学语境里，各种"小写""多样"的文论话语应运而生，如新媒介文学研究及其理论建构、当代文学与图像关系研究及其理论建构、当代大众文学研究及其理论建构、当代人工智能写作研究及其理论建构等诸如此类的新世纪文学热点问题被纳入文学理论关注的重点。文学理论话语的开放与多元，既符号历史发展的总体趋势，同样也符合我国当代文学自身内部要素运动的客观规律。对于这一问题，欧阳友权在其文章中分析新媒体引发当代文艺学转向时也表明了相同的观点。他指出，当今时代，在新媒体引发的文艺生产和消费形态的影响下，我们的文学理论范式或者说理论话语形态渐趋"从'大写'走向'小写'，从'单一'发展为'多样'"虽然这一转变背后有多种深层次的社会原因，并非肇始于新型媒介的兴起，更不源于单一的媒介原因。但新媒介文学生产实践确确实实在这一理论范式转换的过程中起到了助推催化的作用。纵观当下，新媒介文论就像这众多"小理论"中的一个，在中国当代文学发展处于繁荣多样期，新媒介文学研究以其巨大的反思力量及创生潜能，在传统的文艺理论板块上开辟拓荒出属于自己的独特的理论构型与知识窗口，并与其他理论相互搭接着、竞争着、蓬勃着、跃动着，助推当代中国文论的话语创新迈向一个新的阶段。

也正是在新媒介文学研究持续反思、不断创新理论话语的促动下，当下文艺理论的研究方法更为完善，跨学科研究取代单一学科的纯文学研究而成为文学研究主潮，哲学、社会学、传播学、媒介学、人类学、语言学、心理学等与传统的哲学思辨、审美鉴赏一起参与进来，文学的多元属性获得愈加充分的展示和呈现。此外，一些学者在开拓新媒介文学理论话语体系的建构中，还有效引入了现代哲学中"主体间性"的概念。这一概念是指"主体和主体共同分享着经验，这是一切所谓'意义'的基础，并由此产生一个主体之间相互理解和交流的信息平台""并以此将众多主体连接起来，形成一个意义的世界"的交往理论。于概念本身而言，学者意在启示我们，当代任何一门学科研究、知识生产都要形成主体间的理解、交流与对话，若一味禁锢在旧有的阐释立场或话语规范中，学科本身就会丧失对新的知识形态的接受能力和拥抱能力，这对学科自身的创新建设和长远发展都将是一种阻碍。同样，文学理论研究也是如此，只有形成各种文学思潮、文学现象间的沟通与对话，才能架构多元共生、良性互动的整体文艺价值体系，才能推进当代文论话语形态的多元丰富与协调发展。而事实证明，当下的新媒介文学研究与文学理论创新构建也确实做到了这一点。

总之，今天在新媒介文学研究的不断反思、革新和超越的影响下，文学理论逐渐建构起多种话语方式并存的基本态势，话语形态的小写与多样不仅解决了时下理论阐释的困境，更为这个时代文化形态的健康重构提供了多元开放的可能。只是，这些众多"小写""多样""多元"的理论话语并不是没有主导趋向的、"各自为战"的分裂主体，它们始终都有共同的价值指向、统一的话语依据，即始终坚持以马克思主义文艺观为基础，以当代中国本土的文学实践为对象，立足于当代文学现实，植根于中国大地，在吸取古今中外一切优秀理论资源的基础上，真正构建出的具备中国特色的当代文论话语体系。

三、增强当代文学理论介入现实的实践品格

文艺学走到今天，面对与过去完全不同的社会风尚和文学发展格局，特别是互联网等新兴媒介对社会生活和文学艺术的深度介入，只有深度扎根于当代社会文化转型的现实生活，不断反思、不断充实和丰富我们文学理论话语的时代内容，方能真正构筑起适应时代发展的、具备中国气质的新媒介文学理论的大厦，文艺学才能保持长久的生命力。对此，学界关于新媒介文学理论的实践性研究对当下语境的超强介入能力给陷入危机的文艺学带来了诸多有益启示。

（一）新媒介文学理论的实践性特点

21 世纪，新媒介文学的建设和发展乃是当代文化产业振兴的重点，而新媒介文学所衍生出来的一系列问题也给当代文学理论创新建设带来了新的发展契机。作为新生的文学现象，它极大地冲击着既定的文学观念、审美品位和价值规范，促使其不断地走向大众，融入大众日常生活，改变其存在方式，拓展了文学的生存、发展空间。这时，重新思考文学与现实、主体、媒介之间的关系，思考媒介与生产、传播、消费之间的内在联系等，适时而明确地提出一种适应时代需求的新媒介文学理论研究课题，可推动中国当代文学理艺理论研究更加积极地直面当代文艺现实，可成为摆脱中国当代文学理论危机的突破口，在文化业已成为重要产业的新时代中与时偕行，实现新语境下的理论自觉与文化担当。

在这里，尝试将新媒介文论的创新发展研究问题同中国当代文论危机联系起来展开讨论。立足于当代文学理论的现实发展境况，理论滞后实践、话语错位、原创力缺乏是无可辩驳的事实，究其原因，是当下文学理论在一定程度上同文艺发展现实语境的某些疏离或脱节，与文艺发

展现实不相适应所致。也就是说当文学现状已经发生了重大变化时，文学理论却脚步迟缓，未能对正在兴起的文化思潮引起足够的重视、未能对正在发生着的文学现象做出适切而恰当的回应，进而失去了阐释分析文学现实的效能，就此变成一种"不及物"的理论。这是很可怕的。

面对这种情况，敏感于媒介、符号和数字化图像对传统文学冲击的当代文艺理论工作者们，深刻意识到了当代文论的危机及时代赋予的这一关键性新媒介理论节点，针对新媒介义学发展的现实语境，将理论话语深植文艺实践，从媒介的角度审视文艺发展史，理性评估媒介在文学活动与文学发展史上的地位和作用，认真思考媒介技术变迁带来的文学形态、文学观念、文学审美等多方面的价值变革，且逐渐得出而今单纯以一种工具理性来看待媒介已经不合宜，媒介的本体作用愈发被推到理论的前沿。

张邦卫在 2005 年发表的《媒介诗学导论——传媒视野下的文学与文学理论》一文中就率先表明了这样一种媒介本体论的倾向。文章中他提出"媒介诗学"这一理论术语用以阐释当代文艺学研究范式的变革。所谓媒介诗学，即指从媒介文化的视域来研究文学的话语体系，或曰是一种媒介形态的文艺学。张邦卫在文中认真分析提出了当下建构"媒介诗学"的学理基础及"文化传播与诗学重构"的必要与可能，并强调，"媒介诗学"视域下的新媒介文学研究已与传统认知中工具论意义上的表现媒介不同，在电子媒介与网络席卷全球化的时代，媒介早已超越了"工具-形式论"的范畴而成为一种"本体一内容论"意义上的存在且对社会、政治、经济、文化与文学等各方面产生广泛深远的影响。所以张邦卫所提倡的文学媒介研究，"不是梳理文学媒介的历史，或是列举文学媒介的形式，而是具有独特的意义：第一，作为文学文本承载者的现代传播媒介，与文学活动、文学现象、文学思潮等之间的关系；第二，研究媒介文本本身与政治、经济、文化、文学的关系；第三，文学革命与媒介化趋势的关系等。这里已经明显表现出了现代意义上的"媒介本体论"

意味。

　　站在相同持论背景下的还有冯宪光、陈定家、单小曦等人。单小曦教授在 2006 年发表的博士学位论文《现代传媒语境中的文学存在方式》中，就从文学本体论的角度开始了对现代传媒语境中的文学存在方式的研究。全文始终从马克思实践唯物主义的立场出发，指出在构成文学存在方式的众多物质性要素中，"媒介"作为当代中国文学存在和发展中的一个不可或缺的因素长期以来被文学存在本质论所忽视了，在作者笔下，媒介在文学活动和文学构成中的地位是非常重要的，"媒介存在"不仅为新媒介文学的生成奠定了哲学基础，而且媒介作为文学构成要素的"本体性地位"的确立被看作是新媒介文学生成的最深层根源。作为一种"本体性""功能性"的构成要素，它既承担着传播的功能，又是内容本身。在文学的动态存在方式中，它贯通、散落于文学生产、传播和接受等整体活动的各个面面，在文学的静态存在方式中，它又具体表现为文学作品本身的存在方式和存在结构。这种集传播与表现双重功能的特点正是文学媒介"本体论转向"的实质所在。

　　正如同麦克卢汉所讲的"媒介即是讯息"，其潜台词大概为媒介不只是信息传播的物质载体或表现形式，而且强调媒介本身就是信息、是内容、是本体。文学的作品符号媒介不能离开传播媒介而独立存在，媒介在某种程度上构成文学存在本身，媒介形式与传播内容同等重要。

　　一定意义上可以说，这种本体论文学媒介观的建立或者说文艺学范式的媒介中心论转向给当下的文学理论和文学批评实践带来了新的生机与内涵，文学媒介被放置到一个合理的位置，使作家、学者在进行文学创作或文化建设时能够充分考虑到媒介自身的特殊属性和客观要求，这种媒介意识的增强，对于文艺学学科建设及文学艺术的发展无疑具有重要的推进作用。在这里需要特别说明的是，当学界在转向对文学媒介的本体研究，说新媒介对社会现实和文化发展有着极大影响的时候，并不意味着把媒介当成一种无所不能的神性存在或者把产生变化或重组的砝码都放置在媒介这一端，这不是所谓的"媒介决定论"理论。专家们在讨论媒介与文学艺术的关系发展问题上，始终未能脱离其他社会现实、历史和文化等多方因素的影响，始终是在立足于 21 世纪的时代历史背景和文化整体语境的基础上来谈论媒介影响问题的。

（二）回归和强化当代文学理论的实践品格

文艺学要介入现实，首先了解文学理论自身的实践性，以及文学理论所面临的来自文艺现实的挑战。理论话语必须植根于现实，理论的正确性和有效性才能得到实践的检验。

21 世纪伊始，新媒介文学这个从技术丛林里蔓生出来的"野孩子"，走过无人问津的花巷，裹挟着一股阔斧山林之气闯进文坛，给当代文坛的繁荣发展带来了新时代的第一缕曙光。此后万象更新，网络社会的出现和新媒介文学景致的日益发展，促使国内的文学理论研究开始慢慢改变以往的发展轨迹，在研究对象、研究范围、研究方法乃至研究旨趣等方面都发生了"范式"意义的变革，开始向"媒介中心论"偏移。新形势下，越来越多的年轻学者、文艺理论家介入到新媒介这一领域，站在"媒介文化"的原点半径上，从各个不同侧面不同角度考查媒介带给文学的新变、给文学观念和理论批评带来的现实拓展，于此也切实得到了不少令人欣喜的研究成果。整体说来，在新媒介文论问题发展研究的助推下，当代文学理论在创新与建设方面取得了突出的成绩，而且也在积极介入社会和文学变革发展进程中发挥了应有的作用。这里主要围绕当代文学理论著作及文学理论教学两个方面来对当代文论实践品格的回归展开介绍。

一方面，随着现代传媒以"泛媒"的姿态强势介入，我国当代文学理论教材编写中出现了利用媒介理论来重新定义文学本质论的现象，如南帆主编的《文学理论：新读本》（浙江文艺出版社，2002 年）、王一川编写的《文学理论》（四川人民出版社，2003 年）、陶东风主编的《文学理论基本问题》（北京大学出版社，2012 年第四版）等教材中均有体现。此外，以专著形式详细探讨数字媒介对文学、文学理论影响的也有不少。如金惠敏的《媒介的后果：文学终结点上的批判理论》（人民出版社 2005 年 12 月）；蒋述卓和李凤亮主编的《传媒时代的文学存在方式》（广西师范大学出版社 2010 年 3 月）；陈定家的《文之舞——网络文学与互文性研究》（社会科学文献出版社 2014 年 3 月）；单小曦的《媒介与文学：媒介文艺学引论》（商务印书馆 2015 年 11 月）、《现代传媒语境中的文学存在方式》（中国社会科学出版社 2008 年 3 月）；欧阳友权的《网络文学本体论》（中国文联出版社 2004 年）、《数字化语境中的文艺学》（中国社会科学出版社 2007 年）、《网络文学概论》（北京大学出版社 2008 年 1 月）、《网络文艺学探析》（中国社会科学出版社 2018 年 5 月）；赵勇的《大众媒介与文化变迁—中国当代媒介文化的散点透视》（北京大学出版社 2010 年 1 月），等等。其中赵勇在《大众媒介与文化变迁》一书中直面中国当代媒介文化，从现代性与意识形态两个层面出发，对其在发展中所出现的诸如电子书写、文学阅读、手机短信、红色经典、百家讲坛等一系列问题作了全面的考察，剖析其因果、利弊、得失，在纵横两个维度展现和揭示了中国当代媒介文化的整体面貌，并在此基础上生发出理论的思考，表现出作者锐意创新的勇气和勇于探索的魅力。不得不说，这一本本一卷卷开启新声的厚重之作为新媒介文学发展前景的勘探提供了丰富的视野，也为当代文艺学的数字化探寻奉献出巨大的能量和勇气。

　　另一方面，在教学模式上，当下的文学理论课堂也一改昔日理论阐释与现实脱节的单向输入模式，教学工作者根据教学实际需要，灵活利用新媒体设备的技术支撑创设了更为鲜活的学习情境。让抽象的文学理论通过声音、图像的方式呈现在教学课件上，甚至以影像的方式融入动态的教学活动过程中，激发学生的兴趣，营造生动活泼的课堂氛围，使其以更加形象、直观的体验去感受、认知相应的理论命题。乘新媒介和互联网之东风，配套的网络教学综合平台和信息资源共享平台也在逐步搭建完善中，教学工作者多方面鼓励学生积极地参与到课堂活动中，适当启发他们主动面对正在发展变化着的文学实践，活跃新思维、提出新见解、做出新思考，使文学理论教学永远同文学实践保持密切的联系。与此同时，基于对媒介与文学关系的深刻认识，一些文论家更是身体力行，主动利用数字媒介发挥影响力和传播力，他们热情回应电视文化专栏节目和文化广播频道的邀约，将文学理论搬上屏幕，比如周汝昌、杨义、王岳川、叶舒宪等多位知名文艺理论家就多次现身央视《百家讲坛》，向人们普及各类文学理论知识，文论形态和优秀文本，将晦涩难懂的理论命题融入通俗易懂的形象化表达中，更大程度地引导人们发现和思考文学理论在现代文化语境中强大的生命力和社会研究价值，让文学理论在现代传媒语境下焕发出新的色彩和生机。

可以说，新媒介的出现、新媒介文学理论的深入发展开辟了更为广泛的研究空间，它以一种开放的姿态促使文学理论不断直面当下，关注纷繁复杂的文化现象、关注变动转型中的审美内涵，使其积极介入到社会生活中，吸纳重要的思想文化资源来补救自己暂时无法适应时代变迁的尴尬，重建理论与现实文化之间的联系，召唤文学理论实践品格的回归。

第四节　对新媒介文学理论创新发展的理论反思

当今，站在新的文学历史节点上，为了适应现代化潮流和新媒介文学健康发展的要求，文艺理论界对于新媒介文学和理论创新问题进行了一系列的探索和建构，也不断取得了较为可观的理论成果。立足当下，这些经验探索确实是值得欣喜和借鉴的，但着眼于未来，新媒介技术给当代文学发展及理论创新道路上所带来的现实困境和挑战也值得我们继续反思。作为一项处于生成变化中的文艺命题，新媒介文学研究将为自己未来的生存和发展而持续思忖定位，即将文学和文学理论研究置于新的时代背景下，对文学理论中那些公认的经验事实、价值规范、学科边界以建设性的学术姿态进行反思，再度审视新媒介文学中凸显的媒介性与文学性问题及新媒介文本自身的价值建构问题，在与各种媒介文化形态达成共识共通的同时回到具象的文学现实本身，利用新媒介的技术优势提升文学的内在品质，从伟大的文学传统中激活文学的诗性内涵，并联合社会各方力量对其积极支持、规范引导，以求实现新媒介文学与文学理论在当代的健康发展。

一、新媒介文学理论的学科边界问题

文学理论的边界问题直接关系着文艺学在寻求新的生命力时，所能探索的可能性方向。数字传媒时代，面对新媒介文学现象的层峦迭出和新媒介文艺学学科生存发展的需要，文艺学必须对自己的结构和理论进行调整，而文学理论的边界问题，恰是文艺学学科进行自我调整、寻求生存突破的一个重要方面。它在一定程度上对文艺学学科的开放性有所约束，又在本质上保护着文艺学的学科独立性。

（一）学科边界的移动性与稳定性

随着现代传媒时代的到来，文学类型多样化，一些不同于传统书写、印刷时代的新媒介文学形态正在兴起并成为人们关注的焦点，而传统的纯文学、严肃文学和高雅艺术却淡出人们的视像中心，退居二线。在这个文学焦点转移的过程中，文艺学的边界不可避免地发生了偏离和位移，为了适应现代传媒时代的文学新变化和完善新媒介文艺学学科的理论新体系，文艺学亟须依据新变后的历史语境和文化现实将边界移动拓展到一个新的位置。但总的来说，这种边界的移动不是没有限度的，它在因现实变化而有所调整的过程中，也表现出相对的稳定性。

一方面，从文学发展的历史看，文学的边界一直都处在变动中。同样，作为以"文学"为研究对象的文艺学本身，其学科边界也会随着文学的发展变化而相应地位移。在今天，技术传媒风生水起，网络、影视等电子、数字媒介对文学的积极介入，给其开辟了新的发展空间。较之传统文学，新媒介文学在价值观念、存在样态和文体类型等方面都发生了诸多改变，许多非传统意义上的文学形式也被纳入文学的范畴，甚至出现了文字、图片、影像共存的作品组合，文学作品本身的图像化、符号化元素不断上升。在这图像审美对文字文化技术置换的过程中，原有的文学栅栏被冲破、被超越了。而原有的以"文学"为学科边界的当代文艺学要获得新的活力与生机也不得已移动和扩展。这里主要引发思考两个问题：一是文学边界被消解、被扩容以后，文艺学学科还有没有边界，如果有的话，又会在哪里，文艺学的边界应当如何扩展。二是在如今数字媒介文化的语境中，传统文学与新媒介文学这两者在边界的两边应当以什么样的度来相互联系。

第一，就文艺学的学科边界在哪里，它应当如何移动、扩展的这个问题，学者们也进行了激烈的讨论，且给出了相对明朗的答案。如朱立元认为，文学的边界就是文艺学的边界。虽然一直以来文学的边界都处于变动中，而且有着可以在一定范围内的自如伸缩的、自由施展的空间，但自第一次为文学定性的大变动以后，其审美的"自律"边界至今仍然是相对稳定的。如此说来，文艺学学科也应以围绕文学的边界为己任，在这一边界之内设定论题，研究新的文学现象、文学理念和文学问题。目前的文学在特定文化时代背景下，已经有了全新的面貌，文学在网络媒介的影响下创作出一种全新的形式，那就是新媒介文学。它在存在形式和审美特点方面和传统的文学有所不同。此时，面对转变与转型中的文学，文艺学要做的就是根据变化发展文学现实和社会现实，重新审视今时今日的文学观念和文学界碑，突破仅以传统纸介文学为研究对象的旧有边界，承认新媒介文学的合理存在，给其地位上的肯定并把它正式收入进文艺学的研究范围，立足文本、积极品读、认真分析、从新世纪以来传统文学与新媒介文学共存共生的文学场域出发，以此设定新时代文艺学的学科构建和理论解答。

第二，就传统文学与新媒介文学二者在边界的两边应该如何相互联系的问题。目前，在对待传统的纯文学和新兴的网络文学、手机短信文学、微博文学等形式的关注热情上，明显是新媒介文学更加引人注目，而传统文学不得不屈居边缘。这种视线的转移是否意味着现阶段新媒介文学已经能满足人们所有的审美需求，或是人们不再需要纯文学和高雅艺术之类的高层次的精神愉悦了呢？其实不然，严格来说，在新媒介文学出现的二十多年间，很多网络作品的内容与表达还处在一个粗糙的阶段，其在体裁、形式、修辞等方面都尚未成熟，甚至有部分如广告文学等只是泛文学、泛审美形式，它所能带给人们的精神享受是浅表性的，尚不足以取代传统文学在审美体验上的作用。同样，它也不能取代传统文学在文学研究中的价值。所以对于文艺学学科而言，虽然传统文学目前处于聚光灯照射的边缘，但它在文学研究中的地位是不可被忽视的。只有传统文学的成熟形式和深邃内涵才能代表文学的精神核心，也只有传统文学的经典内核能延续至今，带动时代主流的精神走向，文艺学才能摆脱文字式微的危机并重铸光芒。从这个意义上来说，传统文学与新媒介文学的边界问题也应该作为文艺学边界问题的题中之义。

另一方面，文艺学的边界在移动、拓展的过程中还保持着某方面的稳定特性。不同时代生成不同的文学，时代的发展对文学的界定会产生一定的影响，这是毋庸置疑的。文艺学这一学科是对作品文本及文学现象具有体系化的理论领悟和总结，因此，文艺学也会因文学的变化而产生变化。但文学的变化从来都不是一蹴而就的，也不是完全对立的，只是从旧时代到新时代很小的调整，所以也正因如此，不同的时代都具有自身平稳发展的文学理念和文学思想理论存在。其中内隐的真理在于文学始终是以审美、人文作为终极目的，而文艺学的学理原点同样不会背弃这个应有之义，这也是发展至今的文艺学在学科边界不断扩充、淘洗、接受古今观点同时存在的情况下依然能保持稳定性的原因之一。

然而当下有些学者如陶东风、金元浦等人从"日常生活审美化"的问题研究出发，提出要把大众流行文化、各种日常休闲文化艺术方式和泛审美、泛艺术的形式通通纳入文艺学研究范围，使文艺学演变为文化研究和泛化的艺术研究，这显然是不太合适且不太理性的。因为文艺学是针对文学的研究，它是具体针对文学的文学性和审美性的一种理论阐释，它要研究的对象依然是设定在"审美的语言艺术"这一相对稳定的边界，是有学科独立性的。我们不反对文艺学边界的扩容，但不赞成把现代传媒时代所有的非文学、非审美的文化现象都随意地、拼盘式地扩容进来，而主张把真正属于大众需要和能丰富大众精神文化意义上的新媒介文学内容扩入文学的版图，在坚守文学的审美场域和谨守文学研究领域的前提下，积极面对文学现实，适度开放边界。

（二）文学理论建构的开放性与选择性

上述对文艺学的边界问题的谈论与澄清是为了使文学理论更直接有效地面对新环境下变化了的文学现实，如果说文艺学边界问题要领会的是如何衡量新媒介文学接纳进来的度，那么文学理论所要领会的就是理论知识如何向文学现实贴合靠近的具体实践。在数字媒介的语境中，文学从形式、生产、传播和接受方面都发生了变化，话语权在分流或让渡，参照创作主体、作品客体、接受主体等基本姿态都发生改观的前提下，文学理论也随之发生了改变。在这一动向转折的过程中，基于对文艺学学科长远发展的考虑，接纳新的文学形式、产生新的文学理论是必然的趋势，而且在历史的整合与积淀下，就文学理论的与时俱进而言，无论它在敞开还是在坚守中，都体现了开放性和选择性的统一。

一方面，就文学理论而言，无论是学术研究还是实践教学都要顺应时代发展和文化转型的轨迹，在理论知识与文学现实之间建立一种自觉动态的批判关系，保持与时偕行的开放性。当今，面对新媒介文学对传统文学观念的冲击，以及两者共同构筑的新时代文学画卷，文学理论要认识到自身所处的现实，并保持对文学世界的高度敏感，不断地与新媒介文学现象对话，依据新媒介文学发展的需要及时更新自己的理论话语和理论体系。第一，深入文学涌动的潮流，及时跟进文学变换的速度，把新媒介文学正式接纳为自己的研究对象，在现实基点上确保对当代文化的把握力，使文学理论能在面对各种文学新变时，做出准确、及时的知识判断。比如，以开放包容的心态拥抱各类新兴的文学形式，对网络文学、影视文学、手机文学等要有一定的作品积累和批评分析，对数字媒介技术的发展变迁要有一定的理论了解，真正介入到新媒介文学的生态原野中去谨慎修改旧有文学理论的部分内容，使新媒介文学发生动现实能够有更准确的理论指导，开掘关于其整体变革的新媒介文学理论形态。第二，重新审视文学理论的知识构成，打破传统书写-印刷时代建构起来的文学理论范式，面对技术传媒、图像文化的凌厉激荡，将新媒介文学在各个层面、各个方向体现出的新问题、新特征全方位地引入宏观的文学研究，从体制上重新优化文学理论，并依据历史、文化、艺术的发展而适当扩容，适当变更，建构起更具有现实阐释效力和面向未来的文学理论形态。

另一方面，文学理论在保持开放、吐故纳新的同时是有其自身策略选择与内容的规定性的。与学科边界一样，文学理论的研究对象不是对谁都开放门户，必须具备文学性和审美的基本内涵。就文学本身而言，它具有社会性、政治性、道德宗教性和意识形态性等多种维度的分别，其价值也是多元并存的。但审美这一维是文学的最终指向和最高目标，是文学的充分必要条件和基本价值构成，文学的存在依据和发展动力都必须融会在审美的精神晓畅与情感诉求中。历来的文学创作都是一种主体对世界的审美活动，它建立在对现实世界真实感受的基础上，以审美情感去体验和发现世界的美，并创造出美的精神世界，并以此让人从中受到美的陶冶，丰富人的精神价值。所以对于文学理论研究而言，文学审美也应当是其不可逾越的底线和旨趣。

当代社会技术生产力的物质光芒使新媒介的文化语境带有与资本共谋的消费主义、感性主义、享乐主义、肉身主义等逻辑倾向，它们共同铺陈了新世纪社会生活的文化氛围，文学理论可以关注审美化的生活，批判其背后过度膨胀的金钱欲望，但对审美和精神的追求才是理论研究的最终目的。这里以"广告文学"为质疑的对象，即以商业推销和赢利为唯一目的的"广告"，无论广告文字或包装多么"美"或"艺术"，它仍只能是"广告"，不能进入"文学"的审美殿堂，任何人都不可能赋予它"广告文学"的地位，以推翻现有的文学界限。至于网络文学中虽然也有一些低俗劣质之作，或是与经典文学作品相比，思想艺术水准不高、娱乐消遣性较浓，但它们终归还是有高低不等的审美价值，它们的急剧发展并没有突破文学的底线，没有改变文学的现有边界，因此，应当承认其作为研究对象的身份和价值。所以，文学形态及文学理论绝对要坚守自己的审美性底线，审美标准一旦降低，那么文学理论的探讨对象就会各式各样，文学更加趋向泛化。这使得本身属于文学的不再是特定的文学，甚至文学理论也随之消失和泛化。这也不是说让文学固化，不接受新事物，而是要寻找那些真的包含文学性的对象，不仅扩大了文学的范围，还对目前文学理论产生的危机有一定的缓解作用。

总之，以文学为研究对象的文学理论，既要看到文学源自社会文化，但也要谨守文学的本位和边界，分清生活与审美、技术与艺术、文化与文学之间的差别，在保持文学理论开放性的同时，坚守文学精神的审美内涵，贴近当下，持续反思，以通变的学术立场解读生活中不断涌现的文学新形态，以审美的学术眼光明确自己的研究对象与研究方法，这是一种学科自主性的策略。

二、新媒介文学的媒介性与文学性问题

今天，媒介革命已经不以人的意志为转移地发生了且对人类生活和审美文化产生深刻的介入与影响，面对文学与媒介越发频繁且密切的融合状态，越来越多的人开始讨论文学的存在地位和生存状况，"文学消亡论"的说法不绝于耳。

虽然笔者不承认"文学消亡论"这类的悲观论调但也不否认文学媒介化带来的一系列困境事实。现代传媒语境下，文学的星光要想继续在时代舞台上空闪耀，就要认真思考自身的发展问题，比如：如何平衡新媒介文学愈发凸显的"媒介性"与"文学性"之间的关系？如何利用新媒介的技术优势来提升文学的品质内涵？如何将"新媒介文学"与"文学传统"连通，让这两者在未来的时代相互参照、相互竞争，共同推进和完成未来文学的建设。这是时代赋予当代文学研究者的特殊使命，也是知识分子无可推脱的责任担当。

（一）媒介性与文学性的有机融合

文学与媒介的异质耦合可称得上是新世纪以来文学发展的一大景观。在新时代的文学花园中，文字符码化、文学媒介化，新兴的电子、数字媒介不仅为我们的文学开辟起新的发展格局和空间场域，同时也为当代的文学理论研究带来了新的意味、新的内涵。在这样一种文学与媒介日益交融的时代语境下，在文学场与媒介场频繁不断的利益纠葛中，认真反思当下的文学现状和文学性的未来走向，思考新媒介文学本身所承载的"媒介性"与"文学性"的现实关联，考虑如何自然婉转地实现二者的有机融合，是当下正视文学转型之需，也是保证新媒介文学在未来道路上能够健康长远发展的前提。

进入 20 世纪 90 年代以后，以媒介文化为主导的大众文化的繁荣，

将文学置于"媒介生态"的大背景下，在这种特定的媒介环境中，文学的生存形态与传播发展都不可避免地萦绕着媒介，并为媒介所差遣和指示。此时，媒介性的过度凸显势必会对从前奉为圭臬的文学性造成一定程度的掩映与遮蔽。比如就网络文学的生产方式而言，作为新媒介文学的典型形态，网络文学生产具备明显的媒介性特征。一方面，网络文学依靠数字媒介才能存在，具有媒介性的典型特征；另一方面，网络文学是网络技术的寄生体，因而具有技术性的特征。这时我们不禁疑问，当这种媒介性和技术性一味地被市场接受，频繁地被科技赋予，那么是否就意味着"文学性"与"诗意性"在新媒介时代会共同走向失落呢，对此不免引发了学界很大范围的担忧和思考。

有些学者就提出，新媒介文学过分表露出的媒介性存在，致使人们在一味地技术便利、工具依赖中忽略了文学本性这一重要的价值存在。文学性在媒介时代的大行其道，折射出媒介作为意识形态的工具对文学性的直接征用和改造，以及本质主义诗学观在文学性问题上的合法性危机。更有甚者面对电子媒介技术对文学的影响，文学性溢出文本边界的扩容、扩散、蔓延到非文学文本中的碎片化特征，提出"文学终结论""文学消亡论"的悲观论题，虽然这种忧虑是合理的，但是不是必然成立的。正如雅克布森所说，"文学性"，是使一部作品成为文学作品的东西。它是一种内在的精神本体，更是纯粹的精神指导。在理性至上、技术盛行的时代环境中，文学沾染浓厚的媒介意识，其外部形态和内在审美无不带有物质主义的痕迹和现代传媒的特征，但这并不就意味着文学面对即将被吞没的命运。如果说媒介确实在某种程度上对文学性进行了一定范围的侵占与改造，那么这种改造也仅限于在文本自身场域内的改变，而丝毫不影响文学的独立价值。在媒介技术的推动下，文学性逐渐溢出传统的审美边界从而向文学的非艺术化趋向走去，也只是其在一定阶段走进新媒介时代的必然选择，并不代表艺术的最终胜利。因此，米勒的"文学终结论"，只能被认为是某种文学风格、文学样式在特定历史时期和文化背景下的终结,即所谓"文学代代相传",而人类精神和审美是永远不会终结的。因为人类永远有着对爱、对幸福和理想的需要,有着对真善美的深刻追求,不会简单止步于浮光掠影式的感官满足而放弃了对于历史理性的探寻和对生存意义的追问,文学对生命的关怀与情感的指引这一特质是媒介无法达到的。所以不管科技如何革命,不管书写的工具和传媒如何花样翻新,文学仍将沿着自身的规律走向未来。

当然,在给足了文学信心的同时,也要清醒地看到文学性在新媒介视域下的泛化、经典消解、诗性衰落、市场化、商业化等价值失范的事实,为此从文学本性出发,建立一个调适、引导与主体自律的理性约束机制以便实现新时代文化背景下"媒介性"与"文学性"的相辅相成、有机融合就显得尤为必要。

一方面,加紧摆脱媒介的形式偏好,倡导网络空间主体自律。文学作为一种特殊的精神文化形态的产品,在市场法则的支配下不断与媒介生态合谋,形成一种"商品性消费"的形式偏好。在消费主义价值观的驱使下,许多网络作家为了迎合读者阅读需求逐渐偏离人文的轨线,在这个虚拟、自由、开放及共享的网络空间,发布许多血腥、暴力及侵袭青少年灵魂的低俗文本,稀释文学对民众的精神引领内涵。因而,摆脱媒介的商品性消费的形式偏好,倡导网络空间的主体自律,不仅关系到创作主体的品格操守,而且还关系到网络空间的文化清朗、关系到青少年身心发展的健康,乃至于社会的精神文明、文化建设、与可持续发展等一系列问题。

另一方面,努力恢复文学的想象功能与形而上学特质。现代传媒盛行的文化背景下,人类精神文化结构在不断发生创生与裂变,以"图像文化"为主的新媒介文学生产持续增值,挤占传统以"语言文字"为主的文学生存空间,人们的阅读习惯由从前的"文字"阅读转向视像"读图",图像的直接性、显露性潜移默化地损害着文学的形而上品质,文学的基本特征,如想象、情感、形象性等因素慢慢在图像的层叠缠绕包围中失落。与此同时，对于读者来说，整日的视觉愉悦、快速的画面浏览、长时间的被动接收终会使其退步为脑袋空空的"沙发土豆"，这种钝性伤害是不可逆的。故而在数字媒介时代，必须重申文学想象功能和形而上学特质，这不管是对于文学的本性复归还是个体的人文存眷都是必须也是必要的。

（二）新媒介文学的内在品质提升

上文分析了一直处于更替变化中的"媒介性"与绵延在时间长河里恒久不变的"文学性"之间的存在关系，不管是对于新媒介给文学带来的自由发展推力也好，抑或种种媒介形式偏好与市场经济合谋给文学传统的历史延续带来的挑战也罢，这些都是新媒介文学发展过程中必须直面的。但不能因此把"新媒介"看成文学的对立物，文学本身并不排斥新兴的媒介形式，在纸质书籍阅读已经大量减少、出版业萎缩、电子出版业超过传统出版业的前提下，电子媒介不失为一种有效的传播优秀作品的方式，问题的关键在于如何理性地处理媒介与文学的关系？如何克服文学对于技术的依赖？如何更好地利用新媒介的技术优势提升文学的艺术价值和审美品质，让文学遵循艺术的规律而不是按照技术的设定来完成自身的历史性转型才是必须深思的重大问题。

从文化史的角度来看，文学与科学技术的发展的确是结伴而行，相互促进的。而且从当前的新媒介文学的活动过程考察，文学的生产、传播和接受在某种程度上确实受制于新时代的技术环境，在工具媒介的层面上往往体现其技术的色彩。但即便如此，不能把技术优势与文学生命简单地等同。说到底，文学作为一种精神形态的产品，是源于人的心灵回声而不是技术堆砌，技术的积累只是文学的一种辅助，始终服务于文学的艺术目的，为文学的精神吐丝抽丝剥茧。所以不管现代传媒的技术乘风多么扶摇直上，它仍然只限定于科技领域的摇曳生姿而不是文学艺术的价值超越，它难以表征艺术审美、文学本性对人的生命承载和意义关怀。关于技术优势怎样转换成为有效的文学资源，有学者给出了以下几个条件：第一，技术的功能不仅要成为文学表达的媒介和载体，而且要转化为认识社会现实的洞明智慧；第二，在这种技术语境下，创作主体能否从自身的生命中培育出一种新的审美精神资源，以应对现实的挑战；第三，能否在技术霸权下有效抵制工具理性的负面性，使新媒介的艺术活动在新技术下生成一种人文价值的创造过程。综而论之，技术与文学的有效结缘主要集中在两个层面，一是工具媒介层面，二是认识世界的观念层面。前者是我们现已熟练掌握借用的，如当前网络文学线上线下生存空间的拓展、经典作品的影视改编、以机换笔的合作体验等众多使文学迅速走向大众的捷径；后者是当下学界真正缺乏的——如何让技术实在地融入文学内核之中更新理念，理解世界，以便更好地增强文学的生命力，坚守文学性，开辟当代文学新境界。如果只是单纯在工具媒介意义上的手段借用，那么文学内在的艺术独立性、深刻性很容易陷入被新媒介技术所"奴役"的困境，这也是目前很多网络作品注水、内容拖沓、意义粗浅等现象芜杂丛生的原因。只有实现媒介与文学在如上两个层面的深度贯通与融合，才不会担心文学被技术和商业化、产业化等外在力量牵着走，才不会出现以游戏冲动压榨审美意义、以工具理性挤占诗性空间、以技术的艺术化替代艺术的技术性等文学边缘、文风粗浅的现实隐忧。

尤其是在当代印刷、电子、网络媒介多元并存的文学格局中，更需要清楚，不管是哪种媒介形态，都有各自的优势与缺陷，相辅相成着，协调并进着，在矛盾中整合，在无序中统一，文学的存在状态也由此丰富多彩。对于不同媒介对文学产生的不同影响要合理地看待，正确地引导，并以此为契机，运用每种媒介的特殊优势，在接纳与转型中重铸自己的文学性向度，在体察和把握中试图以科学与诗性的统一达到文学的敞亮与新生。除此之外更重要的是，未来新媒介文学要保持健康前行和繁荣发展，还需不断从延续数千年的文学传统里汲取精神资源，优秀传统文学永远是文学发展的根基，是文学思想的源泉，必须坚定不移地绵延和坚守。而传统文学也需要借助新媒介的优势，在调整转型、丰富完善自身中吸纳新媒介文学的新鲜经验，以更好地发挥其独特的作用和魅力。如此，二者相互参照、相互竞争，在未来共同朝着互动、互融、和谐共生的方向发展。

总之，在今天，媒介革命已经不以人的意志为转移地发生了且给当代社会生活和文化审美带来了震荡式的影响，在为媒介技术的变革进步欢欣鼓舞的同时也不要忘却其背后的人文力量。这种人文力量的作用，不仅在于它是人类生活的重要组成部分，而且在于它可以通过影响人类的精神世界，从而改变人类的生活方式。因为我们可以清晰地感受到，每一次新媒介技术的突破，都是向生命本真存在迈出的一步，都是为了优化人类的生存困境，为了社会更美好的愿景而进行的不懈尝试和努力，最终的决定力量仍然是人，而文学最重要的也还是对生命、对人性的终极追问。正如吴国盛所说，"在海德格尔那里，技术是真理的发生方式，而在真理的发展中，人把自己向着存在敞开，并在这种敞开中达到'自由'。"因此，借助人的自由，技术才能进入审美构造。

三、新媒介文学的精神价值建构问题

价值取向问题是文学领域中的一个根本性问题，文学的精神价值取向在文化建设中具有主导作用。它是支撑文学思想精神的内核，也是引领文化健康运转的指南。当前，互联网走进千家万户，以平民姿态奏响了"新媒介文学"的时代乐章，但充斥网络的大众声音在解放了文学体制的束缚和话语表达的同时，也造成了一定程度上的艺术素养的缺失和文学审美精神的悬置。对此，给这一快速发展的文学样态以学理性的关注和建设性的价值引导就显得尤为迫切和紧要。

（一）新媒介文学的精神困境

川流不息的生活里，新媒介技术以闪烁的星星在 21 世纪的文化舞台上耀世绽放，走进人群，走进生活。当电子科技、影像媒介以庞大的力量充斥在人们的生活中，为文学带来丰富色彩、提供便利的同时，也对文学的精神放逐和价值漠视敲起了反叛的警钟，耽于人们认真思考作品中的审美意蕴和诗性价值。毕竟科学与文学并不是处处吻合的，以互联网为主的新媒介技术对于文学精神价值的解构便是这一病因的显著征候。它主要表现在三个方面。

第一，观念转型对主体承担的悬置。在传统文学观念里，作家的主体地位是至高无上的，文学创作只集中在少数知识精英的手中，无论是作品创作还是读者阅读都要求有一定的意义承担。当新媒介时代来临并参与到当代文学活动中，其所生成的新的文学生态环境与文化氛围对过去那种创作观念进行了深刻介入和改变。新媒介介入下所出现的"自由"成为作家权利和文学秩序的庸常。这时的作家大多是"三无"的网民，无身份、无性别、无年龄，他们以匿名的状态活跃在互联网上，暂时摆脱外在的功利负累，率性表达本真的自我以实现艺术创作的心灵自由。但同时，匿名的自由，也使新媒介文学成了一个众声喧哗的非主体空间，在这个自由的虚拟时空里，自我和他人的凝视都将暂时被搁浅，作家身份的虚无和主体性缺失致使其在进行作品创作时一味沉溺于自己的小我天地而卸落了主体承担的意义。

很明显，这样的写作观念，很大程度上是为了自我宣泄和消遣，创作者放弃了对于宏大主题的精神建构转而更注重个体心理的自我言说和存在方式的自由表达，他们在网络中常常"我手写我心""我写故我在"，为寻求情绪的排遣、压力的释放和自我信心的满足，以文学为玩物，以"玩文字"的心态放弃为人民代言、为社会立心的使命，甚至不再秉持文学传统的延续和艺术规范的服膺，放弃书写历史和苦难，这无疑是对主体承担的一种自动悬置。

第二，类型同质对文学经典的掩蔽。主体承担感的悬置导致文学作品的内涵缺失、类型同质，是数字媒介下文学受阻和异化的又一表现。消费语境下，文学与市场合谋，写作者往往为了迎合消费者的娱乐心理而昼更夜伏，即兴而为，高度类型化的长篇小说渐成主流。这尤其表现在当下网络文学中流行的长篇连载类型小说中，权谋、宫斗、悬疑、修仙、玄幻、恐怖、侦探、穿越、都市、言情、仙侠、重生等，千篇一律的自我重复，故事模式生搬硬套，相似的情节、不同的名字，丝毫没有艺术价值可言。长此以往，过度同质化的作品高产遮蔽了传统文学经典的光芒，尽管它不会也不可能改变经典的艺术价值和已有的文学地位，但确实抑制了不论是作者还是读者对文学经典的现实关注度，让经典的价值被颠覆、魅力被搁置，影响了经典的代际传承。

文学经典是指在漫长的历史中经受考验而获得公认地位的伟大文本，也是经由历史积淀所形成的具有极高文化意义和美学意义的价值规范，它是作家在创作时一直心向往之的作品高原。然而这些高原在现代传媒时代的文学写作中被实施了体制性僭越。华丽的作品数据、功利性的写作目的、即时性的快感追求，使人们忘却了人生的内涵，越来越多的写手加入到网络文学创作中，他们往往缺乏丰富的生活体验和深厚的文化积淀，一味地遵循市场的主流和读者的需求加紧码字、上传、获利，完全回避了艺术经典应有的恒亘沉积性，其结果是市场上流通的文学作品同质化甚至低质化现象泛滥，类型化文本频繁映入眼帘，文学经典的核心价值被重构，权威性和严肃性被消解，其关于人文生命的呼唤、历史变迁的记录、启智润心的思考等随时代的洪流飘零离散，取而代之的是带有消费时代印记的浮于表面的速成与速朽的注水之作，这不仅稀释了文本的艺术价值，也淡化了人们对文学经典的审美体验。

第三，读屏观看对诗性体验的分散。新媒介文学将互联网作为重要依托，以屏显电子文本代替了传统文学的纸质印刷文本，以直观的观看取代了想象的阅读，在这川流不息、声色眩目的视觉追赶中，流转的读屏式观看限定了文学的想象空间，分散了读者的诗性体验。

首先，技术因素限定了文学的想象空间。与传统文学的呈现表达相比，新媒介文学文本更具直观化、立体化、具象化的表达可以充分调动读者的多种感官参与到阅读活动中来，并获得全方位的审美体验。但也正是由于呈现方式的过于具象化，流转的技术画面弱化了读者对于文学的想象空间。如在经典纸质文本《水浒传》中，作者在第二十三回告知了行者武松的英姿飒爽："身躯凛凛，相貌堂堂。一双眼光射寒星，两弯眉浑如刷漆。……如同天上降魔主，真是人间太岁神。"这种描写是生动形象的，但他到底气宇轩昂到什么地步，具有怎样的神韵气质，怎样的威风凛凛，每个读者心目中对他的勾勒又都是不一样的，读者尽可以根据对文本的理解去无限地想象、思考，获得心中的愉悦。反观，翻拍成影视作品的《水浒传》给人们直截了当地提供了一个具体的武松形态，他的风骨外貌就伫立在屏幕前，身高、体形、头发、肤色都是一目了然的，这在一定程度上破坏了文学形象的朦胧性和不确定性，限定了读者的想象空间。而当文学对这种想象力的需求越来越少的时候，它必将离文学的本质越来越远。这对文学自身的发展来说，绝对不是一个好的现象。

其次，读屏式观看分散了传统文学阅读中的诗性体验。在传统文学的纸质阅读过程中，读者大多处于一种深度体验的状态，纸质的书香、开阔的天地，读者可以在皎洁的月光下感受"明月松间照，清泉石上流"的清幽恬淡，也可以在嘈杂的街角边感受"野旷天低树，江清月近人"的广袤宁静，动人动情之处，掩卷沉思反复嗟叹。在这个过程中，读者完全是沉浸式的审美体验，直觉式的感悟、鉴赏式的品评，浸入文字中去感受言有尽而意无穷的韵外之致、味外之旨。而这些入理入心的诗情逸致在当代的屏显电子文本前被无情的消解驱散了，互联网时代，新媒介技术的发展促使了人们与物态化文本的隔离，纸质的文字印刷变成了屏幕前一个个排列跳动的组合符号，读者可以随时随地地以任何状态地在手机、平板上面进行信息收集与文学欣赏，但是在这种欣赏中，人们往往利用的是碎片化时间即兴漫游、快速浏览，有时甚至是一目十行，来不及凝神思虑和细细品味，文字的诗性魅力在屏幕滚动前瞬时蒸发，沉思冥想的悠悠梦幻被声光电屏拆解了。

（二）新媒介文学的价值突围

在数字媒介强势覆盖为文学延伸出了一片自由的广阔蓝天时，也应该清醒地看到，当下传媒无休止的更新换代黯然助长了技术力量向文学审美精神的本体性渗透。新媒介文学本身面临着诸多需要解决的精神价值解构的困顿，那么如何从困境中突围，找寻一条健康开阔的发展之路，可以从以下两个方面来入手。

第一，就内在个体层面而言，重塑创作者的主体意识，增强审美趣味和伦理关怀。

文学是人学，是人写的，也是写给人的，所以主体还是在人。不管社会技术怎么发展、岁月环境如何变迁，文学依然同 20 世纪一样，是勘探生活、照亮人的内心世界最精细入微的工具，它在任何时候任何境况下都不能丢弃大写的"人"的精神内涵。这里主要体现在对作家的要求上。

一方面，文学创作的主体要检视自己的创作动机，担负起文化创作的责任感和使命感。今天，新媒介文学出现的文本同质、内容低质的原因是多样的、复杂的，但有一点可以确认的是，那就是许多作家放弃了对于审美的悬置和对意义的坚守。一味地与市场合谋、功利化地迎合读者阅读需求使得作家在写作过程中往往不考虑作品质量、不切实际地胡编乱造、套用已有的文本程式，进而淡化或回避文本的高远指向和宏阔追求。当下频繁被翻拍成影视剧的霸道总裁文、校园甜宠文、赘婿文等就是客观的例证。金钱、地位和声望诱导着作家成为欲望的囚徒，在声色犬马中迷失初心，忘却自己的责任与意义。文学从来都是一项关乎人类灵魂的事业，理应执着于生活本身的跋涉和生命本真的探求。这要求作家要树立起主体自觉的担当意识，坚持理想精神，迈入时代的涌流处，深入生活的实践场，回应民生之关切，洞察民生之需求，对人们的生存境况和精神处境进行深度的探索和追问，以真切质朴的文字构筑起心灵的承重墙。

另一方面，创作主体要努力回归到文学的本真，专注纯粹的审美。文学除了要介入现实、植于大地外，还是一种融于个体心灵的审美活动，审美是文学的基本特性。今天由于数字技术、网络媒介的兴盛，使得复制、拼贴、智能写作等多种技术手段侵入文学创作中，创作成为了一种娱乐性、速成性的游戏体验。于是，隽永的诗意每每被电脑的机器运转所驱赶，精神性的审美浮于空泛，文学缺乏了应有的经典性和恒久的厚重感。而创作主体要竭力规避的就是这种过度的娱乐性、无根性的创作倾向，自觉提高自己的精神视野和审美承担，将文学创作视为一种出于本心的认真思索和情感变化，要叩问心灵，回归本真，坚持思想性和艺术性的有机融合，倡导历史理性和精神升华的美学文化品格，要有见微知著的敏感性，从生活褶皱的细微处发掘崇高、细说美好，与自我对话、与他者对话，以求在粗粝苍茫的时代浪潮中为心灵困顿者发声，用其特有的艺术语言来营造出一个超凡脱俗的诗意空间，给人们以精神上的慰藉、情感上的避难。与此同时，作为读者的接受主体也要积极摆正自己的阅读心态，将文学阅读视为一种邀约灵魂、共享生命的事情，有选择性地甄别文本、耐心地沉浸文本，用心感受文字的悲喜与深情，品味其中传达的韵味和真理，并希望从中获得一种价值意义上的引领和纯粹细腻的审美体验。如此，才不至于造成心灵上的荒原，风吹过去，寂寥无声。

第二，就外在环境上来看，营造良好的市场文化氛围，构筑完整有机的文学生态系统。

文学正如大自然中的生物一样，要想获得长远健康的发展一定需植根于良好的文化生态语境中。从某种意义上说，有什么样的社会文化环境，就会形成与之相适应的文学发展格局。当前，伴随着数字化、市场化兴起的新媒介文学潮流，让文学从之前较注重体现心灵、精神和审美的非功利性创造过渡到看重物欲金钱的功利性生产。由精神性到物欲性、由创造到生产，这横亘在其中的巨大鸿沟需引起人们的关注和思考。从外在环境而言，如何消弭这一阻隔，重新唤起新媒介文学的精神意义和价值承担。

第一，从市场角度出发，要加紧强化文化市场监管，营造公平合理、文明有序的文化市场氛围。不管时代环境如何、媒介技术如何，新媒介文学的自由发展始终都要以传递正能量、弘扬真善美为旨归，艺术追求与商业利益两者之间是不矛盾的，也是可以同时兼顾的，要呼唤市场价值的理性回归。在文化流通市场上，各部门在各环节要对文学的内容质量予以把关，加大审查力度，防止暴力、色情、恐怖、血腥等各类低俗作品涌入文化市场，拒绝给它们以文学的名分。扶持高品质、高标准的文化产业，鼓励文学内容的优质创新，推行维护文明的文化市场秩序。在创作环境上，关注新一代青年作家和读者的文化新需求，适时的熏陶和培养，为他们创设自由开放的生存成长环境和兼容并包的文学书写空间，引导新媒介文学活动一直朝着成熟、健康、美好、良性的方向发展下去。

第二，从国家层面而言，政府部门要为新媒介文学的生产现状出台相关的文化政策与法律法规，提供具体有效的现实性保障和制度性支撑。当前，新媒介文学已然形成了一种新业态、成为一种新主流。对此，在体制上，国家要积极扶持、科学管理、正确引导，以习近平新时代的文艺思想价值为引领，将其纳入整个国家文艺体系的顶层设计之中，并与全国范围内的新媒介文化潮流的基层创新之间相结合，助推文艺精品，打造文艺标杆，从提升文化自信、建设文化强国的高度来以笔擘画新未来。在政策上，健全相关法律法规，规范由市场竞争和技术手段的不良运用导致的失序行为。目前，新媒介文学在市场上最常引起争端和混乱，主要是围绕"版权"的问题，比如：盗版、抄袭、剽窃及借鉴，其中牵涉种种难以清晰辨别和界定的复杂程式，各类违法侵权行为层出不穷，作家个人权利无法得到充分保障。可见，这些难题都亟须依赖于国家的力量、借助于法律的手段来进行监管抑制。所以，政府要完善文学的产业链条，保护创作主体的文化知识产权、打击盗版、屏蔽非法，加大对违法侵权行为的惩处力度，以简明合理的政策法条来规范文化市场中的失序行为，以完整有机的生态系统构筑和谐清正的新媒介文学发展格局。

　　总之，在光影辉映的新媒介文学世界中，新媒介不仅是工具和手段，对于它的反作用应该始终保持清醒的认识，并及时的趋利避害，加强引导，使其继续发挥文化的价值引领作用以便更好地指引人们向着澄澈、高尚、博大的精神之地进发。

第三章

新媒介文学的生成趋势及传播

第一节 "智能文学＋跨界文艺"的新趋势

近几百年来，翻天覆地的科技革命影响着文学样态。随着机械制造的更新换代，农耕时代的乡土田园文学、说书故事逐渐式微，进而转向工业文学、荒诞派和现代派文学，互联网时代则有网络文学，而21世纪人工智能大数据更催生出智能文学。科技对文学的渗透从未像今天这般迅速、全面。在人工智能迅猛发展的融媒介时代，文学何为？何以为文？人类如何应对挑战？文学与人工智能是对立还是融合？人工智能如何影响文学样式？变化有哪些维度？智能跨界文艺将以什么面目呈现？若人类不再是世界上唯一的智能体，那么文学价值该如何界定？人类文学的独特性是否还存在？这些问题值得我们深思。

一、智能文学

人工智能（AI）是诞生于互联网高科技时代，在大数据、云计算、物联网、传感网、脑科学、生物学、数学哲学等新理论驱动下，开发用于模拟、延伸和扩展人的智能的技术方法及应用系统。1956年，约翰·麦肯锡最早使用人工智能这一术语。2016年，阿尔法狗击败围棋高手李世石，标志着人工智能崛起。《华尔街日报》《福布斯》《财富》称 2017 年为人工智能之年。人工智能是继工业、电力及互联网革命后引领第四次工业革命的核心技术，目前发展核心为语言图像识别等模拟人的意识、思维信息过程，有类人的感情及能力，甚至超过人的智商，具有推理、学习和解决问题的能力，且具有创造性。

　　未来超级智能机器人在量与质上都可能超过人类。人类天才智商约 200，而超级智能智商可达到 10 000，能三头六臂处理多项任务，应用领域全面渗透，前景广阔，如 AI 主播、AI 翻译、AI 作家、AI 教师、AI 心理师、AI 工程师等，"新人种"涌现，越来越多行业被 AI 碾压；保护非遗，让古物栩栩如生，如数字敦煌、数字故宫等；智能医生预测病患死亡、进行远程手术；AI 警察寻找失踪和被虐儿童，借助高级数据分析抵御欺诈；无人驾驶汽车、船只和飞机等，数据就像氧气般不可或缺，数字化信息革命将彻底改变人类的生活方式。早在公元前,《列子·汤问》就有类人想象，"穆王惊视之，趋步俯仰，信人也。巧夫！领其颐，则歌合律；捧其手，则舞应节。千变万化，惟意所适"，还引出了穆王恨其诱惑姬妾、造物者剖而解惑的故事。1818 年，玛丽·雪莱的长篇小说《弗兰肯斯坦》讲述人造怪物弗兰肯斯坦的悲剧一生。21 世纪之交，霍金《时间简史》、凯文·凯利《必然》、尤瓦尔·赫拉利《未来简史》对人类科技未来多有描述。近几年，人工智能话题大热。中国制定出台《中国制造 2025》《机器人产业发展规划（2016—2020 年）》《"互联网＋"人工智能三年行动实施方案》；尤其是《新一代人工智能发展规划》设定三步走目标，从 2020 到 2025 再到 2030 年，人工智能总体技术和应用与世界先进水平从同步到部分领先，到总体领先，成为世界主要人工智能创新中心，跻身创新型国家前列和经济强国。人工智能研究声势浩大，各行各业跨界渗透讨论，书籍出版铺天盖地，中国知网、"学习强国"App 相关文章丰硕。国家大脑数据新政建立国家治理新体系，天网无处不在，每时每刻皆被终端记录、连接存储。华为云提出"普惠 AI"理念，将人工智能渗透进普罗大众的日常生活，将数字代入每个人、每个组织，构建万物互联的网群社区，因趣缘而结集成各种圈层。物联网、数联网开创数字化文明时代，"数字化社会主义"讲究共建共享。

智能文学是笔者为人工智能自动写作设定的新概念。智能文学的创作主体是人工智能、电脑自动写作，区别于人类文学。若是人与智能合作创造，参与程度的多寡是人机交界、人与非人文学区分的灰色地带。智能文学改写"文学是人学"的理论，智能文学未必模仿人，而强调"智能性"，与"人"不同。网络不仅是智能文学的创作载体，更是其创作母体，如超链接文学、互动文学将有更匪夷所思的可能性，比人类的网络文学更高级。智能文学与科幻文学一样，皆因高科技而生，智能文学不仅触发未来想象，也融汇古今中外文化；不仅是虚拟镜像，也更有可能将仿真、拟真世界转化为现实掌控，这也比人类的科幻文学更高级。

有人曾说，面对人工智能，文学领域是人类的最后防线。吴军在 2016 年指出，"计算机写作从大量文本语料中学习写作，统计语言模型要判断单词串是否像一个合理的句子的概率模型"，对机器写作不怎么看好。然而，2017 年后，一批智能文学问世并不断发展。人机诗歌真假难辨："西津江口月初弦，水气昏昏上接天。清渚白沙茫不辨，只应灯火是渔船。""西窗楼角听潮声，水上征帆一点轻。清秋暮时烟雨远，只身醉梦白云生。"前者为秦观《金山晚眺》，后者由 IBM 名为偶得的机器人创作。日本北海道大学使人工智能创作出自传作品《当电脑开始写小说的那一天》，评审团认为该作结构紧密，但离获奖还有一定距离，如人物描写不尽如人意。智能机器微软小冰 2017 年出版诗集《阳光失了玻璃窗》，诗云："像花的颜色/也渐渐模糊得不分明了/蘸着它在我雪净的手绢上写几句话/钢丝的车轮在偏僻的心房间/香花织成一朵浮云/有一模糊的暗淡的影/是我生命的安慰/只得由他们亲手烹调""向着城市的灯守着我，咬破了冷静的思想""树影压在秋天的报纸上/中间隔着一片梦幻的海洋/我凝视着一池湖水的天空"，这些诗句有一定的真情实意和文学性，机器类人写作，几可乱真。机诗较人诗而言，意象更多元，跳跃性更大，思维更逆转、更超现实。智能革命将使语言进入核爆期，更有繁殖力和流通力。

有些科幻作家想象描写智能文学，如刘慈欣短篇小说《诗云》，收入王德威、高嘉谦、胡金伦编《华夷风：华语语系文学读本》第四章"史与势"，该单元作品既有对过去生活的怀念，也有今昔之间的强烈对比；既有旺角夜与雾的热血与激情，也有未来世界中外星人操纵诗歌的颠覆与嘲讽。《诗云》为全书的压轴之作，讲外星球智能创造的"李白"如何作诗，最终又如何走向茫然和困惑。编者在"史"与"势"交汇互通的发展道路上，将科幻小说视为华文文学的未来，这崭新的眼光显示出对华文文学发展态势的期待。科幻文学之"势"除了创造力之外，更多的是人工智能不可估量的判断力与再生力。

作家站在科幻角度，跳出边界之外，重新审视人文视野局限，不断超越对文学、文明的反思局限。这些科幻作品对智能文学的想象无论是乌托邦或恶托邦，都值得进一步思索、延伸。

人工智能对文学的革命性影响远比白话文、简繁字转化运动更深远。这种影响属于渐变式还是突变式，取决于人工智能更新迭代的进展速度，即像人还是超人抑或超超人。人工智能从机器学习迈向深度学习。机器学习研究计算机怎样模拟人类的学习行为，从样本中学习。若只用算法程序进行创作，此类文学多刻板印象，刻下机械学习印记，体现程序员的意志。深度学习则在了解视觉机理、结构特征、深度神经网络及常用模型方法的基础上，模仿人脑机制来解释图像、声音、文本等数据，无监督地让机器掌握学习能力，通过组合低层特征形成更加抽象的高层，以表示属性类别或特征。

当然，更厉害的是人机互融成为超肺超人，具备超级学习能力。万人万物互联，不仅有庞大数据库可阅读案卷，且能自我学习；不单使用随意排列组合的穷举法写作，还可模仿人类口吻写出符合逻辑的文章，以人类的审美方式表情达意；可写微诗，也可写长篇巨著。

当然，人机互融困难重重，如融合的平衡度如何把握、人类的掌控度是否会被削弱等。概率论有"无限猴子定理"：若无数猴子在无数打字机上不限时地随机打字，总会在某个时候打出莎士比亚的全部著作。如果人工智能自动生成文学日益进化，导致越来越多莎士比亚式的"作家"涌现，会是什么情况？目前，有些作家有"饭碗快要弄丢了"的深感危机；但多数传统作家依然对文学抱有信心，如韩少功说他没看到人工智能接管文学的任何证据，马原表示不会阅读智能文学。智能文学俘获的多是新新人类。

当智能文学涌现出一批佳作，拨得动大众的心弦、经得起时间的淘洗，具备一个时代的代表性和跨时代的启示性，就是其立足之时。那么，智能文学经典将如何界定？好作品难以再重写超越，呈现出审美的共通感，即便戏仿改写经典的作品也无法撼动经典的地位，不可模仿、不可替代，这大概就是经典的边界。人工智能参与文学互动，不是廉价写作软件成为抄袭助手，或只擅长写风景、场面、制度或情节等，而是升华为创造艺术；不再仅是语言的变革，而将涌现出人类尚未思考的主题和尚未实验过的新叙事形式。这些都将彻底颠覆文学的形态内容、文体风格、媒介载体、传播方式、受众模式、评价标准等因素。

二、"智能文学+跨界文艺"共生体

随着人工智能勃兴，罗兰·巴特的"作者之死"学说意义可能有变。它将不再指作品写完后作者任务完结、读者阐释决定作品生命力，文本因此更有开放性和多元性；而是指人类作者的创作可能被智能文学逼至绝境。提出担忧，其实是为了警惕和防范。穷而不通则变，或许因此能逆风翻盘，绝境逢生。

跨界，是人类面对智能逼迫的生存之选。人工智能是未来艺术创作的融媒介大师，是真正的跨界高手，将作家、舞蹈家、音乐家、美术家、科学家、政治家、军事家等角色集于一身。跨界艺术是人工智能文艺到来的前奏。如微软小冰已不再局限于诗歌创作，在音乐与美术方面皆有成就，甚至与人类画家共同举办艺术跨界展"小冰'绘'有期"，可谓琴棋书画，样样精通。智能文学将不再是完全的纯文学形态。智能文学内涵和外延不断扩大，虽仍以语言为中心，但内容形态将全面更新；不再仅以网络为承载物，而发展成跨界文艺，多媒介、多感官水乳交融的创意，多为 ACGN（即 Animation 动画、Comic 漫画、Game 游戏、Novel 轻小说）合体。智能文艺将与科学、大数据与微创意等多维整合，打造文理叙事交织、文理符号融合、网络百科叙事、大数据叙事、微文学、微视频、微文化创意等多种文化现象。

如今的人工智能更强调人机协同、跨界融合、群智开放、自主操控，这将会催生出更复杂多变的跨界创意新范式。智能跨界文艺更有利于开拓文、图、影、乐合一叙事，开拓图文互涉叙事、导航地图文艺、可互联的天空文学、有声诗文、口述史及脱口秀；开辟通感文艺如味觉与嗅觉互联叙事、触觉与嗅觉互动拓展等，探究视觉、听觉、触觉、嗅觉、味觉等多感官整合叙事；听文本和图文本、触文本和影文本整合，影视动漫动画与 3D 改编叙事、影视小说 3D 游戏和人机互动故事游戏。长篇小说适合印刷时代的阅读，跨媒介新文艺适合网络时代的受众视听。跨媒介创意活用大数据，从量化到质性分析中寻找灵感，有些是鸿篇巨制，有些则是微型短制，也有微博微信、微小说和微视频微文化创作，抖音、快手等短视频蔓延，走出语言的牢笼，挑战语言中心主义的媒介知识型，受众更易被"影像-运动-事件"的"情动"模式吸引。智能文艺更易穷尽各种故事的题材和讲故事的叙事法，在可能与不可能的动态发展之中进化。

智能文艺更强调现场感、沉浸感和互动感。日本千野拓政认为，明清白话小说是戏剧加民间故事，保留了"话说、看官且听下回分解"等说书人形式；眉批既不是原作者写的，也不是注释，而像在现场评价说书人。到近现代后，读小说像一个人在密室里看作品，现代小说主讲人的心理，仿佛向上帝诉说苦闷或者欢乐。但当代小说强调现场感，仿佛读者跟随侦探作品参与破案过程。当今科幻小说、纯文学和通俗文学也讲究现场感。智能跨界文艺并不是只讲究科技而没有传统根基，反倒在交互感方面更好地因袭了中国传统点评文学、说书文学的长处，更强调现场感、代入感、人机交流和作者读者对话，互动游戏、通感叙事及 VR 故事更注重立体多维的真切感、代入感和沉浸感。这不仅促成了艾布拉姆斯《镜与灯》中"宇宙、作家、作品、读者"四位一体"的多元交流对话，而且增加了虚拟现实、多媒感官，更立体多元；不仅是四维，更是多向度、多维度视角。

智能文艺从简单语言处理到诗句写作、长篇小说，再到哲学思想论著写作，最后升级为跨界文艺创意，不断挑战新的可能性。未来发展趋势是探讨算法时代的智能自动生成文学与跨界文艺，进一步思考大数据、云计算如何影响跨媒介创意，如何抓取数据统计分析更有利于激发创意的问题。开掘可能与不可能叙事、科幻叙事、互动叙事新可能，开拓科幻影视、图文乐视一体的跨界创意作品，绘出智能时代的跨媒介创意地图。这类融通创意具有跨媒介性、异域性、流动性和前瞻性，人际传播与网络传播结合，有利于个体性与群体性互动交流，实现传统经典的当代转化，弘扬全球网络的互动共享精神，实现跨界创意文化的全球传播。

三、智能文艺发展困局

对于人而言，表情达意难、跨界创意难、思想深度难；对于人工智能而言，人心人思难测，人工智能与人类能否跨界融合更是难上加难。现今学界普遍存在一个疑问：人工智能强调高度的准确性、逻辑性还是思考不确定性、偶然性？抑或能在准确性的必然同时注意到例外、不确定的偶然？

量子思维是区分人与当今计算机的根本差异点。智能文艺如何学会处理一些悖逆关系，如科技思维与人文思维的差异：机械思维强调理性逻辑、必然、客观、精确和确定性，量子思维关注非理性、无理性、非逻辑、偶然和不确定性。人类的这两种思维交错发展。人有机械固定的学习能力，更有灵活的创造性、想象力、跳跃学习、灵感顿悟等思维能力。人像微观世界的粒子般不可观测，因自由意志是不可观测的粒子，预测本身也会改变被观测者的行为。思想实验"薛定谔的猫"认为：只有打开盖的那一瞬才能确定猫的生死，因此一切都无法预测。量子思维省思不确定的现实，用术语"概率"描述粒子的位置和状态，术语"熵"描述体系混乱度、无序度的量度，表示黑洞中不可用热量与其温度的比值，是热力学中表征物质状态的参量之一。热力学第二定律认为孤立系统总是存在从高有序度转变成低有序度的趋势，即熵增原理。现实生活充满不确定性、可变性，那么能否用大数据、统计学、概率模型方法找到规律性？能否通过熵变化对不确定性进行定量描述，掌握熵变规律，对偶然事件进行动态识别，迅速发现突发性事件，预测不确定性？高科技手段谋求新的算法革命。那么，熵的不确定计算理念怎样进入直觉、非理性的文学世界，量子思维与文学观念交融能激发哪些创意，我们拭目以待。

人工智能难以攻克的瓶颈在于无穷循环的自咬自指、怪圈悖论及不可思议。1931 年，哥德尔发布"哥德尔不完全性定理"，证明任何无矛盾的公理体系，只要包含初等算术的陈述，就必定存在一个不可判定命题，即系统漏洞。无矛盾和完备不可能同时满足，判决了数理逻辑的有限性。1979 年，霍夫斯塔德（又译作侯世达）的论著《哥德尔、艾舍尔、巴赫——集异璧之大成》跨界剖析数学、美术和音乐专业三大巨匠的思想，对比分析艾舍尔的不可能版画、哥德尔的不完备定理、巴赫的音乐对位法，省思数理逻辑学、人工智能学、可计算理论、语言学、遗传学等发展的未来方向，该书获普利策奖。

　　由此可以想到，世界未必可解、有理，其实多是不可解、无理。禅宗的空无观拥抱矛盾和非矛盾，不像逻辑那么绝对。艾舍尔和毕加索能看到多重世界和多个平行宇宙。文学擅长思考递归怪圈、悖论两可，如博尔赫斯、卡尔维诺、昆德拉、卡夫卡、西西和董启章都创造出无穷无尽的文学范式。钱锺书早就论述过，逻辑不能裁判文艺。韩少功也指出：人类不能没有逻辑，然而逻辑是灰色的，生命之树常青；语言、理论、各种知识等人之所言（名）是灰色的，言之所指（实）却常青。由符号与逻辑所承载的人类认知无论如何延伸，也无法抵达绝对彼岸，最终消弭名与实的两隔和人与物的两隔——数学也做不到。这世界就是这样要命的略逊一筹。文学擅长表现名无常名、道无常道、因是因非及相克相生的百态万象，心有灵犀一点通。人的契悟、直觉、意会、灵感、下意识、跳跃性思维等，包括同步利用"错误"和兼容"悖谬"的能力，把各种矛盾信息不由分说一锅煮的能力，有时候竟让 $2+2=8$ 或者 $2+2=0$ 甚至重量＋温度＝色彩的特殊能力（几近无厘头），各种大智若愚让机器人混乱。人类处理价值观的能力超强而且特异，文学长于传导价值观。而电脑没法不讲理——不能非逻辑、非程式、非确定性地工作。人类和文学的复杂性是任何一套代码和逻辑都无法穷尽的。机器人写作既可能又不可能：可以胜任类型化写作，但创造性、高价值的作为行业引领和示范，仍需出自人——特别是机器后面的优秀男女们。确实，一花一世界，一叶一菩提，宏观与微观、主观与客观之间有无数玄妙难言的关系。逻辑不能裁判文艺，而注重逻辑化的智能文艺又如何逼近人类文学、从各种可能性走向处理不确定性呢？

　　智能文艺未来若能突破可算与不可算、可言与不可言、可测与不可测之间的疆域，是为成功。若能在即兴即时、意外例外、无序混乱中激发出创意，则更易诞生出全新的文艺。哈福德在《混乱：如何成为失控时代的掌握者》中指出，秩序观形成于工业时代，而随性混乱、矛盾分心、犯错警惕包含了后现代时代最需要的品质：创造力、应变力、适应力和自由独立。走出内心的舒适区，利用挫败和干扰打破艺术创作、科学研究的僵局，在任意的震动、失控的边缘捕捉逆袭的创造魔力。整合型社会资本强调集中注意，隔离干扰，适合于团队合作；反之则为链合型社会资本。如果能既整合又链合，整体与个人复合互渗，更有利于创新。认知多样性、多项目工作法是提升创造力的秘方，有利于找到不同想法的连接点。显然，智能文艺有必要像跨界高手般，在不同领域自由地穿行、轮作。

徐子沛提出"数文明"概念，指出人类无法记录一切，时空可扭曲、可局部再现，但不可能完全复制；各类网络只记录断片数据，即数据量子化，而难以提供一条完整准确的轨迹。人性可被大数据记录之处，变成科学；在无法完全记录之处，变成文学。文学对人性、万象做各种可能性的呈现，逐渐逼近世界的真相。科学与文学相加，会更逼近事实。但数据再大，终究不是事实。一旦被记录，就成为过去，记录永远在追赶事实。世界万象周行不殆、须臾万变，像人口普查难以计算某个时间点真正的世界人口数量。人类像刻舟求剑般只能掌握某个节点某个范围的事实，因此数据是相对的。过去认为计算机能理解、能做的就是科学，不能的就是艺术。但如今边界被打破，艺术中的有些部分也在变成科学，如用表情监控电影的笑点、泪点，再用量化方法引导情节设计。人类拥有大量难以言说的隐性知识，难以被规则化、语言化，因为隐性知识跟年龄经验的积累有关，难以言表且难以传承（因此医生、教授年纪越大越值钱）。那么，"数文明"之外，未来有没有新的文明形态？

智能文艺要省思人工智能的危险性：电脑在自我进化，人工智能对人的挤压导致人的边缘化、无用化。最初，智能机器可能在向人类学习，然后，人类向智能机器学习，最后，人工智能在人类自以为很了不起的时候嘲笑人类。科技给人侵略感，仿佛到了科技后殖民时代。互联网原罪、数权、数罪、数纹、数据证据等新词汇涌现，这些术语都衍生出更多新话题。人类已再造出数据虚拟空间，且数量还在爆炸式发展中；众智群智出现，普通人创新的可能性增加；社会从精英驱动进化到全员驱动，人人都是高能个体，人人持剑同时也是剑下人，创新就像在无人区作业。科幻电影《超验骇客》讲威尔·卡斯特开发出极似人的智能人"品（PINN）"，却被反对派枪击，濒死前恳请妻子兼研究伙伴伊芙琳将自己的大脑与"品"合体，成为超验赛博格、碳/铁共生体，然后迅速实现全球联网，成为超验终极电脑，却因可怕的野心最终被摧毁。霍金、马斯克等都警告过人工智能的威胁：或将成为永久的独裁者，人类帝国被机器帝国取代。警示意在促成应对之道。未来亟待思考监管、观念、技术、安全、割裂等问题，制定对人工智能的发展界限、道德准则及可信赖条件。不是谋而后动，而是随动而谋，因应新时代变化而及时调整策略。

四、智能文艺研究：新学科

智能跨界文艺研究将成为新的学术生长点乃至新的学科。中外学界日益关注媒介变革、新媒体文艺、符号学叙事学融通、科幻文学影视等前沿话题，逐步涌现出本雅明、麦克卢汉、鲍德里亚、福柯、艾柯、德里达、詹金斯、玛丽·瑞恩、詹姆斯·费伦、赫尔曼、米勒、雅各布·卢特、马克·柯里、塔拉斯蒂、赵毅衡、赵稀方、傅修延、申丹、罗岗、赵宪章、龚鹏程、高友工、龙迪勇、唐小川、严锋、单小曦、蒋述卓、李凤亮、陈定家、黄发有、曾大兴、王敦、王福和、严飞、李志铭、滕威、凌逾、李森、王坤宇等大批学者，他们的著述观点及为建设这一跨界体系所做的努力不容小觑。中国社会科学院、四川大学、华东师范大学、华南师范大学等已有团队凝聚。中国社会科学院召开"数字人文时代的中国文史研究"研讨会，罗岗教授新文题为《"媒介革命"与"社会革命"——社会主义文艺转向对"视觉文化"研究方式的挑战》，证明跨界文艺作为新兴学科势头强劲。跨媒介叙事的普遍美学特征是文理兼顾，叙事视角多元，有科学性、非文人倾向。跨媒介艺术家多专多能，从纸质媒介跨到影像媒介整合，自编自导，投身影视产业；既是作家又是画家，创造图像诗文，创设公司；既是作家又是记者，打通虚构与非虚构叙事，经营自媒体，多有跨界从职或从艺的成功经验。新时代电子媒介兼收并蓄，网读环境好，免费共享易，成本低，促使口述史、访谈录、网络文学影视及电游手游繁荣发展。人工智能时代有必要探究跨媒介方法论，考查促进跨媒介创意实践和研究的有效方法，如考现法、空间分析法、考古法、时间贯通法、活用传统法及融通创意法。考查有利因素，也剖析不利因素，如网虫网瘾、低俗化与雅致化的悖逆，分析如何消除负面影响。

　　智能文艺研究要处理数字原住民和数字移民之间的审美代沟。不少学者哀叹文学死亡，如德里达、米勒等皆参与过讨论此话题。其实文学不死，只是改换了面目。每种新文学形态冒头之时，都有反对之声。如1996年少君把网络文学概念带到中国大陆时，当时很多作家认为网络文学无用，如今大部分人都通过网络读书写文、认知世界。其实，老一辈与新一代接受新事物存在年龄错位和逆差关系：越是年轻的网络原生代，数码冲浪的时间越长。网生一代经新媒体音频、视频阅读刷屏哺育成长。这些信奉孤独美学的隔绝性个体的知识谱系与前人不一样。网络土著们的新词汇如御宅族、二次元等，自成网络部落方言系统。网络潮人有一套自成体系的脑补数据库，不懂者听来像天方夜谭，新旧两代人存在数字化代际冲突。北京大学邵燕君教授主编的《破壁书——网络文化关键词》专门研究此课题，有些网络方言正在打破次元之壁，进入主流话语。

　　年轻学者与年长学者关心的问题不一样，研究课题也有代沟。从时间来看，有历史代沟，智能文学与网络文学、新媒介文学、超链接文学、电子游戏文学属于时代新课题，不太被传统学界认可，申报课题和发文都比较困难。现当代文学学者们过去带着学生读报刊，如今读网络文学，关注重点可能不再是鲁迅、钱锺书、张爱玲等。学界的学术鄙视链也在发生变化：古代瞧不起近代，近代瞧不起现当代，现当代瞧不起华文、网络、科幻文学。事实上，处于鄙视链低端的华文、网络、科幻文学反而发展迅速，大有从边缘走向主潮之势。超前的现当代文学研究学者自觉接受比较文学、华文文学、网络文学、媒介学、叙事学、符号学等学科介入，因应智能文化环境，现当代文学学科归属有变.更讲究无边无界。中国新文学本来就包含敢于打破窠臼的质疑精神，这和网络文学、智能文学等在精神上是一脉相承的。

从正面角度而言，智能文学＋跨界文艺将生成学科融合盛宴。2017年，美国西拉姆学院提出"新文科"概念，强调学科重组、文理交叉，将新技术融入哲学、文学、语言等课程，讲究综合性跨学科学习的"化学反应"。耶鲁大学校长苏必德说："我们已经到了最需要人文学科的时候。"人工智能时代更需破旧立新思维、独立思考能力和文化创造力，如信息技术与艺术融合为网络化艺术设计。现今人才培养模式多为专科精研，若要转变不是一朝一夕就可实现。因此，教育理念首先要根本性扭转，实施通识教育，培养全面发展的创新型人才，由关注现实到关注未来。跨界融合成为新学科是大势所趋，文学文化如不能对人工智能高科技提出新的见解、新的因应之道，将更加脱离社会实践；如果没有原创性、纳新能力、自变能力，则更趋边缘、退化乃至萎缩。技术固然重要，但真正将人类变成奴隶的，从来都是人本身，而不是机器。越来越多的学者对新兴事物有包容的气度，从史料研究中抬起头来，走出书斋，走进日新月异的智能世界，从思想深度意义上参与这场新时代的学科对话。在人工智能应用爆发的当下，跨学科共创嵌合的互动对话是现实要求。

紧扣21世纪文艺发展趋势，有必要探究智能文学的研究领域、知识体系、学科定位和学科体系，分析智能文艺建构的学科意义、理论意义和实践意义。科技媒介发展给文艺带来颠覆性改变：从口头说书到印刷长篇，发展到网络影视新样式，再到人工智能与媒介文学互动。过去，大数据主要用来进行文学统计，通过计算词频来分析作家风格、分析各地作家数量质量、粉丝排行榜等。如乔克思《大分析》借大数据分析词汇语法、语用语体、言语识别，阐释文学特征、概率数据、文本比较、历史检索、频率统计等。信息增长依靠量（Volume）、速（Velocity）与多变（Variety），即道格·莱尼所称的"3V"。如今，大数据、云计算、混合云等概念层出不穷，大数据文学有更多的可能性，将更了解受众口味，诞生出私人定制文学、机选阅读等理念。正如 3D 打印时代不再是工厂批发生产，而是消费者决定个性产品，受众决定需要什么样的文学样式。有专家提出，未来教育不应是标准化的，而应是定制化的。智能跨界文艺将更了解受众需求，精准定位，收获粉丝。跨界艺术家多跨境行走，善于捕捉全球个人乃至大众的口味，把握受众的群体或者个体需求，更大众化、接地气，更重受众参与。决定文学趋势方向的可能是庞大的粉丝军团，而不再是某些文学评论大咖的一锤定音。因此有必要考察衡量智能文艺的标准除了语言、美学价值还有什么因素；粉丝经济如何影响跨界创意的评价标准；大众口味与雅致艺术的平衡互动，视听率、点击率、排行榜和渗透率的评价意义；探究智能文艺的评价标准、经典界定等。

智能文艺对学术研究提出了新挑战、新问题和新思考。在讲究跨界趣味性的赏读环境下，文学的本质何在？电子化阅读是否碎片化阅读，是否使人对纸质阅读兴趣降低？年轻一代会不会陷入对虚拟世界的内向沉溺？为什么人们对印刷品无此担忧？智能跨界佳作如何在内容与形式之间找到恰切的平衡点，深度分析如何为解决问题提供诸多可能性？创意文艺是否要经世致用，要适应于战略经济，讲究效益？人文学科变成工具价值，是否会出现结构性崩溃？电脑与手机两套数据资料何时打通互融？信息孤岛、信息矛盾等问题如何解决？

智能跨界文艺研究面临海量信息爆炸难题。受众的品赏评论再创作决定智能跨界文艺的生命力，而智能机器是否有欣赏智能文学和跨界文艺的需要和能力？海量作品由谁来阅读，智能跨界文艺作品会不会成为垃圾数据围城？谁能从海量信息中提供有价值的指引，将大众从信息垃圾中拯救出来？现如今有 AI 榜单，能瞬间读完几百万字，并选择和判断出优秀作品进行综合排名，且能从众多作品中精准识别 AI 写作的文字。2019 年初，"谷臻小简"评出国内第一个 AI 文学榜单，最受人工智能青睐的 2018 年文学作品是科幻作家陈楸帆与人工智能合作完成的《出神状态》，然后是莫言的《等待摩西》。"谷臻小简"对文学的数据化判断以情节曲线、人物情绪的纠结度为标准，但还很难甄别语言的好坏。所以，粉丝榜单、AI 榜单，这些都不是唯一的标准，还需要人力的高级识别。

智能跨界文艺研究还面临评价标准问题。如何评判智能文学？文学标准如何巨变？中国文学研究讲究"一体三翼"，即文学史、文学作品和文学批评构成的体系，那么智能文艺创作后，整个文学体系还需要人来操纵吗？文学史和文学批评的工作由谁来做？仅是粉丝军团或者智能军团吗？古代有《文心雕龙》为代表的批评理论，现代文学也有中外不同的文艺理论、批评术语，那么智能文艺成为主流之后，文学批评的整个话语体系、理论系统是否也会发生翻天覆地的变化？是全部推翻由智能机器自己去写，还是人类跟在智能机器的后边去研究？他们的高产会不会让人类变得亦步亦趋、极其被动？关于智能文艺的伦理问题，是自 20世纪 90 年代克隆技术的产生后就备受争议的话题，生物医学与人工智能在 21 世纪高速发展且造福于人。毋庸置疑，人工智能将来能创作出代表时代特色的、走向经典的文艺作品，可是，他们创作的真情实感从何而来？柏拉图提出的灵感说对他们意味着什么？生活的点滴碎片对他们有无触动？如果人工智能要求公民权利、法律主体资格，如何应对？智能文艺的著作权、版权花落谁家？到底是属于他们自身、背后的程序员、公司还是全人类？一旦作品因程序故障或被犯罪分子利用出现误差或错误，大肆宣传不良信息，那么责任又归于谁？如何通过人工智能写作反思人类自身写作，从而让人类文学评论成为灵性而独立的灵魂？如何通过智能写作反逼人类文学评论的拓展，使得评论随人工智能一同完成进化升级？问题层出不穷，提出了更高的挑战，亟须人类和人工智能一道思考、改进和发展。

第二节　跨媒介文化的 "5W1H" 传播

一、面向未来的跨界需求

　　想象一下，未来跨界创意的新可能性。将来的影院，没有座椅，没有银幕，只有全息剧场，或电脑游戏式影院，观众置身于高仿真的虚拟空间，真切地闯入虚拟的天体、星球、洞穴、海底、微生物世界等，闯入龙卷风的中心、感受地震的撼动，观众能与人物握手，与人物互动，甚至改变原先故事的走向，参与者完全沉浸其中，刺激的历险，仿佛亲身经历一场全新的人生，好像行走在一个平行世界，虚设的小宇宙之中。受众可以经历一场又一场的平行世界、小宇宙。观众像点菜一样，自由选择组合自己想过的人生频道，并在虚拟影剧院经历一番。经由各种虚拟选择，或许能找到合适自己的爱人、职业、人生。最近有款想象式的"神灯搜索"：触摸手机边框，就像神灯召唤一样，手机上浮现出全息影像，3D 影像活灵活现，生动有趣，订餐办事轻而易举，唾手可得，谁看谁心动。或许还有虚拟人，像真人版"神灯"，可以帮办各种事情，成为贴心棉袄，招之即来挥之即去。

　　未来世界可能到处是可视可控的透明超薄触屏。有个微视频描述十年后手机屏幕消失，特殊的光伏玻璃材料可触可控屏幕大派用场，用于每天的生活，从闹钟，到相册，到厨房家具，到处都是建筑和汽车显示玻璃触屏，可折叠的玻璃书库等，该片展现了未来的屏幕化、万物联网化的便捷美好生活前景。

未来机器人可能像真人一样，能做家务、看家和管理行程，甚至成为伴侣。有个 7 分钟微视频，名为《卡拉》（MR4），讲述生产线正组装一个机器人，一步步成为一个美艳尤物，多才多艺、会多种语言、寿命有 100 多年，她自我宣告，欢迎大家买回去做伴侣。但是组装完成之后，机器人想有生命，想成为人。于是，被视为意外出现的残次品，要立即拆卸。直到她梨花带雨地求饶，自愿埋没任何思想，才被重新组装归队，成为真正的商品机器人。

未来电子商务不再是空间之争，如争夺渠道、卖场等，而是直接切入时间之争，24 小时均可购物，地方差价的壁垒被摧毁，到货更近、更快、更短，让人实现短购物、宅生活。商务智能化，通过数据，网络店家洞察顾客意向，提前送货。未来的概念房车功能更全面，组装更灵活。将来，环球旅行不再是时尚，太空旅行才是。迪士尼电影《疯狂动物城》，想象全新的动物社区：肉食与素食动物和平共处，尊重多样性和差异性，减少歧视和偏见，努力建设美好城邦。微信公众号的稿酬不再由出版方付资，而直接由粉丝在微信打赏支付，卖文为生，有了新的形态。眼泪可以显微拍摄，每个人心情不同时，雪花般的眼泪结晶体不同，千姿百态的眼泪可结集成个人影集。

所有这一切都是跨媒介，都属于新的跨界创意。未来学家丹尼尔·平克说，未来人们要有六种技能：设计感、讲故事能力、整合事物能力、共情能力、会玩的能力及能找到意义感。这也正是跨界创意的能力。

2016 年 10 月，诺贝尔文学奖颁给了鲍勃·迪伦，以表彰其"在伟大的美国歌曲传统中创造了新的诗歌表达"。他是音乐家、艺术家、诗人、民谣歌手及格莱美终身成就奖获得者，拿奖拿到手软者，他恢复了音乐与诗之间的重要联系，代表作如《答案在风中飘》《时代在变》《叩开天堂的门》等。2016 年音乐人获诺贝尔文学奖，类似于 2015 年的新闻记者获奖，但不同于罗素、柏格森哲学家和丘吉尔政治家等获奖，因为新的变化反映了一种新的风向：诺贝尔文学奖脱胎换骨，跃出纯文学的边界，注意到新时代的跨界井喷现象，认可音乐与文学融合打通的可能性，有些划时代的意味。

跨界，其实就是无界。无界则有创造。文学与音乐等艺术之间无界，爱与不爱也无国界限制。各路优秀的艺术家在人文的路上相遇。如果中国旧体诗词、新诗与歌词也从三足鼎立、各司其职，走向融合，将是怎样的盛景？我们在拓宽文艺的边界，也在拓展存放自我身份的容器。

创意，即创造性的好主意。跨界创意，在有界与无界之间融会贯通，将日趋成为主流。约翰·霍金斯《创意经济》指出，创意经济每天创造220 亿美元的产值，平均以 5% 的速度递增，而美国和英国增速分别为 14%和 12%，其增长速度比传统服务业快两倍，比制造业快 4 倍。资源有限，创意无限。创意已经成为经济主流。资本时代过去，全球创意经济时代来临。

创意经济在 21 世纪兴起，情有可原。在人类文化传播的三个阶段中，口传和印刷发展缓慢，数字网络电子化的发展则呈指数速度增长。刚兴起不过百年的影视传媒，已经被记入传统之列。传统、现代和后现代更替越来越快。今世资讯以光速流行，手机、DVD、MP4、QQ、博客、微博、微信等，今人备件更新换代眨眼之间实现。

随着网络数码、互动影像兴起，虚拟空间开辟社区，形成前所未有的线上人际网络。计算机从地下室走上每个人的台面，电脑操控从手指的舞蹈，发展到触摸的屏幕，再到向非洲人学习全身舞动操控，未来将有穿戴上身的电子设备，每个肢体动作都会有新的行动效果。穿戴式电子设备，既可以操控设备，也可以进行有氧运动。

过去，学而优则仕，文统天下。后来，经济基础决定上层建筑，财统天下。如今，计算机网络时代到来，网统天下。未来社会将从万人互联走向万物互联，成为高度关联、无孔不入的智能世界。网络天下，联结一切，所以，学术研究也应该找到一个网罗之法，跨界研究法就是个尝试。希腊哲学家赫拉克利特说过：这个世界唯一不变的就是改变。创意的产生是一个动态的发展过程。比尔·盖茨曾说，创意具有裂变效应，一盎司创意能够带来难以计数的商业利益、商业奇迹。时代巨变，时势造创意。在无边无界的网络时代，跨界势在必行。我们有必要省思互联网时代的各种跨界创意可能性。

二、"5W1H"法

跨界文化创意实践及其研究是新时代的新课题，发现网络化、数字化时代的文艺新形态，挖掘人类的跨界创意能力，开拓新文艺的拓展可能性，具有前沿性，具有前所未有的整合观。

世界日新月异，研究的范式也随之不断更新。范式应该不仅是某学科某阶段的共识，更应该强调变革性、颠覆性的力量。例如，从地心说转向日心说，再转向当今全新的天体宇宙论。有人说，一等研究改变观念，二等研究探究如何让理论联系实际，三等研究搜集资料。其实应该说，搜集资料是基础，理论联系实际是台阶，改变观念是研究的更高目标。

用新闻传播学的"5W1H"法，作为探讨跨媒介的初始理论，不失为好方法。1948 年，美国学者 H·拉斯维尔的论文《传播在社会中的结构与功能》，首次提出构成传播过程的五种基本要素，即"5W 模式"：Who（谁），Says What（说了什么），In Which Channel（通过什么渠道），To Whom（向谁说），With What Effect（有什么效果）。这表明，传播过程是说服过程，是目的性行为过程，具有企图影响受众的目的。这跟叙事交流目标一致。

后来经不断总结，该理论产生出更成熟的"5W1H"模式，即对选定的项目、工序或操作，从六方面思考：原因目的（何因 Why），对象事情（何事 What）、地点场所（何地 Where）、时间程序（何时 When）、责任者、执行对象（何人 Who）、方法手段（何法 How）等。"5W1H"原则是一种定律、原理、流程和工具，为跨媒介研究提供了科学分析方法，有利于进行跨媒介创意的规划与分析，提高效率，有效执行。前期的规划，中期的执行，后期的反馈，便于跨媒介研究的深化发展。研究跨媒介文化需要弄清六个层次的问题，具体如下。

三、文学跨界做什么

文学是一切艺术文化的母体。叙事述情、言志载道、兴观群怨，这是文学乃至跨媒介艺术的根基。跨界者成功的基石，最基本的还是对文学的热爱、摇笔杆子的才华，对内容和形式的开拓与创新。不管怎样跨界，年少时的文学阅读积累都很重要。底气要足，根基要牢。若没有青少年时代阅读的积累，很难成为跨界的人。文学是根本，是未来发展的发电机。鲁迅如果没有百草园的修炼，也难以弃医从文。林怀民本学中文，作家出身，后来转向舞蹈，成功地将中国传统文化渗入舞剧中，弘扬中国传统文化，使中国舞蹈真正走向了世界。

跨界创意如何对文学叙事产生革命性影响？若从文学角度考察，跨界创意有几种方法。

其一，文理跨界整合法。文学与科学从对抗走向对话。小说家而有深厚的数理思维，更易见人未见，别出心裁。科幻小说是此类典型，用幻想的形式，表现人类在未来世界的物质精神文化生活和科学技术愿景，其内容交织着科学事实和预见、想象。这是随着近代科学技术的蓬勃发展而产生的新文学样式。科幻小说往往上知天文、下知地理，左知科技、右知艺术，前知历史、后知预见，各行各业，无所不知，无所不包。科幻作品多由有理工科功底的作家写就，如刘慈欣科幻小说《三体》、天体物理学家李淼随笔《另一种想象可能》，均展示出更宏阔的宇宙新说想象。

当然，也有非科幻的文理跨界。如《质数的孤独》《软件体的生命周期》《你一生的故事》等作品。意大利80后作家、粒子物理学博士保罗·乔尔达诺于 2008 年出版处女作《质数的孤独》，迥异于常，以质数隐喻难缠的人物关系、难言的孤寂。质数是只能被 1 和自身整除的数字，是所有整数中特殊又孤独的存在。小说讲述年轻人马蒂亚和爱丽丝，都有痛苦的童年创伤，两个孤独者若即若离，爱若游丝。质数是孤绝的，难以结对，难以找到规律。质数与其他合数绝缘，爱丽丝和马蒂亚这两个质数，难以融入周边亲友人群这些合数，与现实世界格格不入。两个孪生质数，也不易找到心灵连接点，马蒂亚和爱丽丝彼此相近，却无法靠近。书籍页码排版，也是按质数从小到大的顺序 2，3，5，7，11……来排列。质数的孤独渗入边边角角。该书获意大利最高文学奖斯特雷加奖，位列欧美超级畅销书。两年后，意大利导演萨维里奥·克斯坦佐将之改编为同名电影，获得第 67 届威尼斯电影节金狮奖提名，从文理跨界，转为媒介跨界，再次华丽变身。

少君，被誉为"中文网络小说第一人""新移民实力派作家"，北大声学物理专业学士，获得美国经济学博士学位和福建师大的文学博士学位，文理兼修，学位拿全，已经出版 50 多部著作，如《人生自白》《奋斗与平等》等。理工男而以文学成名，类于北大物理学家丁西林。丁西林以独幕剧闻名，少君以网络文学成名，各有风采。中国台湾网络文学名家蔡智恒是水利工程博士，《第一次的亲密接触》将数学微积分定律运用到"网络无美女"的推理中，幽默有趣，让人耳目一新《对角艺术》，将数学的对角关系用于艺术创作，作家董启章与画家利志达合作，开拓图文互涉创意，言不尽意则辅以图示，意蕴更加多元。

理工男女舞文弄墨，成为网络写手，跨学科和跨领域的渗透，使得网络文学语言涌现出科技词汇，新词汇剧增，语言更自由无拘，吸引各行各业的网民，因此，网络阅读更加兴盛。最近微信有一篇文章《无数学不人生》传得很火热，从数学定理中发现人生哲理。文学语言与数学语言一旦通电，就会火花四射，让人觉得匪夷所思，文学怎么可以如此表达，怎么可以如此焕发出新的活力。

其二，文本外部的跨媒介法。以文学为主体叙事，吸纳其他艺术或媒介技术，互借互鉴。此类实验，在叙事方面，有纸上电影，如杜拉斯、张爱玲、西西、李碧华和严歌苓的小说都尝试过化用电影语言，营造蒙太奇镜头感；采取电影化时空修辞法，时间浓缩，空间错接；运用电影化结构，串联不同时地的人事；采用电影化心理描写，内心世界外化、外景展现内心、全知全能视点间杂内聚集式意识呈现。李碧华还从戏曲中吸取养分，重述白蛇传、霸王别姬等故事。

在谋篇布局方面，有地图小说，从地理学科获取灵感，如董启章的《地图集》；有向建筑取经的庭院式小说，如西西的《我的乔治亚》分层分进建筑体；有向波斯飞毯学习的编织体，如西西的《飞毡》的蝉联编织体；有向中国麻将取法的结构体，如谭恩美的《喜福会》，讲麻将俱乐部几对母女的故事，采取麻将结构叙事法，如不同的庄家轮言，以座位和出牌顺序轮流发声，内容与形式水乳交融。

服装设计与文学叙事交织，《古董衣情缘》，以各款古董衣设计法，来安排情节人物，叙事结构类于缝制方式。西西的《缝熊志》《猿猴志》自创"缝制体"布偶展文学，开拓触觉符号学新路子。

从热门电视节目《百万富翁》获取灵感，陶然写成小说《认人，你肯定》，化用知识竞猜游戏，但人物不是挣扎于百万大奖，而是犹豫将凶手擒拿归案大快人心，还是放生凶手以免招致更大的灾祸。全文书写受害者指认凶手的心理较量、内心煎熬惊心动魄。印度电影《贫民窟里的百万富翁》则是竞猜节目的现实人生版，流浪儿参加《百万富翁》，一夜暴富，却被警察拷打逼问，以为其作假，于是其逐一追忆、申诉为何能答对题，背后是惨痛的人生际遇。

其三，文本内部的跨界整合法。文体文风混搭交织，古今文本互涉改写。20世纪初，文言文变为白话文后，诗文退居二线，小说独占鳌头，兼收并蓄。传统文学功底深厚如梁启超、鲁迅者，融入大量非小说笔法，如日记、书信、笑话、轶闻、游记、答问、诗词、史传等文类，促进文体变化，小说不仅可做风俗通读、可作兵法志读，甚至可作唐宋遗事读、可作齐梁乐府读。

过去的文学跨界，主要表现在主题、人物和情节的挪用转化等，鲁迅、刘以留、西西、李碧华、陶然等都是故事新编高手。陶然晚近微型小说创作实现自我突破，对《三国演义》《水浒传》《西游记》等进行跨越时空的故事新编，穿行于抒情与魔幻，这恰似克里斯蒂娃说的互文性，即文本都是对过去引文的重新组织。香港文学善于纳旧迎新，在技巧、结构、语言及美学风格上再造活血，通经活络。

当代新潮的文学跨界，更强调多体整合，文体创意更丰富，如西西《哀悼乳房》综合对话体、词典体、数学体、蝉联体、互动体等；董启章《贝贝的文字冒险——植物咒语的奥秘》串接电邮体、书信体、魔法体、儿童文学体、书面体与口语体，深入浅出化用叙事学，在游戏练习中激发写作创意；董启章还创设文献体、物件体等写法，如《梦华录》不以人为中心，而书写 99 种物件，生成 99 个短篇，以共时法再现香港史，以物物关系看尽香港的繁华与孤寂。总之，文学跨界不断演进、递变、更迭。

首先一个层面，对象（What）。什么是跨媒介文化？跨媒介需要什么零配件，拿什么来跨媒介？跨媒介的传播手段，是用什么来传播信息的，即用什么传播符号？如何激活、打通、融合各种元素？具体有哪些类型？跨媒介生产什么创意？哪些最有创意，并发展成系列作品？有哪些作品已成为经典？

如今媒介的定义相当多元。不同的学科门类，根据各自目的，有不同的研究对象取舍。媒介不仅是媒介的管道或者传输概念，也是符号、技术及文化实践。跨界研究不仅包括言词文本，也包括非言词文化文本，如影视、美术音乐、戏剧晚会等；还包括虚构与非虚构纪实文本。跨媒介不仅指小说的影视改编，这只是一个很小的范围。若用通俗易懂的话来说，跨媒介就是研究如何多专多能、多才多艺，省思各种跨界创意是如何激发的。

如果从学理角度而言，文艺领域的跨媒介，探究文学与艺术、文艺与科技的联姻，各媒介如何互相吸取创意灵感。这主要有几种形态：一是文学叙事吸取图像、声音、影像、舞蹈及音乐叙事的灵感，创造新内容和新形式；二是艺术品从一媒介向另一媒介变异，实现不同媒介载体的改编、转化；三是同一个文本历经多种不同媒介的转换、变形、再生；四是集听、说、写、读、音、像、文于一身，以数字化平台为基础，整合多种媒介手段，完成事件叙述，新和旧、同质和异质媒介越过自身边界，经横向、纵向或斜向整合，实现渗透融合，成为综合媒介。跨界整合，讲究文学、艺术、科技、经济、金融、媒介传播、文化产业等转化，多种渠道的打通。

如今文学的边界何在？在数码网络时代，文学要转型升级，从楚骚、汉赋、六代之骈语，到唐诗、宋词、元曲、明清小说，到20世纪长篇小说，再到21世纪跨界艺术，传统文学边界早已被打破，新式文学迈入无边无界的时代。只要人类还需要说话和思考，语言就不会消亡，表情达意就不会消亡，文学就不会消亡，但文学将改头换面。

四、谁来做

其次我们要考虑人员（Who），谁在进行跨媒介实验？谁接受跨媒介文化？

新时代的受众是"产消者"，1980年未来学家阿尔文·托夫勒创造了这个新词，将"producer"和"consumer"合成为"prosumer"，产消者即生产者和消费者的结合，按消费者意愿直接定制产品。跨界创意人员方面，除创造者还有重要的考量因素，即受众。受众带目的来欣赏，具有参与意识。跨界创意更强调受众的互动参与。受众对媒介的参与程度，主要指受众在接触和使用媒介时的介入程度。受众参与程度不同，媒介创意效果也会不同。产消者将如何推动跨媒介文化建设？

跨媒介文化要在发送者与接收者之间流转，才能完成。这种流转不容易实现。跨媒介应时而生，号准了时代脉搏；也要随时而动，像太极图阴阳流转，处于动势才会有生命力；行走于潮头浪尖，先知先觉；而不是深陷流俗，后知后觉。阿帕杜说全球化有五种图景：跨国人种、资金、观念、媒体图像和技术流动。跨媒介要把握人流、物流、信息流、货币流、文化流，在流动之河中打捞宝藏。不同领域、层级的文化流转能激发创意，詹宏志认为有三类：一是异民族文化对本体文化的冲击，二是品味文化层级的流动与辩证性，三是次文化团体对主流文化的刺激。当今全球化时代，各国各地区的异族文化渗透几乎到了看不见的程度，而且不同层级品味文化也在互化：大众的变成上层的，通俗的变成高雅的，青年、女性及特殊族群的文化变成主流文化。詹宏志和赖声川都是研究创意思维训练的名家，值得关注。有天赋的跨界天才极少，无须教化。但大多数的跨界人才是可以训练的。

有人说，跨界创作有种不可逆转性，即在文理跨界的流转中，学理工医学者较容易向文学跨界，但是学文学者则不能或者很难跨越到理工科领域。目前跨界的作家很多，多从商界、医学界、新闻界跨到文学界。但是，从理工科特别从 IT 行业，跨到文学界的不多。而且，跨界进入文学界后，还留在原理工领域的作家则更少。美国有此类人才，但也不多。为什么有此现象？如何破此困局？或许未来艺术创作不再仅是个人独行，而有越来越多的集体创作，文理科创意者集结，取长补短，思维碰撞，跨越疆界，打通文理。

跨媒介创意，对创造者与接受者都提出了更高的挑战。中文系培养文学人才，但是真正成为名家、编剧、主编的，往往都不是中文专业科班出身的，为什么？因为名家往往都是杂食家，都是跨界者。而成功的跨界者，有几个特性：知识结构的多重性、眼界的开阔性、语言驾驭的自由随性。要么是跨行跨业的从职者，要么是跨海跃域的移民群，要么是多才多艺的才子才女。跨界作家的多元经验、多重职业、人生积累和知识结构往往比专业作家、职业作家丰富，因此能有新的视点，不同的生活视角。未来，将有越来越多的跨界者涌现。

具体而言，跨界创造者起码有三个层面的要求。

一是博学：见多识广、职业多元，阅读阅历越丰富，受大众喜欢的人。知识经验越渊博，据点越高；越多才多艺，组合可能性越多，越有利于成就人的交叉思维，打通专业壁垒，激发头脑风暴，产生创意，开拓出美第奇效应。

二是跨越：古今穿越，中西异地交流，跨时代、跨语言、跨民族、跨领域吸纳新元素，才能开拓新文艺风。后现代社会强调同时性、同存性，不同时空在同一立体面展开。香港很典型，容纳混杂人种、特殊历史地理和不同生活制度带来多元的消费观、价值观。多变多元的复杂社会，只有后现代时空展示法才足以涵括。

三是创造：见人未见，想人未想，敢为人先，脑洞很大，异于常人。各行各业的顶尖人物，更容易实现独辟蹊径的跨界。文化缔造过程在于，从先知先觉经营者，到后知后觉跟随者，再到不知不觉消费者。例如，在跨媒介转型路途中，弗兰克·赫伯特做过摄影记者、广播评论员、作家编辑、潜水员、相扑教练、野外生存训练师等，专业涉及海洋地质学、心理学、航海学、丛林植物学等，他还是高产的科幻小说家，代表作《沙丘》，将生态学、宗教、沙漠救生技术、哲学及同战争有关的政治学理论联系起来，构成了扣人心弦的故事。要做先知先觉者。一是创造新术语。如西西创设"我城"，成为香港符码象征，广为人知；创设"家务卿"术语，对应于"国务卿"，为家庭主妇正名。二是创造新思维。电影吸纳3D技术，或与电子游戏整合；微信、博客、微博影响网络文学；音乐剧歌舞艺术整合新变；体育小说、音乐小说、建筑文学和地理小说拓展空间叙事。跨媒介要求创作者具有广阔视野思维，具备高超的创作技巧；既需个人天赋，也需集体智慧、团队合作。若出精品，更需千锤百炼。

面对闻所未闻、见所未见的跨媒介艺术作品,受众如何接受、反馈参与?

跨界创意挑战受众已有的赏读习惯,要求新型受众有新知识背景、眼界、素养胸怀和开放心态,有好奇心,敢于接纳新鲜尝试。艺术家要有敏锐的跨媒介意识,受众也要有多才多艺特质、敏锐视野,才能挖掘新作品隐含的丰富元素,体悟到跨界艺术的奥妙和不足。赖声川说:"人类最伟大的创意作品能够将观看的人提升到更高的觉知、更高的存在……甚至于全人类和宇宙都连结在一起。"当今文艺强调创作者与接受者互动,已经成为新时代特征。经典叙事学多从作者角度考量,研究如何表述作者意图;而后经典叙事学多从读者角度考量,解构作者权威,考查如何全方位调动读者的思考,让读者阐释并接受文本的意义,强调创作者与接受者的平等关系。

狂热痴迷的受众被称为粉丝。粉丝文化研究日益鼎盛。粉丝的沉醉、陶醉,被界定为沉浸。跨媒介叙事4"I"元素起关键作用:沉浸、交互、整合与影响。沉浸和交互引导受众深度融入媒介叙事中;而整合和影响则将故事从屏幕向现实生活拓展。布莱斯指出:虚拟现实创建沉浸感觉,产生脱离所处现实世界感觉,其由感觉器官独立产生,而不是心理想象力产生。沉浸艺术要求发动全感官感知,不同于传统艺术保持相对独立性、完整性,而鼓励交互参与,像戏剧般营造虚拟世界。瑞安构建沉浸诗学的三个类型:空间沉浸,原文本构建的世界扩展;时间沉浸,叙事进程的流动;情感沉浸,移情效果,唤起情感反应。

跨媒介文化日益新鲜奇特,还可以继续设想各种跨界流转方法。媒介使人与人、人与事物、事物与事物之间产生联系,有几种合作方法。一是人与人跨界法:舞者与作者、作家与画家、歌手与词手、作者与导演合作,既可以是个人多职多能,一人饰演多角色,也可以是艺术家跨界集体创作,或创作者与接受者互动创。二是人与物跨界法:一人与多物,一人同时展示几种手艺,如手沙画;各人与一物,如男舞者或女舞者跳《四小天鹅》效果。三是物与物跨界法：媒介与艺术、文学与艺术、地理与文学、生态与艺术整合等。分析跨媒介的跨越、化合、流转的方法策略，有利于探索文学、艺术、科技之间实现创意的方法理论。

五、为什么做

为什么要跨界？为什么在这个时代出现？跨媒介文化为了什么？为什么文学要与其他艺术及科技联姻？为什么非做不可？这是需要思考的第三个层面，因果（Why）。

适应如今的时代需求。时下有三股力量推动着跨界业的多元发展，一是全球的移民流动，二是电脑数码传媒的技术跃进，三是科学与文艺的融合。在"互联网＋"时代，互联网形态演进由知识社会创新 20 推动，经济社会发展新形态是"互联网＋各传统行业"，如电子商务、互联网金融、在线旅游、在线影视、在线房产等。当今社会同时也是"媒介＋、艺术＋"的时代，这些层面的跨界难度更大，要求创意程度更高。

跨界因时而动。当今"自媒体"时代，以个人传播为主，人人都是记者、新闻传播者，新闻提高了自由度，增加了交互性、自主性，传媒生态发生前所未有的转变，出现"自媒体宣言当你的微博粉丝超过 100个，你就是一本内刊；超过 1 000 个，就是一个布告栏；超过 1 万个，就是一本杂志；超过 10 万个，就是一份都市报；超过 100 万个，就是一家电视台；超过 1 000 万个，就是一家省级卫视；超过 1 亿个，那你就是 CCTV。丹·吉尔默认为，媒体有三类：媒体 1.0 即旧媒体、媒体 2.0即新媒体、媒体 3.0 即自媒体。自媒体是博客、微博、论坛和即时通信的总称，又称参与式媒体、社会化媒体、合作媒体和用户生产内容媒体。自媒体演变出互播特性：传播理念平等、传播价值同向、传播渠道网状、传播时效高速。但"自媒体"只是信息发布的平台，要对信源负责任地求证，要有把关能力，才能具有公信力。在网络时代，从"我媒介"发展到"我们媒介",从"我城"的区域城市概念发展到"我们城"的全球网络社区概念,社会日新月异。

跨界为了预见危机,解决危机。全球社会从触电时代转向触网时代,世界成为图像,语言退居边缘。小说在 20 世纪本居主导位置,到了 21 世纪却岌岌可危。穷则思变。那么,如何应对复杂多变的新时代现象和状况? 21 世纪的文学艺术和文化主体如何转型? 在强调混拌杂糅的后现代文化语境下,文艺只有转型,变革才能化解文学危机,才能在新时代中取得新的生存空间。吸收各媒介优点,超越文字语言的表现能力,才能更好展示文本。跨媒介叙事是新时代文化整合的产物。跨媒介文化,将是 21 世纪文艺发展的新趋向。

跨界目标在于创造美第奇效应,即打通不同领域、学科、艺术及文化的概念,开拓创新思维。起源于 15 世纪意大利的美第奇家族,资助各学科专家打破壁垒,场域碰撞,爆发出惊人创造力,开创出文艺复兴时代。跨界关键在于找到不同范畴契合的焦点,即交叉点,以会通组合、求异创新的思维策略,新创意混合旧观念,跳脱单一惯性、本色当行的联想障碍,催生出创造发明。不同背景者互相合作,寻找通向成功的钥匙。弗朗斯·约翰松从经济管理角度研究美第奇效应,如何用创意谋职挣钱、发展企业。我们则探讨艺术的美第奇创意,文学如何与其他艺术门类、学科范畴、文化领域找到交叉点,创造出新的艺术文化想象。

六、怎么做

怎么实验跨媒介? 怎么实现跨界创意? 为什么用这种方法来进行? 有没有别的方法可以操作? 这是跨媒介创意中最难的层面。

跨媒介要学会方式方法(How),把握跨界手段,创造性地进行实践,不是点石成金,即刻可成,而需要智慧灵感,需要修炼学习、持之以恒。创意要剑走偏锋,然后从偏锋走向正锋,就像书法艺术,中锋、侧锋、逆锋运用起来挥洒自如。跨媒介，组合关联度极低的元素，越风马牛不相及，越有创意，天才的比喻也如是，比喻越不相关，越出人意表。但是，知易行难，知道奥妙，操作起来却甚难。灵光一闪的刹那，转化为永恒的时刻，这是抒情、艺术、创意的核心点。灵光转化为实存，需要艰苦卓绝的努力，正如白璧德说："真正的创新是艰苦的生发过程，只有真正在苦水里浸泡过的创意，才能有撼动人心的力量。

首先难在跨越，创意有三毒：经验、习性、动机。如何突破固定思维，慧眼取舍，找到合适的跨媒介创意组合？新媒介爆炸式发展，跨界选择可能性越来越多，却带来更多难题：如何转，如何借，如何培养创新意识、问题意识，发现跨界的无穷可能性，满足不同人的情感需求？创意多存在于临界点之间：矛盾的左右，善恶的边缘等。

不少艺术家善于挖掘临界点，突破定见，逆转假设，穿越于多重体验之间，从多个角度看问题，组合越随性，越能捕捉到神奇交叉点，越有创造性。如流水能否飞扬起舞？因此有迪拜的顶级音乐喷泉。屋子飞翔？生成 3D 电影《飞屋历险记》。边走边听音乐？有了随身听。火与冰相融？有了油炸、火烧冰淇淋、冰淇淋鸡蛋仔、牛扒杯饮品等。洋人拍中国武侠？《功夫熊猫》就此诞生。MTV，听觉加视觉，互相增势。创造者敏锐地发现符号、媒介、艺术间的微妙相容性，让互不相干的人事耦合对倒碰撞，电光石火般碰撞出新奇物。跨媒介的"跨"是手段，最终要将创意思维付诸实践，产生出有创意的作品。

其次难在化合，在相斥中找到意义的沸点与熔点。如何把握媒介与媒介、艺术与艺术、艺术与媒介跨界的互通点？怎样搭才能激发化学反应？万物皆有灵，如何让"通"形成系统？有些跨界组合能成为佳偶，如西西实验跨媒介叙事，穷一生精力，打通文学与绘画、电影、建筑、音乐的关节点，具有纯净的洞察力，精于挖掘联结潜力，找到美第奇点，创造力饱满。作家朱天文小说与侯孝贤电影共生，既有同质因素的回声，如文学修养、审美情趣及成长主题，都关注个人与社会历史；也有异质因素的差异，体现于个人经历、性别视角、职业身份等，朱天文有古意与诗味，侯孝贤富有野性，善于根据演员和环境特色，即兴修改剧本。

为什么有些人跨界成功？有些人失败？除了天时地利人和、机会的选择，还有很多因素。媒介与媒介也有对抗性，跨界若只是大杂烩，会水火不容，导致相互削弱，就像器官移植、植物嫁接等处理不好，会产生排异现象。各媒介若不般配协调，会导致重复叙事，互相拖累，无法实现主题升华、结构创新。有些跨界则成为怨偶，像功能失常的庞大家庭，像十三烂麻将的不搭不靠，因此，跨媒介联结要找出意义的交融性、精神的相通性：考查主题是否需要通过不同媒介来表现，载体是否具有包容性，提供发挥空间；吃透各媒介符号叙事特性，并加以放大，而不是互相掩盖；把握不同媒介异同，弄清相斥和相融点，同中求异，异中求同，打通可叙述和不可叙述，把握叙述张力，需要智慧。手段也是创意方法，有时候方法一改，全局就会改变。

跨媒介叙事扬弃工业时代的机械复制力，而求熟能生巧、凭心悟道的手艺原创力，时时处处要求创新不断。创意即点子，为灵机一动的随机闪电，独立于时空，无因果，不延续，碎片化。

创意需要跳跃式思维，hypertext 式心智，强调顿悟性、直觉性、非线性、非理性，类似于混沌学、禅宗学，这不可预测、天才式的思维方式，并不源于逻辑推理，不走理性逻辑常轨。逻辑思维忌讳推移法，而这正是形象思维的有效手段，如"歌如珠，露如珠，所以歌如露"。因此跨媒介研究要另建形象逻辑话语，另辟新路。

七、创意之地何在

继续思考场所（Where），哪些地区先尝试过跨媒介实验？哪些地区做得较为成功？为什么这些地方获得成功？哪些地区尚未起步？哪种社会语境适合跨媒介文化的生根发芽、开花结果？如何进行跨地域比较？

174

各区域如何取长补短，互相促进发展？中西文化场域不同，跨媒介创意也会有差异。即便是华人圈内，也因身处地区不同，会有变异现象出现。此外，还可以思考：在哪些专业、学科领域进行跨媒介实验？除小说、电影、绘画、摄影、建筑、戏曲、舞蹈、地图、新闻、广告、电子游戏、市场营销等，还有哪些领域可以互相打通、交融？

　　20世纪中叶后，港澳台经济飞速发展，高科技勃兴，出国留学成风。港澳台文艺家满世界游历，多精通双语、多语，跨行业从职，先锋文艺因此兴起，孕育出跨媒介文化创意的丰厚土壤。香港作为百年电影王国，带动了影视文学发展。3D和4D影视更是跨媒介的新典范，集视、听、动、味于一身，全方位融合数码、网络、卡通等高科技手段，着力于新思维、新产业创意，给叙事艺术带来新的冲击。港澳台跨媒介艺术实验，在中西文化对立与碰撞中立足，在多媒介中吸取灵感，变异转化。香港的快、台湾的慢、澳门的稳等文化因素，催生出三地跨媒介创意的特色差异。

　　一个人就可以撑起跨界创意的王国。香港的西西，多才多艺、创意盎然，跨越文学、电影、绘画、音乐、建筑及布偶手艺多个领域，在不同艺术符码之间谋求交融之道，实验50多年，开拓跨媒介创意体系，创造出"西西体"系列。自1963年起，她写作绘画和电影研究专栏，还写过音乐、体育、读书笔记等专栏，此后创作的长篇小说均有新创意：1975年《我城》的"手卷影像体"；1977年《美丽大厦》的"电梯影像体"；1980年《哨鹿》和1981年《候鸟》的"比兴影像体"；1986年短篇《浮城志异》的"图文体"；1996年《飞毡》的"蝉联曲式体"；2008年《我的乔治亚》的"建筑体"；2009年《缝熊志》和2011年《猿猴志》的"缝制体"等体式。

　　《跨媒介叙事——论西西小说新生态》在博士论文基础上修改而成。曹惠民曾在《文艺报》发表评论，认为该博士论文富于学术的想象力与穿透力，显示出走向前沿的精进姿态；切入口小，探索力度却很大，极富新意，摒弃面面俱到的架构而独取"文体创新"一端，提出了诸如"反线性的性别叙事""蝉联衔接的增殖法""蝉联网结体"等自创新词，独出机杼地凸显了西西的文体创意，把研究推进到更深层面。司方维博士、曹惠民撰写长文《更新论述话语的可贵尝试——评凌逾著〈跨媒介叙事——论西西小说新生态〉》。

当然，独木难成林。跨界创意不是个体现象，而是整个城市的文化氛围所造就的。因此，需要在个案研究基础上，由点及面，不仅考查个别香港作家的跨媒介叙事，更意在重点考察香港整体文化的跨媒介特性，谋求从作品入手加以分析。

第四章

新媒介文学书写模式转型

　　从文学文本视角审读新媒介文学更容易把握新媒介文学生成的内在本质。新媒介文学文本特征的各种表现得以形成源自新媒介的技术性，这种新媒介技术已经强大到在数字互联网媒介场中建构起与现实世界同样具有存在性地位的"虚拟现实"世界的程度。因而，新媒介技术也是一种虚拟现实技术，"虚拟现实"体现在新媒介文学层面就是文学"虚拟性"呈现，与传统文学形成区别。传统文学文本创作的核心观念即文学是一种社会形态；文学用形象反映生活及文学用语言塑造形象等，都离不开对现实世界的依托。而新媒介的虚拟现实技术建构出的虚拟世界成为新媒介文学文本创作中呈现的主要形态和赖以存在的空间场域，也通过重塑人类的感官体验极大拓展了人们想象力、主观能动力和创作欲的发挥，创造出新媒介文学空前的生产与消费空间。"虚拟性"体现了新媒介文学生成的媒介技术本质，却又不仅停留在技术层面对现实的模拟仿真、简单复制，而是在文学与现实关系、主题设定与主题表现、文本创作的艺术表现形式及审美方式等层面的文本书写转型中呈现虚拟性对于新媒介文学的存在意义，寻求与传统文学的关联与差异，沿袭与创新。

　　基于对新媒介文学理念界定和样态类别的厘清，中国新媒介文学在二十年来的发展中，已经成熟的网络文学作品（以小说为主）、被泛化了的微文学作品及超文本文学实验性作品创作等文学样态的生产和发展为新媒介文学积累了体量巨大、丰富而庞杂的文本资源，为探索提炼新媒介文学文本特征提供了依据。其中最突出的满足个性需求的类型化书写文本，即网络文学（以小说为主）作品成为新媒介文学文本研究的重点，也是最能展现文学"虚拟性"的文本形态。

第一节　幻想世界的抽象空间构筑：现实真实与文学真实的解构性虚拟

　　新媒介文学文本创作中，基于创作主体感官想象和丰富的创造力构筑的幻想世界与抽象空间特征显得尤为突出。"科幻"的根源来自新媒介的技术性和虚拟性赋予创作主体的自由无束和无先验的任意创造。传统的文学创作总是先验性地预设文学内容与现实客观世界的依存性，清晰而有效地表达创作主体对现实生活的客观反映，让作品呈现出个体审美与外部世界的人文关联性。换言之，传统文学强调文学真实，认为文学的真实性源于现实真实，是作家经过对一定社会生活现象或假定的生活现象进行艺术概括而创造出来的具体生动的艺术形象，展现出社会生活的本质规律及人生境界、人生理想等。强调真实性，也是在强调文学作品在反映自然社会生活和表现思想情感方面所达到的正确、真诚及深刻的程度，是现象与本质、真相与假象、合情与合理的统一。但对于新媒介文学文本的创作来说，不论现实真实抑或文学真实都显得没那么重要，文学创作关涉人与社会关系、创作宗旨、主体、题材等都较少描写真实的世界，也较少主动承担社会责任感与使命感；在文学真实性的表现上，如关于人物形象的塑造，也并不过于关注人物性格真实或心理真实，对人性深度的挖掘也不及传统文学主动和自觉。新媒介的数字虚拟性和文本即时交互性使新媒介文学重构了人与人、人与社会的关系，真实与虚拟之间的界限变得混沌模糊。虚拟现实的存在，改变了文学与现实之间原初的审美关系，使新媒介文学的主体意蕴发生了深刻变化，混淆了文学创作中主体与客体、艺术与生活的界限，也解构了传统文学中强调的现实真实与文学真实的意涵。

新媒介文学文本中，能够凸显文学"虚拟性"的代表性文类是远离现实世界而构筑幻想世界抽象空间的奇幻文、修真文和玄幻文等类型。这些类型文学文本创作中构筑的虚拟世界糅入穿越、重生、异能等奇特、非现实元素，极富创造力和新奇感，使大量读者（受众）远离现实的压力而融入作者构筑的幻想空间获得逃避、安慰、移情、娱乐等感官享受和超脱现实的审美体验。新媒介文学中构筑虚拟空间、幻想世界的类型书写是文学创作主体基于受众需求和自身能力所进行的自由且恣意的创想性表达。

一、奇幻文学与社会现实观照的目的性消解

奇幻文主要是以西方风格架空世界作为故事背景的幻想文学类型，有成熟的世界设定和语言风格，以及严密的逻辑自洽，拥有鲜明的特征即以"魔法"命名的超自然力量、精灵、矮人等虚构种族，西式的人名与翻译之风盛行，且主要以"男性向"为主。奇幻文的奇幻要素通常包括超越现实的无限想象力、自足的虚拟架空世界、个体生命理想的表达与实现。奇幻文创作对现实性关注很少，与中国传统文学倡导的"文以载道"，文学创作的崇高目标和历史责任相去甚远，不面对现实，也没有鲜明的功利观和批判意识，仅是关注奇幻世界里的逻辑自足、故事的精彩跌宕、叙事的精巧多变及个体生存表达与个性彰显。好的奇幻文也能表达深刻的主题意蕴与内涵，但大都从个体角度探索人性、如何完善自我，强大自我并处理好个体与他者、与自然和与社会的关系。从这个层面来说，奇幻文关注幻想空间而进行的淡化现实真实与文学真实的"虚拟性"创作，对文学传统中曾经相当重要的社会现实观照的目的性造成消解。

2003 年前后，奇幻文成为中国新媒介文学中发展最成熟、最精致的类型之一。此后相继出现不少精品奇幻文，奠定中国网络奇幻文的类型基础，如老猪的《紫川》（2002）、烟雨江南的《褻渎》（2004）、唐家三少的《酒神》（2010）、蓝晶的《魔法学徒》（2011）、我吃西红柿的《盘龙》（2015）、文抄公的《巫界术士》（2016）、羽林都督的《奥术年代》（2017）、流泪的啤酒的《法师亚当》（2018）都在连载发布的过程中引起不小的反响，大量读者粉丝阅读追捧。这些小说文本在创作中，大都符合奇幻文的创作模式和特点。特别是《褻渎》，凭借其独创性的探索、反类型文的写作套路和先抑后扬的快感机制设定成为奇幻文中的奠基之作。《褻渎》以其完全"逆"类型的思维和创作表达成为奇幻文中一个奇异独特的存在，文本以极其虐主的情节贯穿始终，以极其压抑的方式书写绝望的反抗，完全以反"爽文"、反快感机制的操作打击粉丝的热情，却成为这一时期奇幻文的经典文本和深度绝唱，在奇幻文的创作中达到了一定的高度。总体来看，奇幻文作为新媒介文学一种特殊且流行的文本类型，呈现出的书写模式和特征是值得探索的。

首先，体现在奇幻架空世界构筑的无限性与异时空的超现实虚拟。

奇幻文的"奇幻"就在于以无限的想象力和创造力构筑了一个完整、丰富又充满新奇色彩的虚拟、架空的世界。没有现实的局限，不必遵照文学必须反映现实生活的规制，创作奇幻文，对于作者来说既是对创造力的解放，也是无形的考验。作者只有发挥无限的想象力，努力创造神秘、奇异又独特的写作元素构筑幻想的世界，才有可能带给读者新奇的心理感受，吸引住读者。在作者创造的奇幻世界里，原有的时间和空间顺序、事物存在的维度被打破，过去、现在和未来可以互相渗透，空间也可以被压缩、被拓展，各种形态交叉重叠，奇幻世界就是一个奇异的虚拟时空状态，给读者全新的感知感受、超常的心理体验，达到"造奇设幻""幻中取真"来感染征服读者的目的。比如，《褻渎》在奇幻世界的构筑上就堪称典范。作者以其丰富娴熟的笔触构建出一个奇幻的多元位面世界，各种人物错综交织却绝不混乱，逻辑严整层级分明，人族、龙族、魔族、精灵、死亡世界、德鲁伊、魔导师、天使和诸神等人物设置构成奇幻世界严密完整的逻辑秩序，也强化了邪恶与神圣的对立。《盘龙》里也架构出一个位面多元、复杂多样的奇幻世界体系，玉兰大陆位面、戈巴达位面、地域位面、星辰雾海、光明教廷、黑暗之森、魔兽山脉、北极冰原等都充满奇特幻想，魔兽等级、魔法师等级、战士等级、神位等级、炼化神格、灵魂变异、神器等级等都有严格系统的规定。而唐家三少的《酒神》，世界设定比较简单却颇有深意，他利用中国传统文化中的五行、阴阳和天干地支等概念，构筑了一个极富中国文化色彩的五行世界，如黑暗五行大陆、光明五行大陆、天干学院、阴阳学堂、地心世界等，都是五行世界里的设定，人物升级设定主要是掌控天干地支十种元素练就魔技的阴阳魔师，奇异的十系魔技令人叹为观止，每一名阴阳魔师都可以练就一顶属于自己属性凝聚成的阴阳冕。《酒神》可以算是将西方奇幻元素与中国本土文化元素相结合的新式奇幻，更容易为读者认可和接受。可见，奇幻文构筑的幻想虚拟世界，不仅赋予作者施展个人无限想象力和创造力的空间，也给读者呈现了一个奇异的时空，以超越人类存在限制的新方式赋予人类新的视野和体验。

其次，体现在人物设定的欲扬先抑与异世界的生物奇想。

奇幻文创作文本中虽然人物形象众多，设定极其丰富多样，充满幻想力，但对主人公的人物设定，通常都已经形成一定的类型化模式。出于迎合普通受众的接近性心理和快感机制预设，主人公大都经历草根逆袭、小人物变大人物、小白升级成大宗师的套路。在奇幻文中，往往能看见一个在西方奇幻世界里小人物逆袭与成长，欲扬先抑地展现主人公经历层层苦难和奇妙境遇最终变为强者的过程。《亵渎》中，主人公罗格最初是一个道德败坏、无恶不作又肥胖猥琐的小人物，这种设定在奇幻文中是有些冒险的，但也更易产生新奇性，作者在有意让读者形成代入障碍的同时却也产生先抑后扬的"爽"感增强。主人公罗格最大的优势不是在成为史上最伟大的死灵法师罗德格里斯的传人以后拥有的魔兽般强壮的体魄和精通魔界黑暗魔法的强大实力，而是他那巧舌如簧的应变能力和阴险狡诈、卑鄙无耻的内心。最初的罗格被塑造成如"韦小宝"般"贱人英雄"的形象，不具有崇高目标和沉重的责任，攀附着真正的英雄"黄金狮子"奥菲罗克在反抗之路上探索，在卷入权势斗争过程斗智斗勇，逐步获得力量的提升。当奥菲罗克为拯救自己的爱人而被教皇化作雕像时，罗格发现即使是强大的英雄在光明神的力量面前也无抵抗之力，屈从既有秩序成为罗格痛苦的选择，也促使他从"贱人英雄"走向了"恶人英雄"形象，走上了黑暗复仇之路，为了拯救爱人，罗格最终屈从了光明神，在淡化了其恶人形象的同时又其彻底丧失了英雄性。在《亵渎》文本中，主人公罗格这个极富争议又鲜明的人物形象为后来大量的奇幻文奠定了形象模式。《亵渎》中人物的形象是流动的，开篇的罗格和终篇的罗格就是两个罗格，形象发生了截然不同的变化，在罗格成长蜕变、经历无尽痛苦抉择的过程中，罗格从最初卑鄙猥琐、为达目的不择手段的人逐渐成长为努力抗争却又身陷绝望的英雄，并成为自己创造的小世界里新的神祇。此外，像《酒神》中的主人公死后转生到神奇的五行大陆，从一个小乞丐经历重重磨难和历练最终成为拥有奇异的十系魔技的酒神；《巫界术士》里的主人公雷林则穿越到巫术的奇幻世界，从一名小小的巫师学徒开始，利用自身优势和不懈努力获得术士的传承，在神秘诡异的巫师世界探险，最终找到永恒真谛等的形象设定，都有着欲扬先抑的"爽"感效果。比之大多数典型的网文中静态形象而言，奇幻文这种书写形象的由简单渐趋复杂的方式为读者营造更多想象和思索的空间，也为读者制造了更多娱乐和快感心理的满足。

奇幻世界里出现的大量非现实异类生物的设定，也充分体现了作者无限的创想力和虚拟世界的超现实特性。很多奇异古怪的生物只有在超现实的世界里才能看到，如半人马、独角兽、精灵、魔怪、神龙等，展现出一个更加异彩纷呈的世界，这些奇异生物都被赋予自己的语言，甚至可以同人类平等地交流，世界美丽的多样性在奇幻文中彰显，人类与异己的生命状态在虚拟的时空里或博弈或和谐相处，体现出作者对人的存在状态的理解与思考。如《盘龙》中有楼房大小的血睛鬃毛狮，有携带毁灭雷电的恐怖雷龙，有毁天灭地的九头蛇皇，也有力大无穷的紫睛金毛猿，《盘龙》中展现的魔幻世界，因为这些奇异生物而赋予读者更强烈的奇观感受。

　　总之，奇幻文构筑的魔法世界为读者开创了一个神奇的幻想空间，使读者沉浸其间获得愉悦快感和审美欲望满足的同时，却也淡化了文学创作文本宗旨和主题诉求中崇高目标的追求和历史责任的承担，消解了文学创作文本中有关社会现实观照的目的性。

二、修仙文学与人物形象塑造的真实性规避

　　修仙也叫修真，是当下最为火爆的新媒介文学文本类型之一。长期也被混称为仙侠小说，是在欧美等幻想文艺驱使下同时借助中国传统武侠和神魔小说而发展起来的一种中国式幻想类型。修仙或修真文构筑的虚拟仙幻世界，也体现了对传统文学遵循的现实真实与文学真实创作上的规避，特别是在人物形象塑造上，过于理想化或超真实的完美设定，也让读者体验到虚拟抽象世界与现实真实世界的显著差异。脱离现实的人物形象塑造，解放了创作主体自我的、主观的主体想象空间，作者可以天马行空地塑造自己喜爱或者憎恶的人物形象，而不必考虑这种人物形象是否在现实中存在，彰显的个性特征是否符合现实生活逻辑等问题。因此，在修仙或修真文中，可以看到很多理想人物被塑造出来，尽管现实世界不太可能存在，但满足了读者的自我心理映射和情感依赖，达成了读者某种心理需求和梦想观照。

　　修仙或修真类文本根据世界创设的不同可以分为四类，即已有背景可依托的古典仙侠和现代修仙；以及完全凭借想象虚拟构建的以宇宙星

空、架空世界、创世神话等为背景的幻想修仙和洪荒封神。被认为是网络小说开山之作的经典《悟空传》（今何在）就是最早的修仙小说。但《悟空传》的经典意义更多是来自其对传统经典《西游记》的另类书写，首创大话、戏说的方式展现一代人的精神自传式青春追忆和心理满足。而著名网络写手萧鼎的《飘邈之旅》则使"修真"真正成为一种小说类型，在西方奇幻之外首次开辟了中国风格的奇幻修真，堪称修仙或修真类型的鼻祖。此外，梦入神机的《佛本是道》（占典仙侠类）、血红的《升龙道》（现代修仙类）、我吃西红柿的《星辰变》（幻想修仙类）、辰东的《神墓》（洪荒封神类）等都是比较经典的修仙/修真文本作品，呈现出较为独特的类型文本特征。

首先，糅合武侠、仙侠、奇幻等文化元素开创出极富中国风格的修真体系是此类型文本的突出特征之一，修仙境界是又一类虚幻世界的构筑与呈现，不同于完全架空世界的虚拟设定，修仙或修真文的世界架构离不开中国佛教和道教文化的浸润，也与中国神话体系有所关联。以中国文化为背景，把成仙修道作为追求，却又完全不拘泥于传统文化成仙修道的模式而独创出富有中国奇幻色彩的广阔宇宙空间，赋予仙侠修真新的魅力。《飘邈之旅》是修仙或修真类文本的奠基之作，影响了其后无数修真或修仙小说的书写模式，这部作品曾保持长达半年的网络文学榜首之位。《飘邈之旅》的作者凭借天马行空的想象力架构出跨越古今、穿梭宇宙之间的幻想世界，文本构思奇巧，异世界体系建构玄妙奇幻，引入妖、怪、魔、鬼、仙、神、道、佛、仙界等概念却又完全不同于传统文化中对其概念的解读而重建新的概念体系，以通俗自然的笔触讲述主人公的修真晋级，穿越宇宙星空，辗转修真界、灵鬼界、仙界、黑魔界，目睹炼丹、炼器、鬼修、仙修、魔修等各类功法，经历各种奇闻异事、艰难险阻，通过自己的才智能力屡屡化险为夷又能机缘巧合屡获修真能力的提升，最后终于走到各界的顶端并且开辟自己的原界，走上修神之路。作者在创作中将修真者的修为境界分为"旋照、开光、融合、心动、灵寂、元婴、出窍、分神、合体、渡劫、大乘"等十一个时期，且每一种修为境界又都有上下之分。这一修真模式被后来无数修真小说套用，如《佛本是道》《凡人修仙传》《诛仙》《尘缘》等，虽然名称各异且修为境界有所补充，但都大同小异，没有脱离最初的模式设定。修真境界的名字很多取材于佛教与道教的观念与术语，显现出对中国传统文化的传承意味。《飘邈之旅》中的"飘邈"有超越世俗之外的飘逸高远之意，这与"修真境界"展现出的核心精髓和意境不谋而合。在《飘邈之旅》构筑出的幻想世界将视野扩大到整个宇宙且融入很多超自然元素，传统武侠小说中的内功修炼、仙侠小说中的历练修仙、西方魔幻的奇异另类，以及东西方神话、科幻等都融入到修真类文本的创作中，所以"飘邈"的世界显得宏阔壮丽超乎想象，作者把修真界几乎完全架空于现实世界之上，由修真者的修真境界、修真派系和修真者所处的各大星球等庞大的想象体系建构并吸收众多文化元素融合而成。

其次，人物形象超现实、理想化塑造在修仙或修真文本的突出体现满足创作主体自我主观想象的"白日梦"心理机制。修仙或修真类文本通常在创作中有两条主体线索，其一是在修仙修真的历练提升中获得成长启悟的主线；其二是对纯善美好情感的理想化追求。而这也促使作者在创作中对人物形象特别是主人公和主要人物角色塑造得更近完美、理想化，不仅满足作者自我主观创作的心理期待，也容易引发读者共鸣，使读者在阅读文本的过程中，通过自我与主人公的置换获得修真修仙成功的心理体验，寻求到在现实世界不易获得的自我认同和愉悦。比如，《飘邈之旅》中的主人公李强就是一个超级完人形象，仁厚宽和、重情重义；聪明睿智却又毫无心机；真诚善良又无比幸运。他在现实生活中深受打击，经历被妻友背叛的切肤之痛，却也由此逐渐了无挂碍、舍弃凡尘俗世走上修真修仙之路。他由高人指点穿越时空异域，期间不止经历修仙境界的突飞猛进，也经历了世界观和人生观的成熟转变。此后大量修仙或修真类文本都在创作中遵循通过"成长启悟"成就个人的修炼与成长的模式，对修真境界的逐步提升实现自我身份与价值的认定。《佛本是道》里的周青、《星辰变》里的秦羽、《神墓》里的辰南都是这样的人物形象，经历各种挫折打击、重重磨难最终完成自我价值的实现，成为超越世界的主宰、成功最终的缔造者、修真境界的顶端存在、超越现实的完美形象。当然，也正因为过于注重个人修炼和成长而使这类文本在故事主角的能力上穷尽其想象，武学修为、修炼能力、爱情事业、实力运气都被无形中放大，占尽天时地利人和，遭遇困境总有奇遇，身陷逆境总有转机，主人公成为理想中的超级完人，满足作者创作的自由恣意和"白日梦"心理机制，也成为满足读者心理映射和情感满足的观照。

再次，仙器法宝的机巧设定和修真体系的游戏本质凸显文本的"虚拟性"优势。大量修仙或修真文中设定最多也是最吸引读者阅看围观的是始终贯穿行文、伴随人物、情节和矛盾冲突而出现各种仙器法宝。这些在现实世界不可能存在的东西，在修仙或修真的境界里却成了不可或缺的必备要素，修真者们的辅助器物，散发着神奇的魅力。对仙器法宝的形制、状态、功能、等级、效果等的描写叙述，以及与人物、情节的合理对接、适时穿插不仅可以增强文本的新巧趣味、引人入胜，而且能够使超常、不合逻辑的情节变得合理可行，贴近读者接受心理。层出不穷的法宝、珍奇罕见的灵丹妙药、奇思妙想的修炼方法都叫人觉得妙趣横生，也叹服作者丰富的联想力和创新力。比如《飘邈之旅》中就有很多情节的推动都与法宝仙器、灵丹妙药有关。主人公李强之所以会得到修真领路人傅山的帮助，是因为他的体质和人品是最适合修炼"紫炎心"这件修真法宝的人，此后李强的修真之路也都围绕着他体内"紫炎心"力量吸收的多少展开。此后几乎每个章节都会有仙器、法宝或者神兵利器、灵丹妙药出现，像海纳乾坤的"纳芥手镯"、通晓修真典籍的"玉瞳简"、花媚娘的"金蝶刀"和"万花罩"、傅山的"玲珑战甲"和"寒碧剑"开篇就各显神通，看得人兴趣盎然；李强在"故宋国"初试修真效果而炼造的"赤焰龙盾""鹰击弩"和"百刃枪"也在战场上发挥了巨大威力。《星辰变》中的"流星泪"这颗由流星变化而成的神秘晶石，成为让有先天内力不足的主人公秦羽获得强大的生命力和灵魂境界，破茧化蝶走上修真之路；忘语的《凡人修仙传》中更是法宝仙器云集，灵丹妙药、术法仙草不胜枚举，玄天斩灵剑、破天锤、紫言鼎、碧天梭、金旭宝镜、银霄雷网等各种法器在修仙的世界里层出不穷，配合跌宕起伏扣人心弦的故事情节和立体生动的人物形象塑造，筑造了更富生趣的修仙世界，开创了修仙文中的"凡人流"类型。总之，法宝仙器在修仙或修真文本创作中是不可或缺的要素，既是行文线索、贯穿重要故事情节的要素，也是作者创作最显独创力和文本写作功力的地方，更是吸引读者产生阅读兴趣和欲望的关键点。

最后，修仙或修真类文本的世界构筑、修真体系和对法宝仙器等的设置凸显游戏内在本质。修仙或修真文类似最初根据电脑游戏改编而成的游戏小说，使读者在阅读时有如置身游戏世界突破重重困境险阻，不断闯关升级。这种通过文本创作展现天马行空的想象力而产生的游戏体验之感与玩电脑游戏达到的娱乐效果可以说是殊途同归。数字互联网时代，已经有很多网络文学文本被改编制作开发成网络游戏，而修仙或修真类文本因其内在游戏本质具有得天独厚的优势，修仙或修真文中的不断修炼升级、宏阔修仙世界和修仙境界的设定以及各种法宝器具、灵草仙丹的设计完全符合网络游戏娱乐机制和角色成长逻辑，所以易于被改编成游戏，也容易实现文本的跨界传播和内容开发。《飘邈之旅》不仅在创作时留有游戏小说的痕迹，作品面世后同名网络游戏也十分流行。文本创作时，作者就设想会有同名手游问世，于是以各种巧妙或戏谑的手法把"一款叫作缥邈之旅的手机游戏"植入到各种情节当中，"飘邈之旅手游"几乎贯穿文本始终，成为创作中一个异类的存在，这也是文本的另一重含义。文中李强收七十岁老者赵豪为徒，刚出场时被人这样介绍："他老爷子是修真人，是有名的半仙，是这儿真正的后台大当家，很厉害的，特别是玩最新手游缥邈之旅，绝顶厉害啊！"尽管这种书写很戏谑，让读者时有"出戏"之感，但是却符合新媒介文学书写的自由随性特点，这在传统文学书写中是很少能出现的。

以《飘邈之旅》开启的修真或修仙类体系的文学文本以其极强的创造性、开放性和想象力，糅合多元文化要素架构出一套虚拟的、拥有独立的生长逻辑和游戏规则的"修真世界"，各色人物形象在这里争奇斗艳，法宝本领大比拼；极富东方色彩的奇幻思维和超乎常理的情节设定满足了读者的极大好奇和阅读快感，使其能够在虚拟的世界中找寻缺失的自我价值，缓解生存的压力与焦虑，这也是此类文本风格能够赢得广大读者追捧的原因。

三、东方玄幻文学与语言结构形式的艺术性稀释

玄幻与奇幻、修真划分曾经一度不是那么严格，但在文学文本不断的积累过程中逐渐呈现自己独有的类型样貌。玄幻之"玄"意味着具有极度的抽象性，玄幻的世界是与现实完全不同的"架空世界"，是假定的高度幻想的抽象世界。玄幻类文学作品可以说是最不受文学创作规制约束的类型文本，虽然也或多或少吸收西方、本土及其他幻想文学元素但却并不严格遵循其中的世界设定与等级系统，而主要根据作者的自创体系和自身需要极尽想象力去缔造幻想世界、设计世界模式、规定自然与社会秩序。也正因为如此，玄幻文的创作在语言、情节结构和其他表现形式上既没有传统文学创作主题的严肃性和创作形式的严谨性，也没有像奇幻文和修真文在创作上的规制或模式，仅是凭借故事和情节的跌宕起伏、曲折离奇和简约畅达的"小白文"赢得大量读者的追捧和喜爱，不注重文辞修饰，也不强调文学手法和文字描写，叙事结构也多以线性接续为主，显示与传统文学在语言和结构形式等层面的差异。

玄幻文类型极为自由灵活，因而作者在创作时可以把虚拟的玄幻空间设想成任何奇伟瑰丽、玄妙幽深的样子。玄幻文类的出现同时实现了

作者与读者想象与欲求的极致满足，文学文本的"虚拟性"特点被发挥得淋漓尽致。玄幻文创作并不刻意追求思想或艺术的深度，是网文中越来越热门的文本类型。以起点中文网为例，网站首页作品分类中，玄幻类是最多的。玄幻类文本在受众群体中的接受程度可见一斑。当然，玄幻文巨大的文本资源与精品文本的稀少形成鲜明对比，与文本创作本身的一些特性造成文本审美艺术性的缺失不无关联。

在玄幻文中，故事情节的设置大都以主人公不断在能力等级体系中提升为主线，因而玄幻练级占据了文本的大多数，也常被称为"升级流"；又因为创作要迎合读者娱乐消遣心理和快餐阅读的习惯，所以行文浅俗、设计模式单一、简单化的"小白文"就成为以升级体系为核心的玄幻类文本的内容特征。2011年玄幻文经历了极度"小白文"的时期以后，随着读者群稳定和审美需求的提高以及作者们创作手法的日趋成熟，玄幻文整体质量在逐渐提升。猫腻的《择天记》就开创出东方玄幻的本土化道路，将中国风格和中国气派融进作品彰显东方玄幻的文化精髓，实为玄幻类文本升级的佳作。此外，天蚕土豆的《斗破苍穹》《武动乾坤》，唐家三少的《斗罗大陆》、辰东的《完美世界》、猫腻的《将夜》等也都堪称精品。奇幻文和修仙或修真文的很多特性，在玄幻文中也都有所体现，但同时又有杂糅多变、自由随性的创作特点。

首先，东西交融的玄幻创作风格与天马行空的异陆虚拟世界构筑。玄幻文在创作中不必遵照奇幻文的西方世界架构逻辑，也不必按照修仙或修真文中融汇的东方佛道文化构想世界，而是可以任意取用构筑作者独有的想象空间，可以是西方玄幻的魔怪精灵，也可以是东方玄幻的神仙道圣，亦可以是东西方混杂交融的古今未来。所以，玄幻文题材极其丰富多样，更新换代也是极快，类型模式难以归纳，当然，玄幻文的"多变杂糅"也是一种特点，一切都取决于创作者的构想能力和对各种题材的驾驭能力。被称作"文青"的网络小说作家猫腻，就是一位少有的既能把故事"讲好"又能"说美"的白金写手，他在创作中构想的虚拟世界展现出极其丰富的想象力和创造力。比如，他的《择天记》里呈现的玄幻世界，融合了中国传统文化的特色和精髓，构筑新的世界体系和秩序并自行创新一套修行境界，使置身玄幻世界里主人公和一众人物的成长故事显得别具一格，形象鲜明，更具特色。《择天记》里有恢宏的结构和多重的维度，世界被分为中土大陆、万里雪原、东土大陆、大西洲、南方群岛和圣光大陆，分布着人族、魔族、妖族、龙族和秀灵族，还有各方修行势力、世俗势力、大世界和小世界等的交织其中。在这人妖魔共存的架空世界里，十四岁的孤儿陈长生为改变自己"二十岁即死"的命运，带着与徐有容的一纸婚书来到神都，在经历重重磨炼逆天改命的同时获得深刻生命体悟。作者在文本创作中，凭借其成熟的书写手法、深沉的创作情怀以及丰富宏阔的想象力将主人公设定在奇妙的玄幻世界经历各种曲折而离奇的事件，文本涵盖了青春、热血、玄幻冒险、悬疑、恋爱等各种元素使文本极富吸引力和可读性，在满足青少年群体趣味的同时也宣导出一种不畏命运与强权，敢于克服困难，活出自我的核心思想和人生正能量，增加了文本深度。《择天记》作为玄幻文的代表性文本，为后继的写作者开创很多新的思路。但对大多数的玄幻文来说，依然难逃同质化、跟风模仿的窠臼，关于世界的构筑、规则模式的设定及不同宇宙境界的书写都几笔带过，缺乏细致描写、景物渲染、气氛烘托等的深思熟虑，而只重视主体人物与故事情节的展开推进，世界的存在只是作为背景，简单模式化的书写使玄幻文整体创作水平并不是很高，阅读中呈现的审美艺术性也略显不足。

其次，借助情节曲折离奇来丰富人物个性改变"千人一面"的模式套路。玄幻文快节奏的叙事风格导致人物形象纷繁复杂，更替也很快。所以作者更多是把笔墨都集中在塑造主人公身上，力求使人物更富有个性特色，给人留下深刻印象。但玄幻文整体行文的模式又容易使主人公形象变得"千人一面"，都是小人物的逆袭成长，困境里的绝处逢生，从底层到达巅峰的逐级历练，成就一个完美英雄等，因为这是读者爱看的、需要的，所以无可厚非，但写得多了，就难免使人物形象走向扁平化、类型化的套路里失去个性。优秀的玄幻文创作，会借助曲折离奇的情节和故事发展，使"千人一面"的人物展现出立体化的丰富个性。如《择天记》里，一开篇就是主人公陈长生要死了，设置了一个"向死"的命运来推动故事的发展，抓住了读者预知下文的迫切心理娓娓道来。陈长生一出场就形象鲜明：沉静、寡言、严谨、勤奋、记忆力超群、善良、克制、隐忍、羞涩、偶尔的童真和孩子气。猫腻在塑造陈长生这位"天才的男孩"的人物形象时显得极其用心且独具一格，陈长生在读者心目中显得更加纯粹、干净，也更加执着、坚定，这也为陈长生后来"向死而生"命运的转变奠定了基础。情节推展中，陈长生遇到了一个又一个被塑造得活灵活现，丰富立体的人物形象，徐有容的高贵雅致、天赋异禀、深情专一；唐三十六（本名唐棠）英俊潇洒、风流倜傥、放荡不羁却又重情重义；天海圣后霸道无双、心狠手辣却又爱子情深；苟寒食的学识渊博、秋山君的迷恋痴情、白落衡的活泼卖萌等都给人留下深刻印象。这些人物的个性特点是由故事情节决定的，玄幻文创作焦点不是写人物，而是讲故事、制造情节，通过情节凸显人物个性。陈长生为了逆天改命前往京都，在读书、竞技和游历中修行、成长，也逐步强大自己的内心，"改命真的很难，但就算再难，我也要坚持下去"，陈长生从不轻言放弃，经历一次次失败也不气馁，这样一个不甘命运、乐观坚韧、永不言败的立体形象在故事情节的演进中逐步让读者特别是年轻一代理解和感悟到，产生共鸣和积极的正能量。作者在《择天记》中刻画的人物形象显示出很强的功力，摆脱了玄幻类型文容易"千人一面"的平庸感，而尽力采用陌生化的处理增强读者的好奇心，甚至达到"一人千面"的效果。文本中根据人物分属不同的境界、势力和族群，在性格和际遇层次分明地刻画人物，使形象显得鲜明立体，个性突出，关系繁复却不杂乱，值得借鉴。

　　最后从"小白文"的简单明了到雅俗共赏的"智趣"提升。玄幻文

191

创作的语言运用及风格较为明显,大众化、口语化、粗浅直白的"俗"语占据主流,即所谓的"小白文"倾向明显。这也是源于玄幻文创作的娱乐化追求和要迅速代入读者的目的决定的。大多数玄幻文的语言呈简洁明快、直接通俗的短句、散句、单句和独句成段的情况,体现在各章节标题上也是简洁明了,传统文学中对语言的推敲、蕴意深刻的书写、复杂曲婉的长句、细腻优美的描绘,在玄幻文中很少见到,语言的简单直白、节奏明快、迅速推进情节虽然使玄幻文丧失了细读静思的美感,却也满足了读者的阅读快感。当然,随着"小白文"写法的日益被诟病且由此带来的作品同质化、套路化甚至低俗化的倾向,在语言上的创新提升、细致推敲也为越来越多的玄幻文作者们所重视和关注。《择天记》就摒弃了"小白文"和升级流的简单直接,以细腻洗练、自然灵动、清新隽永的文字语言把主人公身上所体现的"我命由我不由天"的精神气质,蕴含的人文关怀和生命体悟表达得淋漓尽致。作者以高超的文字驾驭能力处理着各种关系,埋下多重伏笔再抽丝剥茧逐一解开,在揭露真相中带给读者极大震动的同时也获得曲径通幽的快感体验。所以《择天记》中虽然人物错乱繁多,但乱中有序,各具形态,参差错落富有层次感。作者以创作短篇和中篇的笔法来架构长篇,不疾不徐张弛有度,也避免了超长篇创作拖沓冗长和后续乏力的问题。文中不断运用"意外""智趣"和"美感"等设计和巧思强化读者的好奇心和兴奋点,吸引读者欲罢不能,一路追踪到底。也有读者认为,猫腻《择天记》过于刻意地区别"小白文"而在语言运用上显得过于华丽,但这也是《择天记》不同于一般玄幻升级文的地方,考究精美、丰富雅致的语言描写不仅扣合了东方玄幻追求的中国气质和文化风韵,更增强了文本的文学性和表现力。像"少年就是少年,他们看春风不喜,看夏蝉不烦,看秋风不悲,看冬雪不叹""只有顺心意,才能逆天命""书中有大道,一卷便胜过情爱无数。书中有大道,一卷便胜过千山万水""活着最重要的事情不是活着,而是清醒地活着或者死去"等都很能打动读者,回味无穷,蕴意深刻，雅俗共赏。《择天记》作为玄幻类文本，充分体现出这种类型在创作构想上的极度自由，幻想力的极度开发。在大量同质化严重的玄幻文充斥网络的今天，《择天记》出现给玄幻文创作提供了不错的范本，而且因为其优质的内容在书籍出版、网络游戏开发、改编影视剧、舞台剧、漫画、动画及周边产品开发都实现了全方位的版权运营。猫腻说："要把故事写得更有趣些，更精彩些，让你们（读者）更快活些。"

总之，奇幻、玄幻或者修真、修仙，这类构筑幻想世界、在抽象空间里形成的对世界、人性、生存的主题观照，各色人物千姿百态的呈现、曲折离奇高潮迭起的情节设置等构织的类型文本创作，都更多源自创作主体的主观想象力，是自我的想象力与独创性的体现。这类文本重新阐释了文学中对现实真实和文学真实的理解，以独特的状貌成为区别于传统文学文本之外的新文学类型，并最直接地凸显出新媒介文学文本"虚拟性"的特点。

第二节 市民心态的类型化呈现：消解教化 与解构精英的通俗化诉求

与幻想世界相对，新媒介文学的文本创作中也不乏依托现实世界、展现市民凡俗化心态、逼近"真实"生活的书写。2018 年评选出的中国网络文学 20 年 20 部作品中，现实题材类的作品占了六部：《第一次的亲密接触》《大江东去》《致我们终将逝去的青春》《繁花》《复兴之路》《全职高手》，这既表现出新媒介文学生产向传统文学审美取向的靠拢和相互融合，也展现出新媒介文学书写的进步与提升。与传统精英文学、纯文学相比照，新媒介文学从创作主体到接受主体都因新媒介技术和媒介特性得到极大扩容，大众化的生产与传播使新媒介文学成为绝大多数城市民众都可以接触并能即时反应的文学样态，大众对文学的需求、娱乐与消费在网络空间被重新激活并迅速扩大成为景观，新媒介文学是更能与市民大众这种"俗众"相通，在文本中体现出非审美、非经典、非精英、非诗意的现实"凡俗性"，呈现市民阶层审美日常生活化的文学样态。文本不再刻意打造经典、追求纯美、倡导精英书写或高举文学审美旗帜，而是以人的凡俗存在和宣泄为动因，以众生狂欢的"碎片式体验"代替文学审美的诗性，打造张扬个性、追求自由的世俗世界，以泛审美化的民间立场展现主体意蕴。

与传统的通俗文学相比较，新媒介文学特别是网络类型小说是对传统通俗文学传承基础上的创新与发展，纵观通俗文学类型小说的发展历史，能够清晰地找到一条具有传承关系的中国古今市民大众文学链，从木板雕刻时期的冯梦龙、凌濛初的"三言二拍"到机械印刷时代的鸳鸯蝴蝶派，通俗文学类型小说基本定型，到后来港台武侠、言情和官场等类型文学的大众化发展进一步丰富了文学文本的创作类型，通俗文学最终汇聚到去油墨化、去纸张化的数字互联网虚拟空间，通过新媒介文学的全新形态得到进一步的传承，又展现出超现实反传统的创新。

一、言情类文学与日常情感的体验性狂欢

在新媒介文学文本构筑的言情世界里，更多放大了对日常生活中凡俗情感的追求和物质性关注，注重生命瞬间的情感体验、感觉的释放与感官的狂欢，个体自我情感的认同与成长。与传统文学相比，言情类文学在创作中的责任感与使命感、社会观照、思想性启迪和精神性追求等方面的表达更为淡化，而成为满足人们现实理想缺失、情感匮乏或欲望追求的主观映射对象。因此，新媒介文学文本中的言情书写，尽管来源于现实世界，却大多成为超现实、理想性甚至是非理性的表达，体现出新媒介文学创作的"虚拟性"。

"言情"从古至今都是文学创作中不可或缺的文本类型，比之传统文

学中的言情创作，新媒介文学中的言情类，创作种类繁多、体量巨大、联想丰富、形式多样，极大满足了不同读者群体对爱情的想象、欲望、投射和思索，也创新出很多传统言情文本中不曾出现的类型模式。如果以言情发生的社会背景来分类可以分为古代言情类和现代言情类。古代言情是以真实或"架空"的古代社会为背景展开的言情故事，主要包括"穿越""重生""宫斗""宅斗"等模式，显示出一条"女性向"情感探索的轨迹。其中有代表性的如桐华的《步步惊心》（清穿）、流潋紫的《后宫·甄嬛传》（宫斗）、沐非的《宸宫》（重生）、海飘雪的《木槿花西月锦绣》（宅斗）等都是将女性置身在特殊的时空内，努力适应求生并追寻自由和真爱的叙事模式，这些古代言情作品呈现出新的言情特点和历史认知，也成为新媒介文学文本中"女性向"文化的重要表征。

现代言情沿袭了 20 世纪 90 年代以来琼瑶、亦舒、席绢为代表的言情书写方式，却也对原有的爱情认知进行了重构与颠覆，在充分彰显创作主体书写个性和创意的同时，更多强化了对女性自我认同和自我成长的主题表达。新媒介时代的现代言情书写主要以都市和校园为背景，通过男女主人公的情感关系，来呈现当代社会的现实问题，专注女性自我认同和自我成长。2005 年网络言情进入兴盛期，"霸道总裁文"（如明晓溪的《泡沫之夏》）、"高干文"（如匪我思存的《佳期如梦》）、"网游文"（如《微微一笑很倾城》）等都是非常流行的创作类型，很多文本都在对传统爱情模式进行再度梳理和思索进而寻找重塑爱情的方法，辛夷坞的《致我们终将逝去的青春》（以下简称《致青春》）就是其中的典型代表，以对青春和爱情的怀旧式书写，呈现都市人的欲望与焦虑，时代变迁中的迷惘与应对，具有一定的深度。总体来看，言情类文学文本受网络新媒介影响较大，呈现出较为明显的媒介性特征。

首先，架构在网络时空里的言情叙事打破传统言情小说叙事的模式局限。新媒介时代言情小说创作的作者和读者在思想观、价值取向、生活方式及审美方式都发展巨变，言情题材、形式和内容都日趋丰富，日常生活中平凡情感的描摹、凡俗性的体验得到更多关注。各种元素如科幻、穿越、侦探、电竞等都被融入言情叙事当中，增强言情文本的吸引力和读者的猎奇心理，也是打破言情书写套路的积极尝试。丁墨的《他来了，请闭眼》《如果蜗牛有爱情》《美人为馅》等作品就被誉为独特的甜宠悬爱风格而自成一脉，将爱情与悬疑、侦探结合在一起，构思巧妙大胆，得以在众多言情小说里脱颖而出。运用浪漫主义夸张手法和网络叙事的快感心理机制而实现言情中故事情节的逻辑自洽，也是网络言情创作的特色之一。言情类型创作不像幻想类题材的作品可以在虚构的世界里进行各种设定，言情，只能围绕男女情感的线索展开创作，为了加强情节可看性和矛盾冲突，会设定很多偶然、意外又巧合的"梗"，如车祸、失忆、绝症、世仇、插足、误会、失踪等各种不问现实逻辑的加料，并最终总能因为"主角光环"、作者与读者的"偏爱"而获得完满的结果。这种设定在网络传播领域被更多地使用，也是导致言情文本的同质化、模仿套路日益增多的主要原因。网络中言情书写在情感表达上也比传统文学中的言情更为细腻，描摹得更具风格。文本中的人物表现出来的甜蜜、宠爱、苦虐或伤感等情感转移到读者身上，会使读者获得情绪最大的释放和情感的深层满足，读者在言情的世界里获得情感的宣泄，在阅读的情感认同中获得对现实缺憾的弥补，这也是言情在文学领域永远不衰的原因，网络使文学中构筑的言情世界更易被读者介入，使读者沉浸在虚拟的感情时空获得凡俗情感的自我狂欢。

其次，凸显出两性世界的情感重构与新女性主义的世俗化表达。言情世界中的男性与女性关系在新媒介文学文本中呈现多元变化。传统文学中固有的两性情感模式，即男高女低、男强女弱，平凡女性搭配理想男性的故事组合在当下的新媒介领域发生了改变，"玛丽苏""傻白甜""灰姑娘"式的女性角色，要依附于优秀成功的男性改变命运获得幸福生活的套路，逐渐随着女性的坚强独立而发生改变，网络世界里的言情，可以看到女性逐渐从男性的附属走向自尊自信、自我认可和独立的转变。

如《步步惊心》里的若曦、《后宫·甄嬛传》里的甄嬛、《知否知否应是绿肥红瘦》里的盛明兰，虽然生长在男尊女卑、对女子诸多桎梏的古代时空，却展现出与众不同的坚忍独立，在性别困境与生存危机中对自己命运的把握与谋划。再比如《第三种关系》里的邹雨、《致青春》里的郑微、《佳期如梦》里的尤佳期、《你和我的倾城时光》里的林浅等现代都市女性形象，都不再是爱情至上的柔弱女性，而是在寻求两性相处关系和自我价值认同的过程中逐渐成长成熟，展现出更加丰富立体、有血有肉、平凡中孕育非凡情感的女性形象。

网络言情小说是比较典型的"女性向"文本，体现了新媒介时代特有的"网络女性主义"或"新女性主义"在文学领域的实践。新媒介文学重构了两性世界，各类文本为满足女性或男性欲望为主要目的设置的各种"爽点"书写构筑了新媒介网络语境中多元的情感世界。特别是对于女性来说，相对传统文学作品中女性主义的表达，在新媒介文学生产中得到更为极致的投射和宣泄。在"女性向"的文学空间里，女性逃离了男性目光而建立一种以满足女性自身欲望和诉求的书写趋势，与男性天空下的女性呈现形成对峙，因而也更具有抵抗意味，抵抗一种固化已久来自男性的压力。女性作家和读者在"女性向"文本的性别实验中逐渐发现，网络时代的女性追求的"男女平等"是在承认男女差异的前提下，尊重女性作为独立个体去自由选择生活方式的权利，是承认男性与女性在性别差异化的强弱等级秩序前提下探讨女性作为弱者，如何与强者和睦相处甚至征服强者的可能性。"女性向"文本的书写是在幻想层面的性别革命，直接作用于人们的潜意识，当这种性别认知积累到一定程度，就有可能孕育出与"男人世界"的性别秩序相对抗的力量。新媒介文学中的言情，无论是女性作家群体还是女性读者群体都显得更为成熟和理智，在男女关系的探讨中，去掉对男女性别的刻板印象，这不仅对"女人世界"产生意义，更在解放女性的同时也解放了男性。

二、历史穿越类文学与英雄主义梦想的仿真性戏说

历史穿越类是新媒介时代网络历史小说主要的类型和叙事模式之一。中国历史小说向来发达，作品众多，但从整体来看，不论是古代的敦煌变文、宋元讲史、明清演义，还是近现代的历史小说、革命小说，以及 20 世纪 80 年代中期兴起的新历史小说，大多都是在真实存在的历史背景下展开的书写。进入新媒体时代，历史小说产生新的变异，形成新的类型特征和叙事模式，历史穿越小说就是其中比较突出的一种。从情节模式上看，历史穿越一般把主人公设想为具有现代意识或现代身份、比较了解历史、知识渊博的人（多为男性），因为一些机缘巧合以各种方式穿越到或真实存在有正史可查的具体历史时空，或完全虚拟架空的历史时代，凭借个人的现代知识、聪明才智和超前视野，"创造"或"改变"某些历史走向或进程，进而实现救人救世的理想或寻求到人生真谛的过程。这种"穿越"环节的设置带有很强的个人英雄主义情节和网络文学的创作心理，创作者往往让带有个体心理投射的主人公形象参与到某个历史阶段、重要的历史时空或影响后世发展的某个历史节点当中，改变人们在既定历史面前的永恒被动性，以先知者的身份引导历史向预设的理想方向发展，在安抚当下人面对历史的创伤心理的同时也带来极大的幻想空间和阅读快感的满足。带有历史情怀的时空穿越，是现实与虚拟的融合，真实与虚构的统一。穿越历史，对既有历史与英雄人物的仿真戏说，消解了传统文学中历史小说对于事件、英雄的严肃性书写，也打破了以往历史小说书写中对现实真实与文学真实的规范，体现出对传统文学思想启蒙教化功能的消解和去精英的通俗化诉求。

以月关的《回到明朝做王爷》《锦衣夜行》、录事参军的《我的老婆是军阀》、贼道三痴的《上品寒士》、酒徒的《家园》等为代表的历史小说都创新性地加入"穿越"的元素，以先见者的身份扭转曾经的历史缺

憾或回避历史经验教训来满足创作主体和阅读者的家国情怀、英雄主义，以及看到文本主角"开外挂"后一路所向披靡、左右逢源的酣畅淋漓，极大消解了历史性主题和题材创作的严肃性和严谨性，激扬个体审美欲望和快感体验，凸显凡俗世界里的泛审美化趋势。被学界视为"历史穿越小说"重要代表作的《回到明朝当王爷》（以下简称《回明》），是由被誉为"网络历史小说第一人"的著名网络作家月关的成名作，奠定了起点中文网"历史穿越小说"的主流模式。《回明》讲述一个现代人郑少鹏意外成了九世善人穿越回明朝弘治、正德年间，化身为秀才杨凌，利用自己的现代优势一步步成为显赫王侯，改变历史、避免后世悲剧，逆转乾坤超越生死的故事。这种典型的以穿越的方式将个人的成长模式引入历史小说，满足读者阅读快感的方式成为后来很多历史穿越小说的创作套路。《回明》在很多方面凸显了历史穿越小说的独特魅力。

首先，巧妙构思与接近历史真实有机结合加深文本主题的深度与厚重。历史穿越小说体现的是一种虚拟现实主义，尽管借"穿越"的外挂走进历史可以极尽想象地虚构和演绎，却依然应当以历史研究的态度来观照文学作品中会借用的历史事实及历史逻辑。历史性题材的文本无论在传统文学创作还是在新媒介文学创作中都对这种文本作者提出了更高的要求。作者要想真正改变历史或者架空历史，前提是必须知道真正的历史真相和历史发展轨迹，有时甚至要求作家必须对正史知识进行严格考证，这样才能够展开自己的情节想象并取信读者，使读者更有接近"历史真实"并有"救世"的可信性。《回明》有别于一般历史穿越文的地方在于主题更显厚重和深度，作者运用大量笔墨夹叙夹议和隐性柔软的笔触塑造了杨凌通过个人努力奋斗改写民族历史的情节，彰显出作者内心的家国情怀。比如文中出现的耕牧之争、大陆扩张和海洋扩张、政治集团间的博弈、经济理论的运用，甚至对邪教和农民运动等的观点和见解都是作者借助杨凌之口阐发的个人思考。作者在《回明》中展现了坚实的文学功底、丰富的历史知识储备，借助磅礴的想象力把这段历史穿越写得流畅自如，代入感极强。作品中的战争场面描写的紧迫和惨烈、人物间的交流博弈也借鉴了传统历史小说、社会小说及武侠小说的一些创作手法和风格，文体杂糅富有审美冲击，也展现出作者信手拈来的从容自如。作者整合各种知识借杨凌的"现代知识体系"在明朝彰显优势，迎合了读者的爽点需求，设置重重悬念、营造各种紧张氛围，吸引读者持续追文，欲罢不能。

其次，借助穿越虚构历史实现个体仿真追求。历史穿越小说往往以穿越后的个人成长和救亡图存的家国情怀为主流，个体成为虚拟历史时空里强大的存在，通过个人奋斗改变民族命运的主题在历史穿越小说中找到合理的逻辑自洽，只有通过"穿越"的时空旅行，才有机会改变既定的历史，运用现代的科技、经济和生产的进步思想去拯救祖先曾经"屈辱的"历史，既符合了历史小说的叙事逻辑，又满足了读者个体"英雄主义"的梦想。《回明》通过杨凌穿越回明朝，一步一步掌握权力以后，秉持为天下苍生谋幸福的执着信念，进行一系列的改革力挽狂澜，以图改变后来中国的屈辱史的设定，展现出作者个人的历史见解和现实关怀，主题更显厚重，也比一般的历史穿越文更贴近历史。《回明》中杨凌从历史源头上采取措施"修正"历史主要是从他入宫做太子伴读开始展开的，如下江南铲除贪官针对的是封建制度的除弊，也为当时的政治改革和商业发展做好准备；提出海洋战略，开展海外贸易并降服海盗、打击倭寇等针对的则是中国晚清时曾被西方势力自海上用坚船利炮打开国门的"屈辱"；平定蜀地解决边疆民族问题，平定宁王叛乱，瓦解蒙古，开发辽东，是为了避免满族入关汉族政权颠覆的耻辱等，杨凌相信以后的"中国历史"会遵循自己的设计来展开，这是历史观念的审美化表达，也是作者借助穿越虚构历史的拯救家国的仿真追求。

最后，男性形象理想化塑造满足受众审美欲望和阅读快感。历史穿越是比较典型的"男性向"文本，通常都是由男性作家创作出来并深受大多数男性读者喜爱和阅读的作品。作为穿越者，将现代社会具有的现代意识与经验以及对历史走向的把握甚至对自己命运的预见带到穿越的历史时空里"呼风唤雨",会给读者特别是男性极大的阅读快感,这种犹如开"历史外挂"的设定也是历史穿越小说的"核心爽点",它将当代主流历史叙事中作为"后见之明"即作为经验教训的历史知识转换成穿越历史时空里的"先见之明",进而使读者获得类似于游戏作弊的快感,缓解在当下所处时空的焦虑与压力。读者在阅读文本时,通常都会把个体自我投射到主人公(多为男性)身上,幻想自己就是穿越的主角,沉浸在文本当中。所以将主人公形象塑造得越完美,越近乎读者群体的理想化设定,就越容易使读者获得极大的阅读快感和审美欲望的满足。比如《回明》就是"男性向"文学文本的代表,主人公杨凌是文本中虚构的形象,历史上并无此人,这在网络历史小说中是比较普遍的一类,也赋予作者更大的创作空间,属于半架空类网络历史小说。《回明》的"男性向"从杨凌先后遇见并最后都成为他妻妾的十二位女性形象中可见一斑。曾有人评价月关是一个"能把男性欲望满足得特别妥帖的作家",杨凌身边的"十二金钗"如温柔贤淑又深情专一的妻子韩幼娘,坚韧独立又精灵美艳的马怜儿、聪慧稳重又精擅医术的高文心,还有青楼女子富有心机的成绮韵、活泼的玉堂春、文静的雪里梅,虽彪悍但英气十足的土匪红娘子、贤淑专情的永福公主、任性可爱的朱湘儿、鬼灵精怪的张符宝、善战勇敢的银琦和热情开放的阿德尼等都是各有千秋,极大满足了男性主体的观赏快感。作者非常精心塑造和描写了这些女性想象,完美呈现了女性内心丰富的世界,也精准把握住这些身处不同历史背景和社会阶层女性性格特色,令人深觉信服。尽管有读者批判《回明》"种马色彩浓厚",但作者的女性形象塑造以及和主人公的关系发展是符合当时的历史逻辑和文化逻辑的,而且这些女性的出现更多是完成了故事情节的推进,且个性鲜明,每每出现都有细腻生动的心理刻画或情感递进,并非为了"欲望"而写欲望。但《回明》并没有按照这样的逻辑展开,穿越到明朝的杨凌,遇到柔顺贞烈以他为天的妻子韩幼娘,不是痛快享受"男子为天"的权利和地位，反而担心自己仅有的两年寿命会耽误了幼娘的幸福，也深深同情被"三从四德""从一而终"观念毒害的妻子。在和妻子相处的过程中逐渐相爱以后才有渴望相守一生的想法，这种符合现代婚恋观的思维逻辑在古代往往能使男主人公成为男性中与众不同的谦谦君子和好男人，这样具有高贵道德品质和内涵的男主形象也会征服更多古代女子的芳心，再通过男主一系列的丰功伟绩成就了一个兼具能力与道德的高大形象，"妻妾成群"变得顺其自然，合情合理，这也成为历史穿越文中男主人公形象塑造的一种模式，"历史"成了平衡道德、欲望、情感三者之间关系的最好杠杆，而能力与道德则是塑造男主人公高大形象的最有力筹码。"

总之，在保持历史小说类型创作基本的叙事方式和审美品格的基础上，以开拓的视野、丰富的表现技巧、多元的表现方法开创网络历史小说特别是穿越历史的类型模式，在自由虚拟与极力仿真之间进行丰富的历史书写尝试，重新建构一种文学与历史的关系，形成了一种在"穿越""架空"环节设定下新的历史主义仿真戏说，是新媒介文学较有特色的文本类型。这种文本创作以改写、戏说或消解历史的方式显示出历史与历史小说的关系不同于传统意义上历史小说忠实历史、维护历史客观性和严肃性的创作模式，而是以想象和虚构的方式仿说历史，或者以历史为底本，艺术化地展现作者对历史的理解和认知，是虚拟现实主义的呈现。

三、竞技文学与众生共享的游戏化逻辑

竞技文，顾名思义就是以比赛技艺为主题的类型文，其中以体育竞技和电子游戏竞技类居多。近些年，随着网络游戏的普及和不断创新，以网络游戏为主题的网游文（网游小说为主）日渐成为竞技文类中比较有代表性的文本，显示了互联网时代游戏与文学所发生的融合与变化，是文学游戏化的最直接成果。网游文构筑了一个充满游戏快感和游戏体

验的虚拟世界，建构起属于自己的网游叙事体系，极富个性特征和魅力。这类文本以其日渐成熟的叙事模式、创作特色和日益壮大的读者群体成为新媒介文学文本中不容忽视的一类，也是区别于传统文学文本特色最鲜明的一类。网游文依托网络游戏世界设定和游戏规则等创作的文学文本更具有新媒介技术属性特点，这也是传统文学不曾有过的文本类型，行文简洁通俗，网络用语、游戏专有用语和游戏符号应用普遍，带有竞技博弈的情节推动故事展开，以满足浅层次的娱乐快感和游戏化引导作用为主，淡化以往文学文本创作中所承担的启蒙教育或教化功能等。如流浪的蛤蟆的《蜀山》，蝴蝶蓝的《全职高手》《网游之近战法师》《独闯天涯》，失落叶的《网游之纵横天下》《斩龙》，骷髅精灵的《猛龙过江》，火星引力的《网游之天谴修罗》等都可以算是网游文中人气较高、具有口碑的优秀文本，其中蝴蝶蓝的《全职高手》是网游竞技文中迄今为止创作模式最完整、经典元素运用较多的创作文本。

首先，游走于现实与虚拟之间的生存与成长体验赋予文本存在价值与意义。网游文是将网络游戏的基本框架和规则体系移植到既有类型小说叙事中的新型文学创作文本，因此其中也贯穿着人物或游戏角色的生存体验、成长启悟来增强文本生成及存在的意义。网游文是"最能反映人们在二次元虚拟空间与三次元现实世界不断游走的生活状态"的文学文本，网游文的创作者与接受者也大都属于特定人群，即游戏玩家。游戏玩家游走于现实世界与游戏虚拟世界之间，逐渐形成网游特有的思维方式、叙事逻辑和表达习惯，应用到文学领域，就产生了体现网游成长模式、网游生活经历、网络游戏经验和网络游戏快感等与网游内容相关的文学创作类型。网络游戏对于很多人来说，已经不是单纯的娱乐竞技，也不是逃避现实的工具，而是成为真实存在、不可或缺的虚拟生活场域，体验着与现实世界同样的喜怒哀乐，生产生活、工作交友、沟通交流，这也使网游文的存在更有意义。比如蝴蝶蓝《全职高手》是典型的描写职业玩家游戏生涯的作品，文本讲述了在"荣耀"网游中被誉为教科书级别的顶尖高手叶秋（本名叶修）惨遭职业俱乐部驱逐，寄身于网吧成为夜间值班的网管。他怀着对"荣耀"的热爱和最初的梦想，在网游"荣耀"新开的第十区从零开始，重新投入游戏，最终和一群志同道合的伙伴再登游戏荣耀巅峰的故事。这里侧重于展示人生与游戏的联结，玩家以游戏规划人生图景，游戏对于人生更具存在意义。在《全职高手》里能看到两个世界的互动交织，即展现玩家生存现状的现实世界和凸显玩家高超技能、通过升级打怪获取荣耀的虚拟网游世界。玩家在现实世界的低调、平凡、与世无争和在虚拟网游世界屡创奇迹、获得神一般的崇拜形成鲜明对比，使读者在文本中体验观赏游戏快感的同时也体悟到现实与虚拟的融合。网游文最突出的表现手法是对网络游戏的摹写，《全职高手》故事线索十分简单，就是男主人公不放弃职业梦想，重回网游竞技赛场为之努力的故事，文本的浓墨重彩都体现在主人公进入网络游戏的世界以"君莫笑"这个游戏形象在游戏里过关升级创造一个又一个常人难以企及的神话，读者通过文字体验游戏带来的快感，也体现了网游文独特的文本功能。

其次，游戏化逻辑的文学性植入增强文本的奇观效果。网游文不同于以往任何文学类型，是作者将游戏化逻辑与文学创作相融合，衍生出最能体现虚拟现实技术的游戏化小说文本，使读者在文学文本中获得多重游戏快感。网络游戏通常有三方面内容即游戏世界的架构、游戏角色的设置和游戏任务的设计，游戏化逻辑涉及到网络游戏世界中各个小世界、游戏场景分布式网状链接和彼此的相互关联；游戏角色由低级到高级、由简单到复杂等的成长模式设定；配合游戏等级提升设定不同游戏任务的游戏文本规则与秩序。将游戏化逻辑与文学创作相结合就会生成与传统文学遵照现实生活的自然逻辑迥然不同的虚拟结构形态，文学文本中体现的是按游戏发展、主人公"接任务、组队、打怪、升级、迎战大 Boss"完成成长模式的创作逻辑，使读者沉浸其中，宛如置身游戏世界并从中获得诸如对抗快感、冒险快感、升级快感、达成快感等各种游戏体验和共鸣，增强文本的吸引力和奇观效果。《全职高手》在游戏文本与小说文本之间的转换和双向互动中做了很好的呈现，是把游戏化逻辑植入文本的典型创作。《全职高手》中提及的游戏只有一种，就是"荣耀"，但并未对"荣耀"的游戏世界的规则秩序、系统要素（如门派、职业、角色、任务、技能、装备、地图、怪物）做过多描述，而是随着主人公叶修的游戏角色"君莫笑"在荣耀新开的"十区"从新手开始升级打怪的过程中展开对"荣耀"世界的书写，以"君莫笑"的能力超群展示叶修对游戏的熟悉和热爱。"君莫笑"在"荣耀"中是战斗法师，除了会"天击"和"龙牙"的本尊职能外还学了神枪手的浮空弹、机械师的机械追踪、魔剑士的地裂波动剑、柔道的背摔、忍者的手里剑、剑客的格挡、元素法师的光电环、圣言者的治疗术，影分身、落花掌等各大技能不断升级，武器千机伞的无数变幻，在攻打荣耀各种千奇百怪的"Boss"过程中给人眼花缭乱、快意无限的紧张刺激感。文本把"荣耀"游戏的逻辑融入文学创作中，又巧妙地把主人公所在的遭遇生活的打击不幸又坦然面对的现实世界与主人公重新振作在游戏世界的崛起并立呈现在读者面前，更显示游戏世界的奇妙魅力。文本语言诙谐幽默，创想力丰富，以大量符合人物身份和性格的口语化语言和对话推进情节，增强文本的戏剧冲突，适度夸张的语言增加了文本的娱乐性，游戏化的文字描述具有很强的画面既视感，展现游戏文本糅合小说创作的生动形象和独特趣味。

依据游戏角色和游戏任务设计的生成逻辑，网游文创作也基本延续了"王者归来"的英雄模式及"升级打怪"的游戏叙事。网游文的创作者和读者大都是网游玩家，通过熟知游戏套路和游戏世界里的规则及切身体验创作出打动人心的网游作品，并被有网络游戏经验的读者阅读理解，引发情感共鸣。基于游戏经验而达成的网络游戏小说的创作与传播，人物逆袭成长的"英雄模式"是作者和读者都期望看到的满足自我意识投射的重要视角，也成功奠定了网络原创游戏小说的书写英雄的模式。

《全职高手》中的男主人公叶修就是个非常理想性的人物，性格坚强、内心强大，自信冷静又乐观随性，对"荣耀"无比熟悉和热爱，虽然遭遇人生打击，被嘉世俱乐部排挤抛弃，依然从容面对，保持坚定的信念和理想，从低做起也无怨无悔；为人善良正直，对待朋友讲义气，不吝指导新人，对待敌人也不示弱，智计百出，强力碾压各种对手；性情宽厚温柔又不失幽默搞笑，是一个丰满立体、深受读者喜爱的人物形象。此外，"升级打怪"的游戏叙事与文学文本很多类型中呈现的"成长逆袭"模式异曲同工。一方面，作为电子竞技文，本身的竞技模式就逃不开练级、升级，通关打 Boss，这种游戏设置延伸到文学里自然也就成为文学创作的叙事逻辑和主线；另一方面，"成长逆袭"的叙事套路是各种类型网文爱采用的情节设置模式，主人公起初都是平凡渺小、普普通通，经过艰难险阻，突破层层阻碍最终都能大获成功，来满足读者阅读时主体投射的满足感。所以在网游文创作中融入"升级打怪"的叙事模式最终使主人公获得逆袭成功，能有效实现读者的快感机制和阅读爽点，增强读者的游戏代入感，体现作品独特的游戏化逻辑与文学的融合。《全职高手》中架构的游戏世界里，叶修在升级做任务、做副本时就出现很多或独特或诡异或恐怖或变态的终极 Boss、隐藏 Boss，如暗夜猫妖、蜘蛛领主、冰霜塞恩、亡灵军团等都很有想象力和神奇感，带给读者紧张、刺激的阅读体验和强大精神愉悦。主人公每一次闯关，也都会让读者产生很大的心理期待和强烈好奇心，强化对文本的持久关注度。

在新媒介时代日渐成熟的网络游戏，不仅可以综合多种媒介艺术符号（如美术、音乐、文字、动画、影视等）于一体，而且援引小说、历史、故事、传说、神话等艺术资源使网络游戏更具文化内涵与艺术表现。也正因为如此，游戏与文学会产生交互影响，一方面文学会成为网络游戏的改编来源；另一方面游戏内容和叙事方式也可以影响网络小说的创作，而网游小说就是网络游戏与文学结合的最直接呈现，小说文本创作越是不拘泥于游戏，越是能发挥更大的文学想象功能，越能够让读者感受到超出游戏世界以外的游戏化人生和乐趣，就越为读者接受。

新媒介文学文本中出现的言情、历史和游戏等类型题材的作品虽都与现实世界发生关联，却又不同于传统文学类似题材作品对社会现实的观照，而更突出个体的凡俗存在、个性化彰显与个人感官和欲望的满足。数字媒介写作用"撒播感觉"的方式抹去了生活与文学、真实与虚拟、纪实与审美的边界，以人的凡俗存在的出场和宣泄为动因，建构出一个虚拟现实的新世界，以人与机器共生、生命与技术共存的理念重新书写人们对情感、对现实和对生活的理解，体现在新媒介文学文本中，就是虚拟现实技术对已有或新的文学类型的媒介性重塑，新媒介对文学中现实世界与虚拟世界的关系重构，为文学提供了无尽的想象空间。

第三节 图文并茂的影像化叙事：复合符号文本形式的视觉性冲击

人类对图像的偏爱从古就有，源于人类"趋易避难"的心理和青睐图像带来的直观形象冲击，直截了当地展现事物的平面浅白。图像获取的由难到易，取决于媒介技术更迭的由简单到复杂及图像载媒的由单一到多元。以语言艺术为基础的传统文学生产首先遭遇到的图像冲击来自影视媒介的视听直观性上，影视媒介所具有的展现图像的先天优势带来对图像和图像接受者的控制，此间的文学信息交流都不可逆转地由语言文字文本的阅读转向图像文本的展现，影视改编文学就是将语言文本慢慢嵌入图像、声音和画面呈现文学文本的影像化叙事。数字互联网新媒介容纳了一切旧媒介所具有的符号元素特征，也使新媒介文学在生产传播过程中，成为以语言文字符号为主、协同声音（具体有音乐符号和声响符号）、图像（具体有图画符号和动画符号）、身体（具体有表情符号、手势符号、姿势符号）等共同构建复合符号文学文本形式，这既是利用数字媒介技术力量重回"原生口语文学"时生成的"口语—身体—音乐"复合符号文学文本的原初形态，又史无前例的丰富、拓展了当下文学复合符号文本的形式，生成复合型文本的文学意象与意蕴。图文并茂的影像化叙事就是新媒介文学运用各种复合符号文本生成发展中呈现的特征，在这个"读图时代"开创新的意义。

新媒介文学图文并茂的影像化叙事是文学图像化趋势的表现，是文学语言与图像在新媒介技术力量下寻求内在统一性和契合性的方式，可以大致从三个层面理解：其一，语言文字可以模仿、刻画和表现图像，使图像符码化、文字化，人们可以通过解码，透过语言文字来感受图像，图像是语言文字反映的对象之一；其二，图像不能完全脱离语言，人们对图像的认知需要运用语言文字进行解释、说明和标注；其三，语言的形象性和图像的具象性具有内在的契合度，能够图文并茂、互为阐发和说明，具有"互文性"。正是有了语言文字与图像的内在统一和契合，文学才能在媒介技术的更迭变化中向图像表现靠拢，展开图文并茂的影像化叙事。新媒介文学的图像化，就单一符号文本即依然以语言文字为主的文学文本来说是使语言高度的感性化，用于表现意义、价值、思考、心理的语言大幅缩减，而用于展示图像感、视觉化景观和场面的语言比例大幅提升。观照这类文学文本时可以通过文字语言看到斑斓的图像世界，也可以称之为藏于语言中的"内隐图像"；就复合性符号文本而言，语言文字、图像、声响等各种符号聚合在文学文本之中，构建出文学的拟象世界，赋予受众更强烈的视觉冲击和影像感受，产生文学意象。

新媒介文学呈现出的图文并茂的影像化叙事方式是对单纯以语言文字进行叙事的传统文学存在方式的最大解构。新媒介文学的图像化建构出一个虚拟的拟象世界，各种文学的表象符号赋予读者的更多是在视觉上的冲击和图像化的阅读体验，快速浏览取代对文字的静观沉思，新媒介文学文本的图像化呈现是对传统文体形式的解构、对文本思想意义和艺术的消解。

一、文字被挤压的图像化结构：故事情节的直观性与平面性

中国传统文学叙事主要以情节展现，在情节的曲折发展中展示故事、人物、主题等。情节在时间化的发展进程中展开，同时情节的时间发展进程被设定在特定的空间范围内，表现特定空间区域里的宏观状貌。中国当下新媒介文学的大多数文本作品也都是以情节结构展开叙事逻辑，即文本中各个情节组成按时间的自然顺序、事件的因果关系顺序连接起来，呈线状延展，虽然有时倒叙、插叙和补叙，但并不改变整个情节的格局。这一方面是对以往在传统文学文本创作中就普遍使用的情节结构的延续，因为新媒介文学创作主体的扩容导致文学创作门槛的降低，情节结构叙事是最易于把握和应用的结构方式；另一方面是基于新媒介文学创作主体与受众群体互动模式，以及文学商业化运作需求促使网络超长篇小说样态的大量存在并多以情节结构加以展开。

区别于传统文学的创新之处在于，新媒介文学文本多向"图像景观"靠拢，直接遮蔽识文读书的沉思苦虑，而以新鲜精彩、饱满跌宕的情节增强图像叙事的比重，通过现实图像情景的虚拟化来增强文本的直观性与平面性。这类图像情景描写在虚拟中保持着平面化的原生态，故事人物在平面化的图像中生存、交往、发展，经历起伏变迁，给人更加生动直观的具象化传达。数字新媒介的技术特质促使文学创作正在以"图像"表意的方式来挤压"文字"表意的方式，"图像"愈发被当作文学对于现实和主观关联物的符号中介，用图像的直观性来替代自然物的在场性。新媒介的图像化叙事改变了传统叙事模式中的情节发展模式，多采用图像情景描写，文本越来越倾向于以图像化的情节结构，不同于纯文学文本情节设置那样，情节是小说结构的主导，多重矛盾、情节曲折、引人入胜，新媒介文学作品的情节结构是对生活形态的直接呈现，用图像化叙事增强文学文本的直观性与画面感，趋向文本的平面性、影像化。

以郭敬明的《悲伤逆流成河》为例，文字的画面感是这部小说在情节结构上的一大特色，用语言描绘图像，众生态的生活故事呈现多具有浓郁的画面感，生活、故事都的呈现图像化形态。如小说第一回中，主人公齐铭饭后被母亲劝进书房学习，被呵护备至，不必做任何家务，而易遥却承担起家庭重担，放学后还要做饭等母亲来吃。"齐铭拧亮写字台上的台灯，用笔在演算纸上飞速地写满密密麻麻的数字。密密麻麻的，填满在心里，就像填满一整张演算纸，没有一丝的空隙。像要喘不过气来。……拥有两个端点的是线段。拥有一个端点的是射线。直线没有端点。齐铭和易遥是同一个端点放进去的线，却朝向了不同方向，于是越来越远，越来越远。"这段描写中，齐铭的心理状态表现和对易遥的现状、将来发展方向的描述，都是画面性的、片段性的图像，却有较为深刻的图像化意蕴，齐铭和易遥本来是相近的家庭背景，却因为生存环境的差异预示他们将来会背道而驰的命运，文本以画面的直观性、影像化的叙事方式揭示了其中的文学底蕴。

新媒介时代文本小说创作高速化，创作主体为适应读者的快速阅读模式而以直观感性、富有动感的语言来进行跌宕起伏的情节书写，通常都无暇细致雕琢文本。文本的故事情节以浅显易懂的方式大致呈现后，便有如电影蒙太奇的拼贴效果一样转入下一个情节描述，仿佛从一个画面跳到另一个画面。为了满足读者在阅读文学作品时产生读图式的娱乐感和欢畅感，很多创作都有意借鉴模仿图像来进行文本创作，这种直观性与平面性甚至比直接观看影像更容易使读者产生快感。新媒介文学作品对文字书写的淡化和对图像感觉的强化，使读者介于一种既非观影过程中想象力被完全拖拽分散的被动，也非阅读纯文学小说一般完全与文本分开深刻反思现实生活的主动，读者在阅读新媒介文学作品时会产生一种"适度"的参与性和代入感，并可以充分发挥想象力，实现文本创作中"虚拟真实"与"现实"的双重审美。总之，图文并茂的情节结构会使读者在阅读新媒介文学作品的过程中如游戏般产生代入感地进入角色所处的虚拟时空，又能够直观自在地享受休闲娱乐的阅读快感。

二、人物被虚拟的单元格范式：性格心理的片段性与自由化

新媒介文学文本中的人物形象呈现出丰满立体的多元化特性，是虚拟无束、自由流动的众生百态。在虚拟的文学空间，人物及其性格心理可以进行各种假设，这与传统文学作品有明显的不同。传统文学很多经典小说文本中，对人物形象和性格的塑造都是在特定的时间、空间中展开，是特定历史语境下人与社会之间关系的拷问。人物的性格心理、形象塑造都有其形成的必然性和现实逻辑，是贯穿文本整体的合理存在，为凸显文学作品的思想性、艺术性和主题深度等服务。但在新媒介文学的文本中，人物形象的塑造、性格心理的设定都显得更加自由随性而不必有严格的形成逻辑。

新媒介文学文本中的众多人物形象是源于现实生活和作者幻想空间而构筑的虚拟众生态。创作主体在网络虚拟的世界里获得前所未有的人物展示自由，各色人物更像是活在一个个网络图像化的单元格里，每一个图像单元就是一个虚拟的生活场景，每一个场景都有属于自己的人物群像及左右单元格里的情节与故事，很多单元间的人物可以彼此没有交往，互不相识，而主要和作品中的主要人物产生关联，按情节故事的需要出场或退场，呈现出虚拟无束、自由流动的状貌。创作主体在写作中较少再受线性故事情节连缀人物的局限，也不必像传统文学创作中时常要呈现人物性格矛盾冲突与生活规律、主题揭示等内在关联的必然逻辑，人物形象塑造在不同的图像单元格里按需而生，随需而灭。特别是在超长篇小说创作中，动辄几十万字、上百万字，随时更新随时发布，很多人物更无需进行前后缀连，只是围绕若干主要人物在不同的场景切换、情节发展中或聚或散，在虚拟的世界里自由流动，呈现众生百态，不断刷新着众多读者的视觉直观感受和心理审美体验。比如，300万字的长

篇玄幻《择天记》就可以用"三千世界，满天神魔；人物林立，纷至沓来"来形容。除了主要人物陈长生、徐有容、唐棠、白落衡和主要配角苟寒食、秋山君、莫雨、尼禄等在情节中时常出现之外，在被构筑的玄幻世界各个场景中，关系错综复杂、秉性形态各异的人物众生相，时聚时散，自由来去，却又富有参差错落的层次感，网住无数读者的好奇心。再比如，500余万字的网游竞技文《全职高手》，在现实与网游两个世界的互动交织中展示主人公叶修和他的网游角色"君莫笑"展现游戏技艺重获荣耀的过程，期间也塑造了大量现实人物形象和网络游戏形象，特别是在游戏中，每过一关面对极富创想力的 Boss 形象和临时组队纷纷出现的人物形象就仿佛在图像化的单元场景中完成一个又一个叙事任务，任务完成，各种形象也纷纷退去，只留下主人公的绝世神技和对下一关的更多预想。在相对成熟的网络小说文本中，人物形象特别是主人公的形象塑造都显得较为突出，个性鲜明，且大多是通过情节的推演和故事的跌宕起伏使人物形象愈加复杂立体，更有层次。但由于文学文本接受过程中"快餐化"、速食性的特点也使大量的人物形象呈现标签化、程式化和简单平面的趋向，仅为情节和剧情服务而显得平淡无奇。

　　基于新媒介文学文本中所塑造的众生百态单元化范式，人物的性格心理也呈现片段化、自由化和碎片化的特点，人物塑造充分体现了新媒介文学文本的创作主体空前的自由性与创造性，在图像化的文本单元空间中恣意构建着不同世界里的各色人物。比如，郭敬明在创作《悲伤逆流成河》时，文本作品中的人物行为、情感、心理大都是片段的、单元性的画面，这些片段的行为、心理的画面是自由的，没有严密联系的，也是碎片性的。郭敬明以内心独白的叙事方式，从各个角度揭示易遥微妙的心理活动，剖开人物思想的横断面，主人公的心理状况以单元性、片段化的图像方式展现出来，体现的是人物的平面性、浅表性的生存状态，也是一种行为、情感、灵魂的碎片性表现。总之，新媒介文学用影像化呈象和图像化叙事的方式展示主人公和众生百态，使文学的生成与发展更具特色。人物被虚拟的单元格范式使其在平面化的图像、片段中生存、交往、发展，性格心理也呈现片段性和自由性特点。

三、心绪被分享的欲望化叙述：传情达意的即兴性与互动性

新媒介文学文本语言追求图像化，通过语言文字与图像的互文，借助多媒体复合符号的综合运用也使创作主体在心情心绪的体验化写作层面获得更自由即兴的表达。新媒介文学缘起之初，创作主体就利用网络媒体平台进行传情达意、心情心绪的体验化书写，北美留学生在海外互联网上首先用中文张贴思国怀乡之作，随着海外文学网站如"新语丝""橄榄树""花招"等挺进中国本土，以及国内论坛"水木清华""天涯社区""西祠胡同"迅速崛起，大量自由无束的言论表达、即时互动为文学创作自由奠定基础。以痞子蔡的《第一次的亲密接触》为先端，网络文学发展日新月异，热潮不断。二十年里网络文学原创作品、门户网站的文学频道、注册域名的汉语文学网站和个人主页均以几何指数增长，博客、微博、微信等新媒介技术应用形式的出现，又进一步拓宽了新媒介文学的形式、内容和传播渠道，推进了文学创作自由。

新媒介文学最初的创作是非功利性的，大多数人在互联网上发表作品的时候都没有太多的想法，书写都是出于某种交流欲望、情感抒发、宣泄诉求或者游戏娱乐的心态，写作无拘无束、恣意挥洒。创作主体大都忠实与个人认知、彰显个体感知而在无形中消解了以往文学传统中的社会责任与价值承担，一切都让位于个体欲望的无限表达，满足娱乐狂欢的大众化审美和消费需求，拒绝崇高、厚重和文学的理性价值。互联网呈现的虚拟空间拆除了创作者们身份等级、背景条件等藩篱阻碍，匿名写作的性质和虚拟身份的自由给了创作者恣意表达心情心绪的可能。互联网分布式网状节点互动融通，去除了如传统文学作品"出场"难的障碍，降低了作品资质把关认证的门槛，激发了民间大众自由书写的

热情。

随着起点中文网付费阅读模式运作的成功，新媒介文学的功利化创作渐趋主导，资本的大量介入和对文学版权的全面开发展现出文学商业化、产业化过程中的逐利本性，大量创作者为获得文学名分、版税收入和社会地位等从事功利化写作，个体心情心绪的体验化写作让位于满足读者审美趣味和感官娱乐的类型化、模式化创作上，被纳入文学产业链条的生产环节中。但随着新媒介技术的革新，媒介载体的不断裂变深化，代表社交媒体、自媒体的博客、微信和微博等形式以"微文学"的样态为创作主体提供新的传情达意、自由书写的平台，在移动多媒体终端时代，这类"微文学"满足了数亿个用户群体在碎片化时间和空间里的自由创作、阅读欣赏和互动交流的需要，以高度凝练的语言或抒发情感、寻找寄托，或营造幽默、愉悦身心，或发挥创想、释放自我，或冷静思索，回归现实。微博、微信等微文学新媒介以自媒体优势和"圈"层特质及"微"的文体格式使创作个体随时可以分享心情心绪，用极具个性的心情渲染来表达意图，用简单直白的语句直抒胸臆。如吴毓瑶的《井》——"夜里我掉进一口井，还好水很浅，但仍使我感到恐慌，慌乱之时发现有一丝光亮，便仰头望天，我惊呆了！那星空是如此的美丽，忽然间我羡慕起那只井底之蛙。世人只知道批判它目光短浅，却不知在这一口洞天之中，可以看到常人难以看到的美丽景象。"内容虽简短却深具哲理，朴实真切的语言讲述美丽景象的不经意发现，心绪情感表达更有深度，温润读者心灵。再比如一则微小说，魏有恒的《聪明蝇的误会》——"蝇类与人类为天敌，人欲除之而后快，但终不成功。一日，一聪明蝇发现人类食物皆有毒：大米、蔬菜、肉类……无一幸免，己类食之死亡不断，人却照食不误，最初不解，继而大悟：人欲用自杀式与自己同归于尽！便叹道：人欲以死灭我，我类大祸临头矣！便嗡地一头扎进污水……终于绝望而死。"

创作者以寓言方式极富创想性地揭露当下人们对食品安全的担

心，借物喻人，以批判的口吻警醒人们看到自身的不足，抒发了个体主张，贴近现实。总之，微博、微信等"微文学"的样态更符合个体自由表达创想的文学创作需求，是大众的心情空间，很多作品都是有感而发，虽然暂时并不具备很高的文学价值，承担文学责任与担当，但成为创作主体可以真正表达感情、心绪、理想和快乐书写的创作样态，与传统文学中倡导的"我手写我口"的品质不谋而合。微文学以它独特的生成与传播方式，在诸多的新媒介文学样式中脱颖而出，延续了新媒介文学在无功利化书写层面的自由随性，传情达意的个性化体验与表达。

第四节　感性生命的世俗化审美："草根性"与"撒播感觉"的娱乐性体验

新媒介文学是新媒介技术性、交互性影响下文学与媒介深度融合的新样态，在大量的文本资源中呈现出新的审美形态和审美范式，正在冲击和解构传统的文学审美系统。数字互联网技术使文学处在多元化的文化语境当中，在文学泛审美化趋势中，文学创作主体与接受主体同处于网络虚拟空间，共同构筑新媒介文学感性、直观、凡俗的审美取向。传统文学中精英文化和主流意识形态对文学的影响在新媒介文学领域正日益削弱，沿袭大众通俗文学审美取向的世俗化、娱乐化色彩日渐浓厚并展现出商业资本的强渗透性，消费主义文化在新媒介文学文本中获得蔓延和强化，致使图像化审美形式凸显，审美趣味追求新奇快感、平面直观，审美感受由沉潜变得粗浅，审美思维愈发感性主观，彰显出强烈的主体性，呈现出体验性娱乐消费的审美取向。

一、从审美走向欲望的精神聚餐：个体日常体验的浅表性与快感性

在新媒介文学大量的文本中可以看到一个突出的审美取向是对受众娱乐消费的追求和欲望快感的满足。文本中经常给受众带来的"爽"感、强大主角光环、升级打怪、被虐与反被虐等都是创作主体在创作时必要的模式与套路。从审美层面来看，新媒介文学生产门槛降低，文学场域不断扩大，审美活动视野不断延伸，大众写手日益增多，文本创作不再神圣高雅，也非专业人士才能从事，越来越多的文学作品甚至仅是创作主体碎片化的、对世俗生命的体验与分享，大众化的泛文学作品客观上丰富延展了文学主题和叙述方式，也使创作个体的内心经验、精神世界及各种情感情绪获得充分的挖掘和表达。传统文学在审美取向上追求的是社会现实与历史理性的关联，从"精英本位"的角度进行宏大叙事，表达真切的生命体验和崇高的人文精神，追求深刻的审美意蕴和"静思"后含蓄的审美体验。而新媒介文学则脱离了"精英本位"的文学叙事，转向虚拟空间叙事，在虚拟时空中发展情节，创作主体视线下移，不再关心宏大局势、大事大义，而转向关注琐碎的世俗图景和狭小的个人空间，趋向对世俗生命碎片化和浅表化的体验，满足受众娱乐快感，实现摆脱文学担责"枷锁"的众生狂欢。新媒介文学文本体现出文学审美形态在新媒介语境下已经不可逆转地发生了改变。

首先是审美趣味的世俗化倾向。新媒介天然的"草根性"、大众化使文学的生成与交互更主动自觉地贴近了具有大众基础的通俗文学，纯文学的小众化、精英式创作、高度集中的审美则被逐渐冷落甚至回避。特别是新媒介文学的生产和消费主体大多趋于年轻化，成长于互联网，拥有互联网思维，受经典文学及文化的影响远不及网络中文学传播范式的影响和惯性。这些年轻的写作者在与读者信息交流时的随机便捷、生活

方式的快节奏碎片化，使其形成的生活经验和审美体验也大都趋于碎片化、浅表化。这也使文学文本抽象化臆造的幻想世界中新奇瑰丽故事和题材大量出现，各种"浪漫式"现实的"欲望"叙事日渐凸显。这从新媒介文学中出现大量奇幻、玄幻、游戏、灵异、穿越、二次元等类型文的繁荣现状可见一斑。新媒介文学文本创作较少映照时代主题和现实意义的宏大叙事，而更崇尚文学创作阅读的通俗化、娱乐化，新奇求异，这种世俗化的审美趣味与当下年轻一代文学创作与接受群体寻求刺激、偏好猎奇及追求快感娱乐的心理特征相契合，创作文本基本上不会表现错综复杂的社会矛盾、深刻的人文主题或对人性进行深入探索，而大多趋于想象视域中满足感性本体世俗化诉求的各类平民化、游戏化、娱乐性的书写。

其次是审美方式的直观表达。新媒介文学文本生成于具有双向交互模式的数字互联网空间，文学创作直面读者（受众），并在读者评论、意见、趣味和审美需求的实时交互中修改和完成文学作品。因此，新媒介文学文本生成大都迎合了读者的审美心理，依循受众感官和性情进行的创作使文学的审美方式渐趋直观表达，易于为读者接受。传统意义上的文学文本具有较强的文本深度、隐喻性和距离感，所以在文学审美方式上是需要读者不断沉思、静想，努力发掘文本中的含蓄内蕴，进而潜移默化地浸润读者心灵。而当下的新型文学文本大都浅显通俗、主旨明确，直达感官，以强故事性和情节叙事推进创作，不必字斟句酌，不必设置婉曲隐含的内在意蕴，只需交代必要完整情节，设置故事高潮、悬念和看点，使读者收获瞬时快感并能持续追看即可。图像化语言的大量运用，也是新媒介文学要求审美方式直观表达的结果，图像化、浅表通俗的直观文本使读者放弃了对文学文本想象和自我生发的解读，直接获取故事情节、主题大意，也直接获取知识和经验，以感官刺激取代内心独处，收获快感。

最后是审美思维的主观感性。新媒介文学文本的大量出现改变了以往文学审美的诗性本质而呈现出"审美日常生活化"的泛审美化趋势。大量在数字互联网空间生成与传播的文学作品打造了一个世俗化、泛审美化和反诗意化的世界。个体化的凡俗存在与宣泄、虚拟空间里的自我把握与感性体验逐渐替代文学原有的审美本质而实现"感性本体"的回归，即以"情绪宣泄""心绪体验"等为表现还原以"感性"为中心的审美本质，生成主观感性的审美思维。受众在接受大量的新媒介文学文本过程中，大多不会去考量文学情节的合理性或人物形象的现实性，文本中是否存在隐含意蕴或背后的主题深意，而更多只凭感性认知去解读作品，对能满足个人欲望的文学作品充满兴趣，而不愿从道德理性或社会责任角度去沉思作品。受众的审美期待逐渐受浅阅读经验、审美异趣化、碎片化知识结构和生活体验影响而变得日渐窄化，喜欢个性化地去解读文学文本，审美思维具有强烈的主观性和自我性，审美心理图式变得日益直接简约，不愿理性接受文学作品，而更愿意在虚拟的文学世界里宣泄情绪、恣意抒怀，经由对文学作品角色的"映射"和观照需求个体的归属感与认同感，充分享受文学创作中的话语权。

二、从静止走向流动的语言风格：网络媒介口语的对话性与浅表性

文学媒介的选择和运用在特定语境里总是与文学文本的意义及其修辞效果密切相关。新媒介的技术性和媒介性等本质特性赋予了新媒介文学文本语言特殊的修辞效果，影响文学文本的意义走向。传统纸质文学文本语言凝固在静止的纸面上拖拽受众静心沉潜地阅读和审美，语言大都精敲细琢，富于文采或运用复杂的词语和句式展现风格；而新媒介文学文本语言流动在电子屏幕上，迎合受众碎片化的时空需求呈现通俗易懂的大众化语言风格，口语化、对话性的色彩浓厚。

新媒介分布式网络结构和互联网"连接"的本质使得每一个新媒介

的用户既是传播者又是接受者，这也就意味着新媒介文学的创作主体可以实现创作即发布的文学生产，并在与读者的交互中完善文本的创作和发展走向，也打破了以往传统文学从生产到传播的层层规制形成的文学作品面世节奏。读者的普泛性、阅读时间的碎片化和生活的快节奏，使新媒介文学文本语言呈现拟象仿真的图像化、简短浅白的通俗化、直击快感的娱乐化等特点。数字媒介技术的特质是复制、仿真和拟象，图像化语言的直观具象及平面化特点更能满足读者群体碎片化阅读和娱乐式体验的快捷需求，使传统文学中语言文字抽象意义的"语象"审美转向文字视觉化的能指表达，文学在被"读"的同时更多走向了"看"，文本在被"思考"的过程中逐渐被"浏览"所取代。图像化语言的核心仍然是文字，图像只是对文字的修辞，但图像化语言使文本生发出更多文本意义，呈现出一种媒介融合的复杂状态，也使文学的审美体验发生了改变。

从目前来看，新媒介文学文本更趋向于海量化、飞速创作的娱乐式文本，读者的阅读欣赏方式往往是快速浏览，一目十行，或者只看对话，抽取主要情节。创作者为了保持更新速度和读者的忠诚度、追看节奏，必然要运用简洁浅白、平实直接、通俗从众性的语言推进情节，设置各种吸引人的悬念、高潮和看点来满足读者快速阅读的海量需求和追求快感娱乐的心理诉求。对话性、口语化、平白浅显的语言在文本中随处可见，创作者来不及细细雕琢文本，读者也仅是去寻求文本中的娱乐情节而淡化由精美文字语言的静思、反省所产生的审美体验。新媒介文学的文本语言总体上消解了传统文学文本追求思想启蒙意义、纯文学本体性及精神深度探求等文学性的特质，而呈现出大众化、通俗化、平民化、娱乐化等富有民间意识和叙事特点的审美取向。比如，萧潜的《飘邈之旅》不仅在创作中奠定修真等级模式，而且在行文上开创了"小白文"的爽文模式，全文基本以对话性语言推展情节，展现人物形象与面貌，口语化的通俗随性让读者更容易产生快感和娱乐满足。行文流畅自如，景物描写、静物描写和场面描写构思精巧，虽缺少细腻精辟的心理描绘导致文本在思想性和文学性，以及文化底蕴层面的缺失，但充分满足了读者娱乐消费体验的审美取向；再比如，烟雨江南的《亵渎》亦是以通俗随性、简洁浅白的语言构筑奇幻的位面世界，讲述小人物的逆袭成长。而《致青春》中的言情也显得清新质朴、平实通俗，偶有轻松幽默的话语穿插使文本显得别致自然，风格活泼。

　　总之，新媒介文学文本中呈现出的审美形态和审美范式正不断解构固有文学的审美系统，感性本体的回归，对大众通俗文学沿袭下新的审美取向的浅表性、碎片化、娱乐性和世俗化等都源于新媒介的技术性及其本身的媒介性带来的文学文本语言的转变。

第五章

新媒介文学的传播路径研究

新媒介文学的生成与发展过程中，从生产层面进入到传播层面，实质上是探讨文学性媒介文本结构中的"作者的文本"如何有效地转化为"读者的文本"并为读者接受的过程。"作者的文本"可以理解为由文学作者创作出的文学手稿或类手稿阶段的文本。"读者的文本"则是进一步加工创作出来的文学文本的完备形态，即已经到达读者层面的文学作品。而介于二者之间的"传播者的文本"则是文学传播者在"作者的文本"基础上二次加工创作的结果。即"传播者根据"作者的文本"传递出的文学信息需要和所在媒体性质而选择具有积极意义、可以发挥审美功能的载体媒介，把作家文本中的文学信息从原来的基本不发挥审美功能的载体媒介卸载，转移到选择好的新的载体媒介之上从新媒介文学的视角来看，"作者的文本"即由网络专业作家、网络写手或网民大众等创作的尚未经由新媒介传播路径、各种载体终端发布出来的文学原创文本；而"读者的文本"则主要是以线上经由新媒介载体再加工后的"作者的文本"和线下再加工成制品是媒介产品如印刷书籍期刊、影视改编作品、游戏衍生等形式。新媒介文学的生成发展，在研究新媒介文学生产机制和"作者的文本"生成基础上，同样离不开在传播层面对"传播者的文本"和"读者的文本"的研究，通过进一步探讨新媒介文学的传播路径机制建构和文学"受众本位"的互动交往机制来理解新媒介文学传播秩序中的共时性与交互性效应，把握新媒介文学传播的媒介技术性本质。

第一节 有效传播与文学载体
平台移动化与社交化

　文学传播路径具体可以理解为是文学信息从文学创作者（形成作者的文本）和传播者（形成传播者的文本）抵达接受者（形成读者的文本），接受者再将信息反馈回创作者和传播者所采用的途径和经历的路线，以及这一过程中起关键作用的传播节点（个人或组织）。不同的文学作品可以遵循不同的传播路径；同一文学作品可以采用多种传播路径。新媒介文学的传播路径建构基于对数字技术、互联网技术和移动通讯技术的充分利用，使新媒介文学作品的传播呈现跨平台跨媒介的多元多维传播路径。

一、文学网站：大数据计算与"传播者的文本"的有效传播

　移动互联网终端路径出现以前，基于固定终端的 PC 网络平台一直是新媒介文学传播的主要路径，即个人电脑终端使用平台，新媒介文学受众的联网"路口"，而文学网站成为 PC 互联网路径下的主要文学传播载体，是"作家的文本"和"传播者的文本"共同的生成平台。

　文学网站主要是指提供文学作品（小说、诗歌、散文等）、文学批评、作家介绍及其他相关资讯的网站。从传播路径角度来看，目前 PC 端的文学网站主要分为原创性专门类文学网站、门户网站的文学类专题、文学期刊的官方网站、杂志社出版社的官方网站及一些专门性的文学协会、组织的官方网站。这些网站特别是原创性专门类文学网站成为新媒介文学生成和传播的主要渠道和路径，从最初追求文学理想的无功利化运作

到当下因功利化的资本逐利而形成日趋成熟的商业运营模式，文学网站目前的繁荣兴盛，是新媒介技术更迭创新、文学传播各节点的组织、个人及宏观环境综合作用的结果。

目前，以起点中文网、晋江文学城、纵横中文网等为代表的原创性专门类文学网站不仅成为以网络原创小说为主的新媒介文学的传播路径，而且成为文学作品生成的巨大孵化器，大量专业网络作家、写手，以及海量受众群体聚集于此，基于逐步科学成熟的生产传播机制和商业运作模式及大数据算法有效进行着"作者的文本""传播者的文本"和"读者的文本"之间的转换，产生效用。

这一类原创性文学网站，不仅作为创作平台生成培育文学作品，而且还作为传播路径负责输出文学作品，特别是可以通过大数据算法为网站用户提供量身定制的推荐订阅服务，满足用户需求，实现最大限度的有效传播。一般来讲，依据用户点击率和付费量结合大数据，文学网站会为作品进行各种排名和系统划分，产生如点击榜、收藏榜、付费榜等数据指标供用户选择，也作为文学网站自身对文学作品价值评估的依据。

在原创性文学网站中，"起点中文网"的创建、重组与新生，是非常具有代表性且有标志性意义的。起点中文网的前身是带有文学性质的个人网站，由玄幻文学协会筹措，创建于 2002 年 5 月，从其诞生起就极富传奇色彩，首先是开创 VIP 在线付费阅读模式并获得成功。奠定文学网站得以生存并运营下去的基础。不到两年就在国内众多文学网站中脱颖而出并成为进入 AIexa 网站流量全球综合排名世界百强的第一个原创文学网站。2004 年并入盛大网络成为盛大文学旗下的专业文学网站以后，盛大文学研发的多种文学作品衍生盈利模式，起点中文网都是先行者和实践者，从线上 VIP 付费阅读到线下实体书出版、电子书出版、影视剧改编权版权销售、网络游戏脚本出售等都为其他文学网站的运营和文学作品的有效传播提供经验借鉴。盛大文学为签约作家制订稿酬计划和福利计划也是从起点中文网开始的。比如盛大文学旗下的"起点游戏平台"

有很多游戏都是改编自起点的超人气小说，如《凡人修仙传》《九星天辰诀》《杀神》《傲世九重天》《斗罗大陆》等，实现了文学文本的游戏转换，也是从作者文本到读者文本有效转化和传播的范例。

需要指出的是，付费阅读是文学网站商业化运营的起点，也是基础，付费模式在新媒介文学传播路径的建构机制中起到积极作用，点击率与付费量是文学网站在文学传播路径中最便捷快速，也是最能直接获得受众反馈的方式，能够了解用户对所读作品的价值评估和喜好程度。不过，原创性文学网站的点击付费模式一般是按照章节、字数收费，这也就间接导致创作者不得不考虑收益而将小说的长度拖至百万字以上，其弊端是降低了文学作品的艺术性和观赏性，甚至导致大批冗长拖沓的文本作品被创作出来，影响新媒介文学的整体创作水平，需要引起注意和警醒。

另一类新媒介文学网站的传播路径主要是指门户网站下设的文学读书类频道，例如，腾讯读书、搜狐阅读、凤凰读书等，这类网站具有其他文学网站所不具备的优势就是可以充分利用门户网站原有的客户资源和用户资源，而不需要重复投入人力物力来开拓市场。门户网站一般属于综合类网站，具有较强的经济实力和高素质的管理团队，凭借门户网站的口碑和影响力，其文学类频道可以采用各种手段如报道文化资讯、开办各类阅读栏目、跨媒介合作联动等形式网罗文学资源，实现文学有效传播。但相比专门性文学网站而言，门户网站的文学频道在文学作品的原创性上并不是很强，文学作品的衍生品开发上也不及专业性的网站运营那么成熟，是文学传播路径中原创文学专业网站的有益补充。

此外，还有文学资源下载型网站如"万卷书屋""虫虫书吧""理想文学""网络小说阅读网"等网页设计比较简单，主要提供各种格式的文学下载资源，以免费或付费的方式实现文学作品的终端传播。其优势在于给读者提供阅读分享文学作品的渠道，是读者进行资源下载优先选择的门类，缺点在于可能涉及版权的问题而失去存在的根基；一些文档分享型网站如百度文库、知乎、百度贴吧、论坛等也可以成为文学传播的路径，但这类网站上的作品分布比较零散，缺乏专门性和连续性，盗版严重，原创不足，难以形成规模。

二、移动终端：快捷随机与文学阅读的碎片化"速食"

移动多媒体终端特别是智能手机的广泛应用，使新媒介文学的传播路径逐渐转向移动化、社交化，终端上网的即时便利、快捷随机使用户的碎片化时间都可以用来随时接触新媒介即移动终端，也由此打通了受众在日常生活中进行碎片阅读的文学传播路径。与 PC 端文学网站相比，移动终端只是改变了文学传播路径中用户的接收状态，并更多运用了智能设备应用程序与受众进行更便捷的文学推送。

文学阅读的移动应用种类繁多，不仅有阅读平台路径，还有书籍期刊合集等样式。这些基于移动终端开发创建的文学传播应用路径适应和满足了异质、分散的大多数用户文学阅读的需要，且具有非常鲜明的网络共享特征，在众多免费和付费阅读类应用中，收益最好的如 QQ 阅读、学阅、起点读书、黑岩阅读、当当读书、豆瓣阅读、百度阅读等，提供大量免费阅读的文学作品，通过流量的累积来吸引受众，当受众数量较大时会获得广告投入，进而进入良性循环的运营轨道。

移动互联网终端的文学传播路径促使文学接受和文学审美发生巨大改变，即成就了新媒介文学日常生活化的碎片式阅读。我国移动互联网于在 2011 年开始了强劲发展势头，2014 年进入稳定的全民移动互联时代。庞大的文学移动终端资源预示着新媒介文学发展的未来前景，移动终端传播路径赋予新媒介文学的巨大价值和商业前景不可估量。碎片化阅读渐趋常态，是新媒介文学传播路径机制建构中的重要环节。碎片化阅读的积极意义在于突破文学阅读的时空限制，赋予读者最大的自由进行阅读，以快速便捷、即时交互、自主随性的阅读方式参与到文学传播活动中，充分利用零碎时间提高效率，获得阅读快感，达到娱乐身心的目的，这些都是传统的文学阅读所不具备的优势，碎片化阅读从某种意义上说越来越代表了一种阅读的趋势，一种文学接受的趋势，也是新媒介技术出现所形成的必然时代特征。当然，碎片化阅读的缺陷和问题也在日益凸显，碎片化的阅读方式导致人们阅读的内容也渐趋碎片化，古人也曾有过在"马上、枕上、厕上"利用碎片化时间阅读的行为，但所读的内容大都完整贯续。而当下的移动终端阅读，人们已经习惯轻纸本和网络阅读的欢悦体验，所阅读的内容大都快捷简短，片段化、无序化，长久下来所获得的知识碎片将影响人们形成有深度的、批判性和理性化的系统知识体系，也不利于人们思考能力、逻辑思维能力和判断能力等的培养和提高。此外，用户的碎片化阅读也容易使文学在创作上过于追求平面直观、简单直白、直击快感而导致文学创作的日益浅表，变得"速食"。移动终端的文学传播路径建构是新媒介文学发展的必然趋势，但需要客观看待利弊，清醒应对。

依托移动终端用户需求逐步繁盛的"文学有声书"传播路径也愈发凸显。这种直接诉诸受众听觉的"读文学"方式解放了受众的双手双眼，以"润物细无声"的方式"隐性"伴随，更充分利用了碎片化时间实现了文学的有效传播与到达。基于文学有声书开发的智能应用程序如"喜马拉雅""懒人听书""荔枝""蜻蜓 FM""企鹅 FM""氧气听书"等都已积累了庞大的用户群，拥有上千万甚至过亿次的下载安装量。比起视觉上阅读的疲劳和强制性，"文学有声书"更能满足用户的需求，且新媒介进入以"用户生成内容"为中心的社交媒体时代，文学有声书 App 的开放运营商也运用有声书平台，通过各种活动如全民招募、主播大赛、精品打造和付费优先等平台互享方式充分调动全民智慧，发掘大量民间"说书人"，集聚用户生成内容，打造出良性的有声文学传播发展链条，前景可观。

三、微博路径：社交化资讯与"微话题"文学的亲民效果

微博路径是新媒介文学传播路径建构机制中的又一重要环节。作为我国目前最大的网络社交平台之一，文学在微博中的传播现象已经显现，在研究新媒介文学时，微博文学也是不可忽略的重要文学样态，研究新媒介文学的传播路径，也不能忽视集聚了大量文学内容、文学用户和文学资讯的微博路径。

微博兴起之初，我国微博平台主要有新浪微博、腾讯微博、搜狐微博和网易微博等，各平台相互竞争博弈，而随着微博平台的进一步发展，新浪微博逐渐在微博行业中处于垄断地位，拥有最多的用户，占据最大的流量。在新浪微博的"用户"中，以"文学"作为关键词进行检索，有许多相关注册用户，其中既包括出版社、期刊杂志社、文学社团、文学类奖项等以企事业单位、团体组织为主的用户，也有包括文学编辑、文学奖获得者、文学硕士或博士、文学批评家等从事文学出版、批评和研究的个人用户，还有微博注册名称中含有"文学"字样的用户。这些用户利用微博平台对文学进行传播，既有对传统意义上的文学的创新和改造，如根据微博的文本形式和结构要求对传统文学中的经典作品进行戏仿、改写等，形成别具趣味的作品；也有原创作品的"微"发布，即作者自己原创的长篇文学作品拆分成短段落连续发布到微博上吸引和维护点击量与关注度；还有纯粹的微博原创文学，即借助微博新媒体终端和平台进行即兴创作的心情留言，生活感悟、幽默笑话，生活趣闻等用于情感宣泄、娱乐休闲或互动式交流的语言文字，虽然大多数还不是严格意义上的文学创作，但已具有较为鲜明的文学色彩，属于新媒介文学中"微文学"类型。

微博路径结合了文学网站和移动终端的文学生成与传播优势，为文学类用户提供了更为自由广阔的空间，借助微博路径终端的多元化和社

交化特质，可以使文学信息经由不同微博用户主体延伸到互联网以外的世界，实现线上线下融合沟通的交互传播。微博路径实现了点对点的互动传播、点对面的大众传播，以及多对多的发散式传播，文本可以被不断转发、评帖和改写，每一个参与者都具有了创作主体与接受主体的双重身份，微博路径具有私人空间和公共平台的双重传播特性，既给予创作主体在创作时充分的自由，又激发了接受主体的"窥视"欲和参与热情，交流上也更加坦诚开放，是一个真正具有"自由、平等、兼容、共享"的创作与交流平台和路径。

微博平台在新媒介文学的传播路径建构方面，突出的特色是以"微话题"形式传播文学。从2013年发布"话题"功能开始，新浪微博就以"读书"为话题对文学作品进行介绍和推荐，微博中文学类"话题"的发起者通常是和文学相关的个人或企事业机构，"话题"模式不仅可以有效传播文学作品，也可以提升发布者的知名度和亲民效果，发挥微博路径的社交媒体功能。例如，微博读书的话题"读书放映室"主要是为了推送经典文学作品，以流动的影像记录文字的优雅、分享读书乐趣的主题，曾发布过一条借话剧的介绍引发文学经典推荐的微博：[话剧《四世同堂》黄磊雷恪生秦海璐陶虹朱媛媛] 1937年"七七事变"侵华日军的铁蹄践踏着古老的北京城。小羊圈胡同的十几户居民，平静的生活被打乱了。这些普通的中国人，一夜之间被迫进入了一个梦魇般的世界……话剧改自文学经典《四世同堂》，作者老舍曾说："这是我从事写作以来最长的、可能也是最好的一本书。"将经典文学传播与新媒体进行了有机融合。此外像《中国日报》在官方微博发布的日常固定话题"三点一起来读书"，仅两个月就达到近700万的阅读量，可见微博传播的力量。

目前，微博文学传播路径成为新媒体文学传播中不可替代的重要渠道。微博路径传播的文学内容大致可以包括传统文学内容和文本的移动化次级传播；原创性、偏于短小的随笔、语录、诗歌、散文等贴近生活类的鸡汤式小文；影视改编、文化名人等的作品推荐等，这些内容使微博文学呈现出"轻巧"型、快餐型、时尚型特征，文本在字斟句酌的标题设置、诗化含蓄的语言风格、标新立异的个性展现和富有冲击性的主题表现等方面都在贴近微博特性，适应微博路径的传播要求，以期在微博这一高互动的社交平台具有更高的关注度和可读性。

四、微信路径：关系性朋友圈与文学"认知框架"的精准传播

微信路径同样在新媒介文学的传播路径建构机制中不可或缺。微信的主要功能实质上是在智能多媒体终端提供即时通讯服务的免费应用程序。微博和微信都是移动社交媒体中新媒介文学的传播路径，但其传播本质及功能存在差异。微博路径构建的是社会化的信息网络，传播是开放性地面对所有粉丝的广泛覆盖，用户是基于兴趣、爱好、行业属性、观点、时间、快餐式相互交流等因素聚集在微博平台，形成相对比较虚拟、微弱的关系，用户黏度也相对比较低。微信路径构建的是社会化的关系网络，更注重"用户关系"形成的封闭"窄化"的朋友圈，属于强关系弱媒体的平台。微信路径面对是比较精准的人群覆盖，偏于一对一的对话、交流与沟通，用户之间通常都是亲朋好友，在生活工作中有比较真实的紧密关系，所以微信朋友圈关注的多是高黏度用户，更注重的是用户之间的互动深度。

因此，新媒介文学在微信传播路径是一种"窄圈"中的精准传播，基于真实的人际关系和高信任度形成闭环交流的精准度更高，效果也更好。同时基于微信即时通信的"微"媒体交互特点，对于在微信路径进行传播的文学文本和内容也强调短小、凝练、精悍、有趣味及具备口碑传播价值，以更有效地实现有效传播。微信之于微博的优势在于微信平台补偿了微博传播的封闭性、精准性不足的问题，用户彼此之间信任度更高，关系更牢固，文学传播也更精准有效。微信中的文学传播也开辟

了更加多维的渠道,音频、图片、配乐等形式的文学传播使新媒介文学的感染力和传播度获得更快提升。微信路径中的文学传播呈现出较为明显的"认知框架",因为微信公众号中的文学传播方式主要规律是依靠关注、分享和转发机制形成"扩散-二次传播-……N 次传播",而这一切都是在"朋友圈"的圈群之内进行,是"志同道合"群体之间的分享,因为相同圈层的群体会有相对统一的认知框架,也会认同彼此的朋友圈内的文学传播,这些圈层通常会在年龄、学历及对待事物的认知能力方面具有趋同性,这也是与微博路径不同的地方。

微信公众平台(也称微信公众号)伴随微信即时通信服务应用在 2012年 8 月 23 日正式上线,拓展了微信在一对多层面上的媒体信息发布功能,微信公众平台上线初衷是为了搭建与政府、媒体、企业等机构的合作平台,给名人明星和普通大众提供自媒体展示空间,创造更好的用户体验,形成一个不一样的生态循环。

对于新媒介文学传播而言,微信公众号庞大的用户群体使其日趋商业化和专业化,已形成较为成熟的"流量变现"模式,加快了微信公众平台的生长速度,微信公众平台也可以为文学提供全新的传播渠道和有效路径。名称中带有"文学"关键词的微信公众号来源大体可以分为营利性组织、公益组织和个人三大类,有文化传媒公司、同人团体、大学文学社、文学工作者、文学爱好者,其中也不乏传统文学出版机构的身影,《人民文学》《小说月报》《收获》《文学报》都开通了微信公众号,这是纯文学出版机构为了应对纸质刊物读者年龄断层的趋势,积极开拓新媒体,争取吸引年轻读者的举措。而"缥缈文学""启微文学""超好看文学网""蓝莓文学""红袖文学""西米文学""柚子文学"等都属于在线阅读类微信公众号,大都由传媒文化公司或科技开发创新型公司投入开发;如"优秀文学推荐""明白文学""核子文学世界""国馆文学"等公众号则属于个人开发的,其资质和实力远不及由公司企业开发的公众号。对读书类公众号进行统计,则有"十点读书""百草园书店""豆瓣读书""国馆读书""读书有伴""有听读书""起点读书""读书鲸""会读书的人""畅读书库""阅读书网"等，可见文学类公众号发展的快速与繁荣。这些公众号对文学的传播都取得了较好的效果。

　　除去在线阅读为主的文学类公众号，在微信公众平台中传播的原创文学内容还大多是"心灵鸡汤"似的散文和寓言、网络段子，虽然能满足受众日常生活化碎片阅读的需求，却并不能成为新媒介文学生成的主流平台，而仅作为传播路径推进文学的大众化和世俗化传播，正如"人生文学"微信公众号说的那样："分享最有深度的篇章，感悟最有价值的人生旅程。阅读最有魅力的文字，指导最明亮的前进方向。"

五、补偿性路径："文学榜/奖"与文学审美价值的导向性传播

　　补偿性路径借助了罗·莱文森提出了"补偿性媒介"理论，即认为媒介在进化的过程中会潜移默化地被不断选择，任何一种后兴勃发的媒介都是对前一种媒介的补偿。移动互联网终端的出现是对 PC 网络的补偿，微信社交媒介的出现是对微博媒介的补偿。严格意义上讲，"文学榜/奖"并不是一种媒介，但却是在新媒介文学传播中有效的补偿性路径，通过对新媒介文学作品的评奖或进行作品排行实现了文学的再次传播，扩大文学作品的影响，也从根本上促进了传统文学与新媒介文学的融合。评奖或排行机制对建构新的文学创作标准和评价体系有引导和借鉴作用，是对新媒介文学价值的重新审视与评估，影响其审美观念的导向。

　　新媒介文学作品的评奖路径既有来自新媒介文学内部的评奖，又有来自新媒介文学外部已然形成规制和标准的权威性评奖；既有民间文学评奖，又有官方文学评奖。新媒介文学诞生之初的网络文学评奖可以追溯到 1999 年"榕树下"举办的首届网络文学大奖赛，由此掀起网络文学评奖的浪潮。多年来，网络文学的评奖、排行等活动一直不断。新浪"中

国文学原创大赛"、腾讯"作家杯"原创文学大赛、起点中文网"网络原创文学大赛"、17K"网文联赛"等都是比较有影响的评奖活动。评奖的划分和规则不断细化，推陈出新，评奖作品的内容也更加丰富，奠定网络小说类型化的基础。这种来自新媒介文学内部的评奖机制降低了评选的门槛，为广泛的民间写手、平民作家提供了表达自我和确认身份的机会，也进一步大浪淘沙，甄别出海量文本资源中的精品。

而来自新媒介文学外部带有官方性质、权威性，有分量的文学奖项如茅盾文学奖、鲁迅文学奖、冰心文学奖、华语文学传媒大奖、中国小说学会奖、上海文学艺术奖等也都逐渐开始在文学评奖中加入网络文学作品的比重。比如，2011 年第八届茅盾文学奖首次纳入网络文学作品参与评奖，尽管当时有 8 部网络文学作品入选，且最后颗粒无收，但却是传统权威评奖对新媒介文学接受的风向标，引起业内极大的关注，带来文学经由评奖路径而产生的传播轰动效应。而 2010 年第五届鲁迅文学奖在评奖期间，也首次纳入 31 部网络作品，并在《文艺报》上登载和中国作家网上公示，但最终也只有晋江文学城的《网逝》中篇小说一部入围。2003 年由《南方都市报》设立的中国奖金最高的纯文学大奖"华语文学传媒大奖"，2015 年才开始增设了"年度网络作家"的评选，接纳了网络文学作品参与评奖。这些重要的文学评奖秉承的是传统文学构建的正统的文艺理论，在评选中也往往会按正统的学术标准来衡量当下的新媒介文学作品，随着参评的新媒介作品逐年增多，评选标准也结合新媒介文学的新特点和新趋势做出调整，这也是传统文学与新媒介文学相互交流认同、寻找融合途径的积极表现。新的评判标准属于新媒介文学自身的评价体系和审美批评理论亟待建立。

我国当下有影响力的文学排行榜有"开卷排行榜"（Open Book 图书产业专家线上排行榜）、《光明日报》"光明书榜"、中国小说学会年度小说排行榜、《新京报》图书排行榜、中国富豪作家排行榜、当当图书排行、亚马逊图书排行、新浪好书等。根据排行的目的和效果大致可以分成三类。第一类是原创文学网站主页的作品分类排行榜。常见的如月票 PK 榜、会员点击榜、热评作品榜、书友收藏榜、签约作家新书榜、强力推荐作品榜、红粉点击榜、网友评价指数排行榜等。这些分类是依据文学网站推荐评选机制和推广策略而设定的排行榜，有利于读者进行选择性阅读，也方便对读者进行市场细分。第二类是经过作品评审遴选的网络作品排行榜。如"中国网络文学 20 年 20 部作品""网络文学销售排行榜""中国十大独立文学网站排行榜""网络小说 50 强排行榜"等，这类排行榜通常都带有归纳总结意味，根据各种遴选标准达到优中选优的目的，对读者带有一定引导性，对文学作品本身也带有品牌或标签效应。第三类是网络作家排行榜。如"网络作家富豪榜""新世纪十大经典作家""网络十大红人排行榜""网络作家收入排行榜"等，这是从创作者角度进行的排行，能充分显示出作家的影响力和粉丝效力。比如，"中国作家富豪榜"自 2006 年设立至今已经成为引发全球关注的现象级话题，在中国作家群体和华语原创文学领域备受瞩目，体现全民阅读的潮流走向。作家富豪榜主要根据版税收入进行排行，所以也能充分看到作家的文学作品在版权开发上的直接效应。郭敬明、韩寒、郑渊洁等作家都曾高居过中国作家富豪榜榜首。

众多的文学奖项和排行榜在评选体系变化、评选标准的更替或新设，体现了新媒介文学创作的独特性及文学传播路径上对文学生成的影响正逐渐被传统文学评判体系的所重视和接受。新媒介文学的评奖和排行机制，最初是为体现创办者文学理想、宣传扩大文学影响、培养写作人才、增进作者和读者互动交流，随着商业资本的不断介入，文学网站向商业模式转型，评奖、排行的商业化色彩也日益浓厚。评奖、排行路径成了文学商业化过程中引入资本的最好宣传，逐渐发展出从出版、影视改编、游戏动漫到周边产业开发的一条龙产业，达到作者、网站、出版社和投资商多赢的目的，使新媒介文学通过补偿性路径的再次传播产生效果。

第二节 传播受众的需求变化："读者的文本" 与文学交往关系互动展开

与传统文学受众相比，新媒介文学的受众群体基于新媒介技术性和媒介性变化，产生独具内在特质的接受行为，反过来影响新媒介文学的生成。在这个由读者趣味就可以决定文本的新媒介时代，读者的地位获得空前提高，读者由传统文学时代以作者为中心的"单向度"崇拜转向以读者为中心、与作家的"平等化"互动。新媒介受众的"网生代"特征加大了对文学的多元化需求。伴随着互联网成长起来的年轻的新媒介文学受众群体在文学接受的过程中正在由原来传统的"大众化"受众转变为"粉丝型"受众。新媒介文学受众的接受方式和心理机制发生了改变。由原来的连贯完整的文字阅读、深度静思领悟转变为快速浏览、浅阅读、碎片化地接收文学信息，沉浸在文学作品构筑的虚拟世界和白日梦里。新媒介文学受众相比传统文学受众而言，发生深刻转变是毋庸置疑的，归结根本就是更为注重非理性的、追求感官的释放自我的个性张扬与精神表达。

一、性别文化的差异性与文学情感诉求的弥补性挑战

新媒介文学在传播过程中最突出的一点表现是文本具有了鲜明的性向表征，传统文学作品中大多抹去性别特质，使文本适宜任何文学受众观看，避免因性别的差异化诉求引起不必要误解。新媒介文学作品在创作中反而是凸显性别特质，在性别层面对作品进行细分，很多文学网站都划分专属男性接受群体或女性接受群体的文学排行榜及作品展示区域。从受众性别角度对作品进行差异化分类，使文学在接受层面更能找

到精准的定位，明确分众群体，聚合粉丝，引发情感共鸣。

正如提出"性别展演理论"的朱迪斯·巴特勒所言，性别是文化建构而非自然事实。社会文化真正意义上区分了两性性别，而非生理构造。随着社会政治经济的高度发展，社会文化也逐渐开始抛除不同性别的生理区别，逐渐在性别上建构起社会文化。传统文学传播中性别文化差异表现得并不明显，而在新媒介文学的传播过程中对性别的差异化诉求正潜移默化地重构新的两性文化。

由于新媒介文学关注到了两性生理的差异会导致其在文学接受上的差异，很多新媒介文学传播平台都对两性文学进行了划分。例如，移动智能终端"学阅-Reader"App在文学阅读界面中刻意设置了男性频道和女性频道作为文学作品的点击入口；"起点读书"App中，文学作品被划分为男生文学、女生文学和传统文学三大部分，男生文学和女生文学都是原创性文学，而传统文学则是已出版图书的电子媒介"嫁接"。起点中文网站按照性别直接设置了两性子网站，其中起点女生网的文学作品主要是以言情文学为主，其中还可划分为古代言情、仙侠奇缘、现代言情、浪漫青春、玄幻言情、悬疑灵异、科幻空间、游戏竞技、N 次元等较成熟的类型化主题，还为女性读者专门提供了本周强推、网文新风 24 小时热销榜、新书热销榜、原创风云榜、原创风云新书、VIP 更新数字榜等排行榜单。这些现象表明，新媒介文学已经成为性别特色鲜明的文化平台，成为性别社会化构建的一种表现。

在新媒介文学传播中，性别特质与传统文学的差异十分明显，新媒介文学中的性别意识倾向是多元化的，文学文本的生成因为性别差异性需求而出现男性向文和女性向文，且各自繁荣。创作者在作品中呈现性别意识，既有创作者本身自我性别意识的反思，又有对读者受众性别需求的主观满足。纵向来看，新媒介文学作品中的性别意识大体趋向是从最初的以"男性向"为主逐渐转向符合时代主流的性别意识倾向，再到"女性向"性别趋向的日渐凸显。大量彰显网络女性主义作品的出现满足了女性受众群体在新媒介文学构筑的世界里寻求主体意识和宣泄出口的情感诉求，也恰恰说明了新媒介文学所映射的性别主观情感在现实社会中是有所缺失的，因而公众在臆造的文学世界里弥补性心理和情感的欠缺。可以说新媒介使个体主观性、性别性在新媒介文学的传播中成为必然，它是网民情感狂欢的中介，是去精英化的重要手段。此外，新媒介文学热衷于以性别意识作为其创作、销售、传播的策略，除去文本层面的原因背后还有文化与资本的合谋，资本控制文化产品的生产的产业化原因。新媒介文学创作以挑战传统性别权力关系、挑战传统性观念的方式，带给读者打破禁忌的快感，迎合读者的性别文化需求。

二、青少年群体的网生性与割裂式成长主题的隐喻性戏谑

新媒介文学的受众群体中，青少年群体占据主导。新媒介文学的主要群体主要是伴随互联网成长起来的青少年群体。作为中国文化娱乐产业的消费主体，他们拥有独特的网生特质使新媒介文学的在生成与传播中形成不同于传统文学的生成特性，改变着文化产业的基因和格局。"网生代"以80、90后和00后的年轻人为主体，他们深受新媒介环境的影响，其生活方式、社交方式、娱乐方式等都与互联网之间有着千丝万缕的联系，是伴随数字化、网络化娱乐成长起来的一代。作为网生代的青少年群体与传统文学受众的区别在于更倾向选择网络终端平台进行自主化的选择性阅读，极富个性和开创思维，有思想，有对文学深层次的需求，也对新媒介文学作品的生成起到积极关键作用。

由于青少年是新媒介文学重要的受众群体，所以新媒体文学的内容传播也带有强烈的青少年属性。很多优秀网文作品如《择天记》《将夜》《斗破苍穹》《斗罗大陆》等主人公都是年轻人，使青少年群体在阅读时产生心理接近性和"代入感"；大量校园小说不断被创作出来且具有超高点击量，比如起点中文网的校园场景叙事类作品《豪门崛起：重生校园

商女》《重生初中校园：超级女学生》《重生校园女神：明少，太腹黑》等文学作品点击量均超过 500 万，有的甚至过千万；网游文也大都符合青少年娱乐、审美和阅读的需求，具有青少年属性，过关、升级、打怪，天马行空的场景设置和奇特幻想力迎合青少年的观看心理。

以青少年群体为读者的新媒介文学作品主题很多都带有割裂式成长的隐含寓意。在文学作品中注重青少年的内心意识，关注主人公成长的主题，通常会被认为是好作品，也容易得到各方认同。青少年迫切渴望成长，渴望融入社会，期望尽早体验社会生存中的艰辛与快乐，因而也会分外期待通过文学作品的阅读体验成人的世界、体悟成长。文学创作中，这种割裂式的成长主题广泛体现在离家模式的设定上。早期传统文学作品中就有离家模式的情节设定，但离家的动机是以追求真理、拥护革命及向往爱情为主要动因；而到了新媒介文学创作中，离家模式多了很多因素，如无法与家人沟通、代沟加深，遭遇背叛甚至为了修仙成佛、为了避世等愈发个人化，荒谬无常。"无父"现象也常在作品里出现，表现出子代与父辈沟通交流存在障碍和矛盾，具有很深的隐喻性，体现出割裂式成长的主题意蕴。

新媒介文学是青少年群体标榜自我成长和独立，寻求自我认同和肯定的有力工具。青少年对成长的恐惧，自我逃避、退后畏缩的心理都可以体现在对文学的接受上，网生代青少年的价值观与传统价值观也产生一定的割裂与背离，青少年不再全盘接受传统文学名著经典中的"真善美"价值观，甚至出现拒绝接受的情况，反而对新媒介文学中的反叛意识和"假丑恶"主题表现出积极的接受状态，甚至呈现出膜拜心理；青少年对于文学经典避而不读、转而在新媒介文学中寻求轻松、自由的心态，以嘲讽和戏谑的方式拒绝崇高、远离经典和传统。

此外，青少年群体的网生代特质也使新媒介文学作品呈现出一种儿童成人化、成人儿童化的特点。儿童成人化是青少年渴望成长独立的需求在文学内容和主题上的表征。比如"性"描写在文本的大量出现就是一种儿童成人化的表现。起点中文原创仙侠小说《莽荒纪》中的主人公纪宁，在 4 岁时就具备了超乎成人的心智与能力，言谈举止与成年人一样，虽然文学作品中交代了主人公在投胎时未喝孟婆汤等因缘际会加以解释，但这种类型的儿童超成熟并谙熟人情世故的文学作品，在网络传播中是十分常见的，该作品总点击量超过 6 000 万且被投资 3 亿元拍成电视剧。成人儿童化特点也大量体现在玄幻、奇幻、仙侠、游戏等类文学文本中，这类文本构筑的幻想世界、虚拟时空触及成年人渴望回到童年、无忧无虑、逃避压力的心理特点，表现出成人儿童化的一面。

三、新民间立场的去边缘化与无限度发展自我的大众化可能

新媒介场域中文学受众的普泛化、多元异质、自由随性及群体参与性等特点使新媒介文学天然具有民间性。学者陈思和从 20 世纪 90 年代初期开始就对"民间"与 20 世纪中国文学的兴衰关系进行研究和梳理，指出民间是国家权力中心及它的主流文化的边缘存在，是一种自在的文化形态。体现在文学创作中的民间是指一种非权力形态也非知识分子精英文化形态的文化视界和空间，渗透在作家的写作立场、价值取向、审美风格等方面，这是一种民间理想主义的新的叙事立场。以民间立场创作的文学即民间文学与精英文学的不同之处在于前者更突出自我生存的纯真表达，更能满足民间群体自我情感的释放、欲望的追求和对自身探索的冲动，是一个有着顽强生命力的生活空间，又总是能够比较本色地表达出普通民众的生活面貌和情感世界。也因此曾经一度在以官方精英文学为主流的文学场域中处于边缘化的状态。

新媒介文学所处的虚拟化网络空间赋予民间立场新的意涵，民间大众的生存空间在虚拟世界里空前开拓、平等和自由，源于生活意欲的民间文学在这里得到极致的发挥。可以说，新媒介文学是民间文学借助新

媒介技术不断延展，成为新民间文学。从创作主体的平民化、传播范围的大众化、写作内容的通俗化来看，当代的新媒介文学确实更接近民间文学的本质。新媒介文学的技术性成就了网络民间大众无限发展自我的可能性，技术的无限度决定了自我发展的无限度，在虚拟的网络民间，一切的文学书写都取决于人们对自我的设计与想象。网络多元平等传播的形态增加了民间个体多元自我出现的概率，在现实层面有时候超现实、承载无限想象的多元自我是不可能的，而在新媒介的互联网空间则易如反掌。新媒介文学虚拟空间中的民间大众往往具有更强的自主性和自我思考深度，也因此构筑新的民间立场表达与书写，来自网络民间的大众拥有更多话语权和随时发声的条件，以试图突破自我现实障碍的心理冲动，按照自我原则构建语言世界的存在情怀，这种具有超越现实身份和文化惯性的力量最大限度地在网络空间里获得了繁荣。

新媒介文学以新民间立场在多元平等创作与传播中体现了高度类型化的特质。即很多新媒介文学的类型化文本作品既源于民间"草根"作家、写手自我书写欲望的强烈表达，又植根于广泛的民间大众多元异质的类型化需求。在文学网站或 App 应用中可以看到，文学主题类别、内容划分都十分细致，人物设置、叙事情节、整体架构、故事母题都呈现高度类型化、模式化的趋势。根据受众性别差异在文学类别上划分十分细致，充分满足民众个体化的阅读需求，而在网站中划分出的传统文学类作品却未能更细致地加以划分。新媒介文学中呈现点击量超大的网络特色鲜明的新媒介民间小说类型，这类文学作品或者承袭我国传统武侠小说，或者具有我国传统神话故事内核，抑或者受西方魔幻文学作品影响，在诸多元素杂糅的传播基础上形成类型化较强的新媒介民间文学，分类细致且类型固化。

事实上，类型化创作在传统媒介文学时期就有传承，死而复生、投胎转世、地狱之行、脱胎换骨、仙女下凡等母题在古典的武侠文学作品中就屡见不鲜，但到了新媒介时代，承继民间文学的创作立场，新媒介文学在原有母题的基础上又创新出更多新的母题，混搭应用再进行广泛传播，演绎出新的民间叙事类型。例如，神话与武侠"混搭"就演绎出了典型的新媒介文学的"仙侠"系列。新媒介文学中占据主流传播地位的言情类、武侠类文学作品与传统民间文学传播兴盛的题材高度一致，只是由于新媒介传播技术的扩张，虽然题材内容上继承了传统民间文学的特质，但是改良性甚高，甚至同一题材也已出现全新的叙事模式。比如，曾名列起点中文网小说原创排行榜榜首的玄幻小说《邪神传说》，以一个10岁的冶金、机械双料博士为主人公，讲述他机缘巧合从叫花子那儿获得九阳真经和百战刀法武功秘籍，在一次事故中进入魔幻世界，凭借超群的智慧练成了霸绝天下的武功七绝斩，自造神兵"邪神斩"开始闯荡魔幻世界。这部小说里，有科幻小说的神奇、武侠小说的热血、神怪小说的玄妙、好莱坞式的诱惑、网络游戏的快感升级还有古典诗词曲赋的附庸风雅；在这部小说里也可以看到渺小自我的梦想追求、现实生活的一地碎片，还有情感主义文学路线的发扬，驳杂多元、怪诞另类等文化特征构成了新民间立场的幻想式类型书写，极大满足了网络空间中的民间意愿。

四、亚文化群体的互动仪式与网络虚拟空间的世俗化追求

新媒介文学的受众群体自然承继网络亚文化群体所具有的特质，并由此对新媒介文学的传播与接受产生影响。亚文化群体是由处于从属结构地位发展起来的拥有非社会整体文化价值体系而独自生成一种意义系统、表达方式或生活风尚等文化价值体系的社会群体，如民族亚文化群体、宗教亚文化群体、种族亚文化群体和地理亚文化群体等。新媒介的出现以强大的媒介性和技术性集结了拥有新的文化价值体系的群体，即构成所谓的网络亚文化群体，它是以数字互联网络为依托，基于一些共同的网络行为、议题、价值观、兴趣爱好而聚集生成的虚拟文化族群。

目前，网络亚文化群体在新媒介场域中表现出与主流文化群体争夺话语权的强劲势头。

　　作为伴随数字互联网技术聚集而来的新兴社会群体，网络亚文化群体有其独有的新媒介特性和群体特点，例如，粉丝社群，就是网络亚文化群体的一个突出形态，在网络中产生强大的群体力量和不可估量的经济价值和文化价值。美国社会学家兰德尔·柯林斯在 2003 年时提出互动仪式链条理论，认为互动是社会动力的来源，每一个个体在社会中所呈现的形象是在与他人的社会互动中逐渐形成的。互动仪式的参与者在关注点与情感的相互连带中，能够产生一种共享的情感体验与身份认同，进而形成新的社会定位与社会形象。在新媒介时代，个体间的互动仪式经由数字互联网络交互技术的支持增强了亚文化群体的聚合速度、黏合度和传播力量，群体成员在网络空间聚集，形成高度的情感连带与身份认同，创造新的文化形式，构建新的身份和社会地位。网络亚文化群体在新媒介文学的传播系统中，作为文学接受群体，展现出"聚众"狂欢的世俗化追求特质。

　　首先是对新媒介文学创作者的粉丝聚合群体。新媒介文学创作者本身也是一种亚文化群体的聚集，他们不经过传统的出版和发行渠道而直接在网络平台发布自己的作品，他们不是职业化的创作者却有丰富的想象力和创造力，在网络中自由书写与表达，并逐渐找到与自己有着共同写作理想和价值观的人群。同人文和类型文的大量出现，能大体说明这一点，同人文或类型文的创作套路和模式使创作者们呈现比较一致的创作风格，在互相借鉴、模仿或探讨的互动仪式中寻找个体独特创作新意，但是却也因为创作的相同类别而聚合成群体，像各种前传后续类、穿越时空类、神话武侠类、战争历史类等都聚集了大量创作相同题材的写手。其中优秀的创作者因为创作文本的魅力又开始吸引读者受众的阅读、鉴赏、评论和追捧，形成粉丝聚合的群体，展现强大的粉丝力量。像成名于网络的唐家三少、梦入神机、辛夷坞、江南等知名网络作家在微博的粉丝量都超过了百万，因对作家的喜爱，粉丝们经常会发起有关作家的话题进行讨论追捧，建立各种组织开展各种活动表达对偶像的支持和喜爱。

其次是对新媒介文学文本的审美聚合群体。有时候这种聚合与对作家喜爱的群体是一体的，单独列出是要强调群体中个体之间存在因对文学作品的审美鉴赏和喜爱而聚合在一起的，在思维方式、对话风格、审美体验等都具有高度的同一性和认同感的群体。当群体成员对某件事情发表观点时，社区中的其他成员总能给予及时性的回复或追捧，共同建立起群体共享的情感能量，给群体成员带来愉悦进而使群体凝聚力更高。如豆瓣建立的初衷就是为了满足很多网络用户对阅读、观影、听音乐，以及吃穿住用行的有效选择而形成的，充分体现出用户生成内容又反过来服务用户的自足理念。豆瓣的平台功效主要在于从海量用户的行为中挖掘和创造新的价值，并通过多种方式返还给用户，发展 13 年，凭借独特的使用模式、持续的创新和对用户的尊重获得成功，特别是豆瓣读书、豆瓣观影的评分和评论甚至成为衡量文学作品和影视产品好坏的关键。用户大多是具有良好教育背景的都市青年，包括白领及大学生，也是豆瓣的核心用户群体，他们热爱生活，喜欢阅读，更活跃在豆瓣各个讨论组，拥有各种鬼马创意，是互联网上流行风尚的发起者和推动者，构成具有独特网络特质的亚文化群体，豆瓣也因为这些用户群体逐渐发展为中国极具影响力的 web2.0 网站和行业中深具良好口碑和发展潜力的创新企业。

最后是因特殊文学事件聚合的群体如"网络水军"和"网络恶搞"等特殊群体。网络亚文化社区是一个开放且平等的空间，群体成员能够自由进行观点的抒发，发表意见，针对社会上发生的某一事件或者族群个体制造的事件或话题可以在瞬时间形成轰动效应，聚集大量网络水军形成喧嚣之势和网络奇观，因而"网络水军"是一种特殊的网络亚文化群体。比如，同为 80 后作家的领军人物，郭敬明和韩寒一直被人拿来比较，图书销量、富豪榜上名次都会引起话题，他们自己也在博客上不时互掐营造话题，由此引发粉丝群体大开口水战，蔚为壮观，由此形成刷屏级水军大战，甚至全民狂欢之势。虽然刷屏现象并不能持续很长时间，但是网络技术的无限存储和检索功能又可以使每一个群体成员获得相对公平的表达。

这些都属于在新媒介文学领域呈现的网络亚文化群体及其互动仪式产生的文学传播效果。这些亚文化群体在数字互联网络中一方面通过不断实践彰显其群体的存在感，另一方面拓展着自身的传播价值与文化价值，实现在网络虚拟空间的世俗化追求。

五、日常生活经验的心理释放与浅层感官体验的短平快效果

人的本能在媒介技术迅猛发展的大趋势下，逐渐蜕变，需要文学作品来丰富和满足自身对情感的认知，而呈指数增长的海量信息使受众认知体系负荷过重，为了保持生理和智力的相对平衡，信息受众需要通过释放过多信息来获取自身体验，不过水平不够高的表述能力使大部分群体无法表征自我感受与体验，不得不借助其他形式的抒发来表现自我情绪，鉴于此，大量的新媒介文学作品给了文学接受者日常生活经验的心理释放，展现出浅层感官体验的短平快效果。

浅层的感官体验是最容易获取、消化的，受众的心理寻求也是逐渐得到满足，而在生活节奏飞快的当下，新媒介文学短平快浅的传播机制愈发适应当下大众多元快迅又碎片化的文学需求。在新媒介文学中，很多文学作品的虚拟时空建构反映了文学超越现实感知世界的价值属性，具有释放接受者潜意识情绪、嫁接生活境遇的作用。青少年作为还未完全社会化的特殊群体，是这类文学作品的主要接受群体。青少年的个人表现能力和个人诉求能力具有一定的局限性，无法充分地阐释个人乃至

群体的潜在感受和无意识的压抑感，新媒介文学此时则成了调节大众压力情绪的止压阀。选择新媒介文学特别是玄幻、奇幻、科幻等超越现实虚拟时空的文学作品，可以使青少年获得自我延伸与自我释放，更容易自主地使自己沉浸于新媒介文学制造的景观中，试图寻求心理能量的释放和自身特殊的价值。相应地，新媒介文学创作主体中有很多是青少年群体，创作内容主要是以感官体验为主，叙事内容体现出极其简单的社会关系和价值观，与青少年的认知感受非常相符。青少年群体的社会压力于内主要源于对自我能力、自我未来、自我认知的不确定性，于外则主要来源于校园教育、父母希冀等，这些潜在的压力都使得新媒介文学作品在传播时不自觉地屏蔽或者模糊了父母和学习束缚，使青少年受众在追求世外桃源和刺激时找到了共鸣。

新媒介文学作品中感官化、娱乐化的"浅阅读"创作模式非常常见，文学作品的接受者所追求的也并非有意义的文学文本。深度的文学体验和复杂的叙事结构显然不符合新媒介技术的呈现模式，新媒介文学重要的是受众所读之物是否表达出受众所要寻求的境遇，作品所蕴含的精神内涵是否符合受众本人真正的内心体验，作品是否释放出当下的主我，是否准确带入受众的感知与心理，是否让受众精神愉悦、简单快乐，是否能够让受众在表象与内心追求中有所重合，在受众的潜意识中创造共鸣。"浅阅读"是由新媒介技术带来的新媒介文学受众在生活维度和深度上改变的结果，人们改变了阅读模式和阅读习惯，这种浅层次化、浏览性、碎片化的"浅阅读"方式满足了在新媒介文学传播领域受众对信息快速攫取、追求娱乐性和短暂视觉与心理快感的畅快需求，影响到文本创作也不再是文人的生存方式和文学的承担形式，而只是一种游戏、休闲的方式和宣泄、狂欢的途径。比如，在新媒介文学创作作品分类中，以玄幻、修仙、军事类型为主的男性文学通常会以暴力和性意识为创作基点，而以言情、都市、校园类型为主的女性文学则倾向通过"纳西瑟斯"情结和情欲愿景所展开。基于此，女性受众的潜在接受意愿在文学作品中女主角成为被绝对主动、拥有绝对权力的男主追求爱慕时得到最大化地代入式宣泄，虚荣心理、补偿心理在新媒介文学感官化的情感传播中得到最大化满足。

"浅阅读"的受众心理机制促成新媒介文学作品创作时的迎合。一是通俗易懂的口语化的文字书写模式满足受众心理，大量新媒介文学作品在创作中，在人物对话、故事叙事和情节设置中都呈现大量朴实、通俗且接地气的口语化书写，以调侃性和诙谐类话语潜移默化地提升新媒介文学作品的亲民性和感染力。二是大量运用比喻、拟人、夸张、反讽等修辞方法降低了受众接受作品时解码的难度，同时也提升了新媒介文学作品的形象性与趣味性，利于受众接受。三是新媒介文学作品中因互动性语境而对第一人称和第二人称的使用非常频繁，日常生活化的叙事策略经常运用，使新媒介文学作品充分接近生活，增进与读者的接近性、亲密感，增强读者阅读体验的代入，引发心理共鸣和作品的黏度。

第三节　"受众本位"的能动传递：读者中心与文学生产传播的"超文本"蜕变

新媒介文学从生成到发展经历二十余年，文学作品的读者即传播学意义上的受众走出了从"草根"到渐趋主流的发展轨迹，以读者为中心的"受众本位"意识成为新媒介文学与传统媒介文学的最明显差别，"受众本位"意识决定了新媒介文学文本的生成走势。受众地位的变迁、受众言说的空间拓展和受众欲望获得共识共谋的满足，诠释出新媒介技术对文学发展的影响与推动，也是未来新媒介文学发展中必然要关注的重点之一。随着"受众本位"的凸显，文学研究的范式和焦点也逐渐发生了改变，以往更多从文学文本对受众的影响分析视角，逐渐转向关注受众解读文本并生成文本新意义的能力，从这个层面上看是"受众本位"

反作用的结果。受众在新媒介文学发展过程中一直相伴相随，是影响新媒介文学生成发展及特质凸显的重要力量。

一、受众地位的不断衍生：互动生成与文学话语权力的多元改观

读者受众作为文学活动中的基本要素之一，其阅读鉴赏的文学接受能力在文学活动中具有重要价值，20 世纪 60 年代末提出的以姚斯和伊赛尔为代表的文学接受理论就充分重视了读者在文学活动中的重要地位，认为艺术作品的历史本质不仅在于艺术家对作品的创造，更在于读者对它的接受。读者绝不仅仅是被动的部分，或者仅做出一种反应，相反，它的自身就是历史的一个能动的构成。因为只有通过读者的传递过程，作品才进入一种连续性变化的经验视野之中。可见，文学受众一直以来都在文学活动中处于重要地位。但在中国传统媒介文学时期，以"精英文学""纯文学"为主流的文学活动中，读者受众多处于单向接受、被动教化的附属地位，以"作者为中心"的文学生成与发展使读者受众身份单一，话语权缺失。

新媒介技术革新和媒介形式的更替改变了受众地位，在数字互联网与文学结合而成的文学状态中，受众身份不断衍生变化呈现多元复杂的特点，逐渐获得文学领域的话语权。受众身份衍生变化首先表现在从"读者型"受众转变为"粉丝型"受众。多节点网络共生与共享，使新媒介文学受众从最初单纯性阅读鉴赏文学网站、论坛社区里的文学作品转变为同时可以发表评论、即时与作者沟通意见甚至指导其创作的互动交流；并有机会成为网络亚文化聚众交流形成的粉丝群体中的一员，基于群体力量影响文学生成，改变作品情节结构、故事走向、人物关系、类型和风格等。其次，从"鉴赏型"受众转变为"创作型"受众。这也是很多学者提出应当把"用户"替代"受众""读者"作为新媒介时代文学"信

息接收者"指称的原因。"用户"是具有双向主体性的概念，即具有传播、接受者的双重功能。文学用户强调了文学受众也具有主动创作的一面，因而可以说新媒介文学受众发生了从作品鉴赏者向作品创作者的转变。很多新媒介文学的创作者都先在网络中东游西逛，阅读欣赏、学习借鉴各种作品读物。由于新媒介文学创作发布的便捷低门槛，使很多文学受众逐渐变成了文学创作者。他们都不是文学科班或文学专业出身，却能成为文学作家，间接表明了新媒介文学技术平台提供的机遇和巨大的传播能力。如成名于 2004 年前后的作者——江南、今何在、蔡骏、萧鼎、明晓溪、天下霸唱、当年明月、何员外等，都是抱着在网上"写着玩"的态度创作，成名时大都还是在校大学生。他们在创作时并不做深刻的人生感悟式书写，而借鉴模仿通俗文学的套路进行虚构与幻想，也因此掀起中国网络创作通俗化的热潮，奠定类型化写作的基础，是从文学鉴赏者向文学创作者转变的典型。最后，从"单向型"受众向"互动型"受众转变。新媒介技术的互动性决定文学受众在网络中的互动交流成为一种常态，"互动型"受众由此产生。传统文学生成的"以作者为中心"使媒介系统构建出的是读者相对稳定的"单向"阅读模式，作者或创作者成为读者仰视崇拜的对象。读者在这种单向有限的交流场域中处于被动接受的状态，受众能够进行积极性反馈的方式或渠道很少，只可能在小范围的读者群或者社交圈里发表自己的意见和感受，对文学创作的干预与影响很小。以互联网为代表的新媒介改变了文学传播和交流的方式，文学受众的主动性和主导性越来越强，更加热情积极，也更加渴望抒发自我，与创作者的关系越来越近距离，交互性也越来越强，文学话语权正在向"互动型"受众群体转移。最普遍的一种表现就是文学网站上的互动跟帖，好的作品会因为受众的点击、打赏、评论等反馈热度获得网站的顶帖推荐、各种广告宣传以获得更高点击率进而推动商业利益转化；而差的作品也会被毫不客气地当场批判、吐槽、打击和揭露。创作者根据最快捷真实的反馈而对作品进行必要、及时的修改甚至再创作。新媒介文学作品由此互动生成，发挥商业和文化效用。

二、受众阅读的自发拯救："读"屏"听"书与文学鉴赏的时空转换

随着新媒介技术的革新更迭，新媒介文学受众在对文学的接受方式上也发生多次转化形成当下多元化、多介质、多渠道的文学接触和有效到达，也进一步促使新媒介的文学生产做出适应性应对，生成更多能满足读者受众需求的文学作品。

首先，由读"书"向读"屏"接受方式的革命性转变。数字互联网技术是读"屏"的根本保证，"屏"的意义在于图像化信息有了承载平台，也预示着文学作品生成的图像化趋势。而"屏"的技术意味着比纸质载体更易获取、易存储也易携带。读"屏"还充分利用了超链接技术和超文本性增强文学接受的自由、随意以及丰富的切入路径。超文本性不应当仅是作为超文本文学创作实验的技术性应用，而是应该放置在整个网络时空赋予受众群体的一种信息接受方式。当受众在网页间穿梭着阅读文本时，也体现出超文本阅读的非顺序性、非逻辑性和随意性的阅读快感与自由，也增加了阅读文本意义的多样化，它给人们的文学阅读带来革命性变化。读"屏"的习惯可能会越来越把受众的"深度注意力"转变为"过度注意力"，需要引起重视。

其次，由 PC 固定端接受更多倾向移动端接受促进文学 App 开发和"微"文学阅读增长。移动端文学接受愈发与受众的"碎片化阅读"和"浅阅读"形成关联。移动端比固定终端更自由便捷，随性贴身，触手可及，逐渐成为文学接受的主流趋势。相比个人电脑，智能手机更加容易获取和使用，对低学历低收入群体的吸纳能力证明其接入互联网络的门槛在进一步降低，很多偏远地区民众、进城务工人群都更容易借助智能手机接入互联网络进而更容易接触新媒介文学形式。而且，新媒介文学

是更廉价、成本更低的消费产品和娱乐方式，对低学历低收入群体接入实质上扩大了新媒介文学的辐射能力，也使移动端通过文学付费等机制进一步获得人口红利。

再次，由"读"书到"听"书的文学接受通过听觉转向开辟文学新价值。基于移动终端的日益普及，互联网有声读物类 App 应用几乎覆盖人们一切生活和休闲时间。"听"书可以算是文学受众对"读"书弊端的自发性拯救，长时间读"屏"对视力和颈椎等都有不小的伤害，"听"书解放了双眼双手，让接受更便利。把文学作品转化为声音诉诸文学受众意味着一次重大的时空转换，主体与媒介的关联重新放置在听觉功能的基础上，提升了接受主体的使用效率，在审美意义上也赋予了接受主体在日常生活中获得更多乐趣的途径。新媒介文学受众接受方式的听觉转向也进一步突出文学文本的声音形象维度，基于对付费的追求会倒逼部分文学作品在创作时注重有声"可读性"的生产，如语言口语化、通俗化，朴实流畅不产生歧义，或文辞优美富有节奏性和张弛度等。

最后，还应关注到，随着新媒介文学在 IP 驱动下进入泛娱乐产业链生成的文学产品的多样性使文学受众除了是文字阅读者、文学听书者之外，还有可能是影视观众、动漫看客、手游玩家及周边衍生产品买家等多重身份，文学接受方式在一定程度上深化丰富了受众的体验，呈现多元化融通趋势。

三、受众欲望的反向辐射：共识共谋与文学意义解读的脱冕渎圣

新媒介文学创作中"受众本位"意识的逐渐觉醒使其在创作中更多以满足受众的需求和欲望为指归，特别是在文学市场化、商业化日趋凸显的当下，受众欲望具有共识共谋的契机，产生对文学生成的制约力量和深刻的影响。文学受众欲望在传统文学时代一直处于被压抑状态，20

世纪 90 年代大众文学、通俗文学的流行也因传播媒介的有限而仅是对文学受众欲望部分的满足和观照。传统文学的生产秩序和纯文学的审美批评体系依然使文学站在"文学性"的高端葆有一贯的艺术品格。新媒介的出现颠覆了文学固有的生产传播秩序,受众获得空前民主、自由、平等交流的空间甚至成为影响创作者写作动机和目的主导。新媒介文学创作以"读者为中心"这种受众本位思想,打破了创作者以往与读者绝缘的绝对主体性而转向对读者欲望、需求的满足。

新媒介空间里的文学受众具有强烈的群体性特征,媒介的便利使他们特别容易产生交集,因共同的喜好兴趣、观点品位等在各种便捷的渠道平台实现资源共享和身份认同,达成共识,形成具有个性和辨识度的社交化群体,再以积极的参与性和能动力进入文学传播的具体交流中实现共谋。群体性欲望表达,在新媒介空间里对文学创作产生极大的影响,其结果就是文学"市场化"与"艺术化"矛盾的日益加剧。文学受众群体心理机制有"狂欢式"的精神向往和"白日梦"的欲望满足。抛去官方的、严肃的、秩序严密的权利和教条束缚,新媒介文学受众乍然获得空前自由、肆无忌惮释放自我的机会,众生狂欢的欲望体现在创作中,就是各种追求感官体验的"俗"文学作品大量出现,人的欲望被极度地张扬,许多文学创作者为迎合文学受众的心理,实现经济利益最大化,都不经任何修饰地来表达自我,忽视对作品思想性的追求,注重欲望的表现,创作出许多欲望化文本,忽略了对文学精神审美等深层次表达,进而产生文学越走向"市场化"越与文学的"艺术性"相背离的结果。"白日梦"心理机制是文学受众在现实生活中欲望被压抑,得不到宣泄,所以在网络虚拟的世界里产生对文学的强烈需求,大量玄幻、奇幻、修真及修仙类幻想性文学作品都是对文学受众"白日梦"心理的填补。满足受众群体的欲望能够促进新媒介文学的生产却也容易导致低俗文学的大量泛滥降低文学的审美品质,丧失文学审美意趣和意义解读的深度,应当审慎地加以应对和处理。

　　总之，在新媒介文学传播路径呈现出实时互动、共时性特点离不开新媒介的技术根源，多元传播路径的建构充分实现了文学的有效传播，也诠释了新媒介文学交往关系中作家、文本与读者受众的新型互动关系，以用户为中心的"受众本位"主体性在新媒介文学传播路径中愈发凸显，也是把握新媒介文学生成源于媒介技术性本质的关键。

参考文献

[1] 邓群，郭勇. 主体性与主体间性：人工智能对新媒介文学的影响[J].
汉字文化，2023（20）：181-183.

[2] 王钦芝，金玉萍. 数字文学：概念辨析、论争及反思[J]. 文艺评
论，2023（05）：48-55.

[3] 王熠萌，段江华，范迎春. 数字媒介时代下的文艺批判[J]. 文化
学刊，2023（09）：94-97.

[4] 王小英，田雪君. 网络文学的界定与中国网络文学的起源[J]. 中
州学刊，2023（06）：160-167.

[5] 谢敏. 中国新媒介文艺时空观研究[D]. 绵阳：西南科技大学，2023.

[6] 张巡. 新媒介时代文学的特性[J]. 焦作师范高等专科学校学报，
2023，39（01）：23-27.

[7] 郝学华. 论新媒介文学的界定及其内涵[J]. 百家评论，2015（03）：
9-15.

[8] 王百娣，赵凌河. 新媒介文学生产传播机制的建构、困境与突围[J].
辽宁大学学报（哲学社会科学版），2019，47（02）：148-156.

[9] 王百娣. 新媒介文学生成与传播研究[D]. 沈阳：辽宁大学，2019.

[10] 贾芝洁. 新媒介语境下《应物兄》反思性书写[J]. 山西能源学院
学报，2023，36（01）：75-77.

[11] 方弘毅. "力场"动态生成与重构：生产性文学传播的范式变迁[J].
新疆师范大学学报（哲学社会科学版），2020，41（03）：129-136.

［12］ 周才庶. 新媒介文学景观与文学的物质性［J］. 文艺理论研究，2022，42（01）：134-144.

［13］ 刘凡嘉. 新媒介文学生产研究［D］. 汉中：陕西理工大学，2022.

［14］ 韩传喜，颜逸. 新媒介技术时代文学经典的价值影响力考察［J］西北大学学报（哲学社会科学版），2023，53（01）：185-191.

［15］ 张杰. "三重接合"框架下新媒介文学的技术载体、阅读场景与内容文本［J］. 现代中国文化与文学，2022（04）：211-220.

［16］ 陈曦曦. 新媒介文学理论创新发展研究［D］. 南昌：江西师范大学，2022.

［17］ 马金萍，宋子菡，丁婕. 新媒介语境下文学经典有声书的发展困境与对策［J］. 新闻前哨，2022（21）：71-72.

［18］ 刘世文. 新媒介时代文学理论课程教学改革的探索与实践［J］. 教育观察，2022，11（32）：74-76，101.

［19］ 刘亚琼，薛志文. 新媒介视域下中国现代文学经典的多元化传播策略［J］. 吕梁学院学报，2022，12（05）：37-40.

［20］ 吴琳琳. 新媒介与文学批评话语权主体转型［D］. 杭州：浙江大学，2022.